安得盛世真风流

安意如·著

图书在版编目（CIP）数据

安得盛世真风流 / 安意如著.—北京：人民文学出版社，2020
ISBN 978-7-02-015808-9

Ⅰ.①安… Ⅱ.①安… Ⅲ.①唐诗—诗歌欣赏 Ⅳ.①I207.227.42

中国版本图书馆CIP数据核字（2019）第250823号

责任编辑　宋　强　关淑格
装帧设计　崔欣晔
责任校对　刘佳佳
责任印制　徐　冉

出版发行　人民文学出版社
社　　址　北京市朝内大街166号
邮政编码　100705
网　　址　http://www.rw-cn.com

印　　刷　中煤(北京)印务有限公司
经　　销　全国新华书店等

字　　数　259千字
开　　本　880毫米×1230毫米　1/32
印　　张　13.625　插页3
印　　数　1—10000
版　　次　2020年5月北京第1版
印　　次　2020年5月第1次印刷

书　　号　978-7-02-015808-9
定　　价　55.00元

如有印装质量问题，请与本社图书销售中心调换。电话：010-65233595

目录

序·少年一段风流事 ○○一

【昔日长安入梦来】 ○○一

【绝好江山看谁取】 ○○九

【千古一帝谋盛世】 ○一四

【无情未必真豪杰】 ○二○

【知君不免为苍生】 ○二五

【已将书剑许明时】 ○三○

【身外功名任有无】 ○三四

【隐宜隐兮悲莫悲】 ○三七

【劝君惜取少年时】 ○四七

【莫令别后无佳句】 ○五二

【年华世事两迷离】 ○五八

【一生须注边塞行】 ○六四

【功名只向马上取】 ○六八

【安得盛世真风流】

【富贵功名一梦中】 〇七四
【少年自负凌云笔】 〇八一
【纵有欢肠已成冰】 〇八七
【万古哀凉集此身】 〇九〇
【未知歧路有风尘】 〇九五
【世事蹉跎成白首】 〇九九
【生死契阔君莫问】 一〇四
【才尽回肠荡气中】 一〇八
【公子才华迥绝尘】 一一四
【五陵豪侠笑为儒】 一一九
【知君感遇伤心意】 一二五
【昔年遗恨至今存】 一二九
【不负江山不负卿】 一三六
【怜君才高命如尘】 一四二
【浴火凤舞大唐春】

【目录】

【一世奇葩不自知】 一四八
【狂傲至死不悔改】 一五二
【一生苦为名利趋】 一五九
【世上荣华如转蓬】 一六九
【豪雄意气今何在】 一七七
【几度花开忆洛城】 一八四
【世事如花开又落】 一九三
【亦有红颜非薄命】 一九七
【感君意气与君别】 二〇二
【未见深情可相许】 二〇九
【别后相思空一水】 二一二
【榜下捉婿得才郎】 二一八
【天涯思君不可忘】 二二一
【羡君潇散慕君怀】 二二八
【且共春光从容去】 二三二

【安得盛世真风流】

〇〇四

【且喜无情成解脱】 二三七
【雏凤清于老凤声】 二四二
【不寄云间一纸书】 二五〇
【豪华落尽见真淳】 二五五
【孤篇横绝压盛唐】 二六〇
【君本山野一放翁】 二六六
【惟有幽人自来去】 二七三
【已无俗事萦心怀】 二八〇
【我有旧约未曾践】 二八八
【一片冰心在玉壶】 二九四
【寂寂寒江明月心】 三〇一
【一生自是悠悠者】 三〇六
【昔年曾临凤池上】 三一二
【一枕清梦离恨深】 三二〇
【剑气箫心一例消】 三二五

【目录】

【山水容我自在身】 三三一
【佳诗妙句传寰宇】 三三八
【谪仙一去几时还】 三四七
【安得盛世真风流】 三九三
【跋·非上上智,无了了心】 四一八

【序】

【少年一段风流事】

流光迅疾,不过是一错目的工夫,《人生若只如初见》已成少作。

犹记得,那夜写下第一段文字的因由,是因读到元稹的《遣悲怀三首》,读到那句"唯将终夜长开眼,报答平生未展眉",不知触动哪根情肠,竟耿耿难消。想到此人诗文如此情真意切,现实中又如此浪荡风流,一时感慨,便将唐传奇中的张生、杂剧中的张生、京剧里的张生并诗词中的元稹邀来絮叨个遍。

继而,发现每首诗,每个诗人,乃至于每个时代,都有耐人寻味、非官方的多样面,遂一发不可收。从先秦两汉、《诗经》,写到清朝的纳兰容若、黄仲则。一笔笔写来,一年年过去,倏忽已是八年。

这些感受,原也算不得高深,只是一个小女生多年阅读的私享,如青萍之微澜。孰料,竟合了观者的心迹,勾起了一代人的诗意回响,是因缘际会,亦是意外之喜。

而今,又从头开始解读唐诗。

决定写唐诗,写那些我爱重的诗人们,心里是雀跃的,可这雀跃抵不过对自己的质疑。比起年少初动笔时,莫名地多了几分慎重。这些年,好歹认真读了几本书。一想到陈寅恪、顾随、施蛰存、宇文所安,乃至于叶嘉莹、张大春、蒋勋等人写的关于唐诗宋词的论著,我就有种望尘莫及的挫败感。

幸好还有欢喜。最终让我重新有动力的,是那些诗人在我心中鲜活的样子,是唐代不容遗忘的辉煌。

我想,他们和我们一样,都曾经年少,青春激扬,生活在独一无二的大唐。二百八十九年,只是漫长历史中的星河一转,留下的余晖却灿烂了整个文明。

无人可以否认,那是个像金子一样的年代。千百年后,依然在记忆中熠熠生辉。那是个奢侈的年代,出类拔萃的诗人像约好了似的,扎堆亮相。

文星璀璨,杰作频出,令人目不暇接——就像壮阔的银河,忽然在你眼前一览无余,迎面倾泻下来,那种壮丽华美,足以击溃所有的自以为是。

【序】

【少年一段风流事】

又仿佛,是在一夕之间,山河动摇,珠玉俱裂。人还在梦中,长梦犹酣,就被惊起。看这万紫千红,一时都变了颜色……

红尘苦短,劫难深长,连我这不是当事人的人,想来都痛心疾首,想当时,那些亲身经历的人,是有多么痛断肝肠。

人世功业如聚沙成塔,大浪一来,就倾毁殆尽。再归来,纵然不是面目全非,亦免不了元气大伤。

中国的历史总躲不过"一治一乱"的循环,叫人叹一声,"最是人间留不住,朱颜辞镜花辞树"。

每个人心中都有一个黄金年代,我心中的黄金年代是大唐,白银时代是两宋,至于青铜时代则是民国了。我不是有意忽略其他朝代,实在是这样比拟下去,会稍显啰唆。

过去的已经过去,就像上一秒,绝不会再重来。我警醒,极力避免自己的描述滑入某种虚幻的,类似于心灵鸡汤的推崇之中。

追忆一份逝去的辉煌,是因为我们真的怀念,还是因为,我们已经没有信心再得到,所以躲在梦里不肯醒来?

在国外看到唐人街,我就心酸,原来我们还在津津乐道着大唐,然而,又有多少人愿意了解,华人在异国他乡暗藏的辛酸。

若大唐是我们不想遗忘的前生,那么后世,我们该如何携带这份记忆珍重前行?历史不能脱离时代,文化却能够超越时代。诗不能给予人准确的答案,它只能观照人心和世事变迁。

我们需要的,是从历史文化的追索中找到人存在的真正价值——

在不自由中寻找自由，在不正确中辨别正确。

抛开时代和观念的束缚，凭着最本真的心去探索，坚信某些共同的理念，是千秋万世不能动摇和舍弃的。正是这些共同的认知，支撑着我们前进，继续寻找答案。

诚然，答案不会是唯一的，亦不是不变的。

我并不鄙薄如今的时代，亦不过分向往过往的时代。每一个当下，都是自然的存在。如果能够客观地去阅读，熟悉历史，就会发现没有完美的时代，没有完美的人，坏了之后，不会马上好转，还可能更坏。

文学和艺术一旦成为政治的附庸，多半是让人腻味恶心的，古典诗词却是个例外。那些吟诗作赋的文人大多一开始就是有志于涉足政治，参与国家管理的士人。他们有自己的操守和信仰，除了特殊场合的应制诗之外，绝大部分的诗词，用以表达自己的政治观点和态度，还不至于单纯彻底地沦为政治附庸和点缀。这个道理，古代的文人早就发现了，并一直坚持。

即便是广受诟病的宫体诗，亦只是侧重在人生的享受和虚度上，浓辞艳赋，风花雪月而已，除却格调不高，倒也无大错。

我在诗词里读到许多关于人生和时事的感慨，很奇妙的是，后人崇慕的任何时代，在当时人看来，都可能千疮百孔，不堪提拿。回过头望去，却总有值得忆念的好处和价值。事物的本来面目没有改变，改变的，是我们看待它的角度和获取的经验。

【序】

　　大浪淘沙后,总有金子留下。

　　这一次,我要写那些知名或不知名的诗人,写他们各自的命运和时代千丝万缕的关联。他们际遇类似,又不尽相同。

　　这一次,我要写那些熟悉或不熟悉的诗作。因为我意识到,我们对于文学的态度,不该是追逐潮流,只关注那些足够知名的作品,像追捧明星一样。

　　这一次,主旨不是爱情,你们不会看见太多关于情爱的表达,但它亦不会枯涩乏味,因为这些诗人,这些诗作,活泼劲朗,摇曳生姿,本身就足够精彩。

　　除了那些耳熟能详的诗人之外,还有许多优秀的、值得记取的诗人。即使是那些家喻户晓的诗人,除却人尽皆知的名作,他们亦有许多值得再三品读的诗作,这些都不该埋没在尘埃里。

　　这当中,有令人叫绝的灵感,有令人动容的气概,有令人称赏的激情,亦有令人扼腕击节的溃散。正如有唐一代,有霓裳羽衣的华美,亦有后来月照梨花的冷清。我不断与之邂逅,与之暂别。每每掩卷沉思,总有些意犹未尽。

　　这一次,我告诉自己,要一笔宕开,心无挂碍,慢慢地写。

　　我现在解读诗词,写得越来越慢,非要等到心中有大触动才肯起笔。半点没有熟能生巧的意思,而且越写越长。

　　有时候,选择这些诗词是困难的事情,太多的隽词妙语,层出不穷,如三月桃花水,漫漫荡荡,让人不知其际涯。想要把它们都告诉大家,却发现那是永远也做不完的事。

我担心你们看的时候会觉得冗长,但是没办法,了解得越深,想表达得越细,不再是以前蜻蜓点水的轻佻。

所以,感谢你们的耐心。

在阅读中,你们会发现我频繁地动用"幼时""少时"这样的字眼,屈指算来,我接触诗词已有二十五年。张潮云:"少年读书,如隙中窥月;中年读书,如庭中望月;老年读书,如台上玩月。皆以阅历之浅深,为所得之浅深耳。"对他的说法,我是越来越认同。

对文学、文化,应该有沉潜之心。我想尽量做到公允和全面,所以以后还会有增补。

我当然会一直写下去。任何事,只要心甘情愿,就会变得简单。人之一生,欲为一事则短,一事不为则长。

读诗,是一辈子的事。

私心里,这是一本写给自己的书,是对过往的检点,对自己的交代。

如那克勤禅师证道时所言:"少年一段风流事,只许佳人独自知。"

希望经年之后,我读到这本书,像看陌生人的作品一样,会点头认同,觉得颇有几处观点、几句话,值得玩味,深得吾心。

这就够了。

【昔日长安入梦来】

翻开《全唐诗》,第一篇就是李世民的《帝京篇》。

果然帝王还是有优势的,虽然水平一般,排名却妥妥的第一。《全唐诗》是康熙指定编撰的,我脑中总出现逗趣的一幕:"小玄子"对"李二"说,世民兄,我只能帮你到这里了!

"李二"(李世民排行老二)写诗属于起步晚,兴趣大的那种。不单让虞世南教他写诗,还让上官仪帮他润色帝王诗的疏漏,对待作品的态度煞是认真。

"李二"在征战四方和处理国事之余,勤奋创作,前后写了一百多首诗，内容很杂，水平参差不齐。虽然读帝王诗是个苦差事，无聊到我百爪挠心，大部分读过就忘了，但偶尔读到一两句惊艳的，还是会牢记在心。

骆宾王后来也作同题的《帝京篇》歌行，享誉京城，是初唐歌行的代表作。论起诗歌的才华，自然是骆宾王更胜一筹，业余跟专业还是没法比。但骆宾王自恃才气，有炫耀才华的嫌疑，《帝京篇》里大量出现典故，过于矫饰的修辞，干扰了感情的表达和顺畅，名气虽大，却相当不好读，而且这首诗冗长，我也就偷懒不引录了，有兴趣的同学可以自己找来看看。

"李二"的《帝京篇》总体而言也很蹩脚，但开头"秦川雄帝宅，函谷壮皇居"，气势宏大，很叫人有眼前一亮的感觉。后面就不行了："绮殿千寻起，离宫百雉馀。连甍遥接汉，飞观迥凌虚。云日隐层阙，风烟出绮疏。"——虽然和开头一样壮丽，但显然拼凑而成，虽然华丽雕琢，却空洞无物。

这首诗是无甚可说的了，却不妨就着"秦川雄帝宅，函谷壮皇居"一联来回忆唐时的长安。我思来想去，也就李世民这一句诗，可以衬得起唐时的长安。

不怕西安人看了这文章骂我，我现在去西安，私下里总有种不忍相认的感觉，心想就算沧桑巨变，怎么能够"堕落"成这样！这种感觉大约只有亲眼看见梦中情人变成大妈的悲痛可以勉强比拟。我深信陕西人心中念念不忘的"长安"，亦不是今日的西安，而是古老的长安。

当年的长安,是全世界的焦点,傲立于七世纪亚洲经济和文化的双重巅峰,是无可超越、无法企及的典范。

记得《GQ》杂志有一期专辑做得极好,叫作"在日本寻找唐朝",要看唐时的长安,如今大概只能去日本了。京都和奈良还有些唐时长安的意思,只是规模小得好像儿童乐园。我戏称为"少女长安",感觉虽然没长开,但意思是对的。是当年的日本遣唐使们震惊于它的宏大和巍峨,默默记下这城池宏伟的样子,待他日回国精心重现,这才为我们保留下一份难得的记忆。

如果能回到彼时的长安,我们一定会惊叹唐时长安城的壮阔和齐整,那真的是"秦川雄帝宅,函谷壮皇居"。且容我先化身导游,宣读一下导游词:今天西安城墙以内的地区,是明代的西安,面积只是唐时长安的十分之一,仅仅相当于皇城的位置。可见如今的西安城撑死了也只是昔年的十分之二三。不要气馁,即便恢宏如紫禁城,在大明宫面前也小了一倍不止。

和昔年的北京一样,长安城依据周代宫城"法天象地"的理念营建,上应星宿,下成皇居,分为宫城、皇城和外郭城三部分。宫城在城正北,以大明宫为主体,为帝后太子所居,皇城在城中部偏北,为皇族所居,亦是文武百官上朝议政的地方。此外唐朝的中央机构,三省六部五监、御史台、翰林院也都集中在这里。皇城以外是外郭城,是官员和百姓居住的地方。

唐时的长安城是个非常规整的城市，采用古老的巷坊制，一共有大大小小一百零八个坊，每个坊都有自己的名字。坊由坊墙和坊门围隔起来，每个坊里还有"曲"，相当于现在的住宅小区。随着商业的发展、生活的要求，坊的功能划分也趋于细致。譬如著名的红灯区"平康坊"，这个坊位于长安城靠北的地方，与聚集了大量政府机关的"皇城"仅隔一个十字路口，如此黄金地段，是为方便官员下班放松休闲，亦方便举子士人来此交际——相当人性化。

长安城横着有十四条大街，纵着有十一条。在南北纵向的十一条大街中，最中间的是长安城的主街，赫赫有名的朱雀大街。朱雀大街宽达一百五十米左右，可以容下八辆马车并驾齐驱，比如今的北京长安街还要宽一倍，而且绝对不会堵车。街道是黄土夯就，绿化得很好，道旁遍植榆树，后来德宗年间的京兆尹觉得榆树容易招虫，改植槐树。春末夏初时绿荫匝地，清凉怡人。

朱雀大街将长安城平剖为二，形成两个长安城重要的商业区，东市和西市。东市对内贸易，西市对外，有许多胡商在此经商。远自西域而来的驼队，跨越漫漫风尘，将万里之外的香料、珠宝等各色奇珍带入长安。他们同时带来的，还有西域的服装、乐曲和舞蹈，还有碧目高鼻、肤色白皙、腰肢轻软的胡姬。在酒肆，在达官贵人的宴会上翩翩起舞，引弦清歌，这些都成为大唐人爱慕追捧的新鲜时尚。

集市每天中午开市，营业到太阳落山。至今西安仍有很多清真食街，这是当年远道而来的穆斯林留下的文化印记。热闹繁华要持续整个白天，直到太阳落山以后，整个城市才归于表面的平静。

　　长安城有严格的宵禁制度，入夜就关闭坊门，人们只能在坊内活动，不得到处乱窜。想要夜生活，可以！但只能在坊间活动。想搞特殊化，没门！每天都有一群叫"武侯"的人负责巡夜，四处查探，这些"片警"专门负责抓入夜还四处游逛的人。想晚上在长安城行走闲逛，除非是有特别的公务通行证，或者是赶上每年的元宵节三天放禁，再不然，就是你是昆仑奴，武艺超群能飞檐走壁了。

　　古人将一夜分为五更，一更分为五点，一更相当于两小时，一点相当于二十四分钟——我数学差，不太会算，只能估个大概，看官见谅。写完这段，夜猫子安默默地汗了！老祖宗们真是睡得早，起得早啊！冬夜五更三点，夏夜五更两点，太极宫正门承天门城楼上，第一声报晓鼓响，唤起沉睡的长安城。报晓鼓响，各条南北向大街上的鼓楼依次跟进，宫城、皇城的各大门，依次开启。与此同时，长安城中大小寺庙也撞响晨钟。

　　长安的早晨，是红尘与佛地各司其职，我总遥想这钟鼓齐鸣是怎样地庄严浩荡，涤荡人心，如今只能在书中追忆了……对居于坊内的人来说，要等到街鼓声远扬，坊门开启时，才纷纷分头出门，开始一天的忙碌。

　　官员们会辛苦些，谁让他们是公务员呢？要准时打卡上班。早早地穿戴整齐准备好，等候出门。上朝不是不折腾人的，白居易有一首诗《登观音台望城》，对此描述得很是生动："百千家似围棋局，十二街如种菜畦。遥认微微入朝火,一条星宿五门西。"韩愈有次冒着大雨去上朝,出门之后才想起当天放假,自认迷糊之余,赶紧兴高采烈地回家了。

在所有描写长安市井生活的诗人中,我首先隆重推荐白居易先生。如果说,李世民的诗稍显空洞,只可以当作标题来用,其他诗人的诗,又过于艺术化,那么白居易的诗,可以看作长安城生活最生动浅白的注解了。白居易的诗,有时会显得絮叨,然而妙趣横生,很有人情味和烟火气,有点像微博,有点像朋友圈。从他的诗中,可以捕捉到当时生活许多丰富生动的细节,相当于民俗读本。

"胡麻饼样学京都,面脆油香新出炉。寄予饥馋杨大使,尝看得似辅兴无?"这家伙写起广告词真是文不加点,声情并茂。他曾认真考证过长安城里哪家胡麻烧饼最好吃,结果发现还是辅兴坊的好。这是当年长安公认的名小吃之一。白先生写诗告诉朋友,一本正经地说,我家也照着做了,虽然味道不如他,但也还可以了,我给你寄点去,你将就着解个馋。这首诗笑得我不行,白先生实在是个很有生活情趣的人。

很多诗人如果穿越到现代未必能活得滋润,因为技能和性格太局限了,单靠一点才华,很难人人买账。白居易却是个例外。白先生这样的人,即使不当官,不写诗,做做专栏记者、生活杂志主编的话,也一定很有市场,很受追捧。他能挖掘出平常生活中的亮点,把生活过得有滋有味又不乏深度,这是很厉害的。以他左右逢源、相时见机的性格,成为社交圈的新宠、时尚达人,乃至于文化名流都不在话下。当真应了他的好名字,居易,乐天。

想要进一步知道,那些长安贵少如何游乐,长安的贵妇如何生活,可以去读卢照邻、李白、王维、杜甫的诗,还有许多不那么知名的诗作……在这里,就不一一列举了,后面会慢慢提到。

如果有哆啦A梦的时光机和任意门,能回到长安,我一定要像个狗仔一样猫在街坊间多打听打听,一定可以找到很多著名的、我喜欢的诗人。

这个城市,这座城池,有太多的风流人物停留过。这些曾经生活在长安的诗人,都把生命中最澎湃的热情托付给了这座城。这被歌颂了千万次的城池,这消失在历史中,却永远活在唐诗中的城市,才是当之无愧的风华绝代,风情万种。

彼时的长安才是当之无愧的Cosmopolis(国际大都会),这个城市里,商业勃兴,百货云集。店铺林立,街市阜盛,生活着大唐的皇室、官员、普通的百姓、远道而来的游子、士人、遣唐使、胡商等形形色色的人。皇室帝胄、达官显贵熙来熙往,富商巨贾、贩夫走卒、妓女伶人游走其间。和当时的大唐一样,它是五胡乱华之后强劲的少数民族基因注入文弱儒雅的汉文化之后造就的伟大奇迹,朝气蓬勃又气度沉稳。

"此去经年,应是良辰好景虚设,便纵有千种风情,更与何人说?"柳永的这句词,并不仅仅是恋人分离之后的感伤之语,用来追悼那些逝去的辉煌也很好。

没有人,哪有城?一座伟大的、富于传奇性的城市,必然存在过一些有趣的、特别的人,有过多姿多彩、跌宕起伏的历史,这才是一个城市的生机和灵魂。否则,再恢宏壮丽,都是一座死城,会让人记忆深刻,唏嘘沉默,却不能流连忘返,恨不能投身其中。

有时,我们会因为一个人,爱上一座城;有时,我们会因为一座城,恋上一些人。

我们追忆长安,是流连唐时的人物风流、不拘一格,是怀想那些或渺小或盛大的梦想,是回味那些亘若日月、璨如星辰的故事。

【绝好江山看谁取】

说句公道话,比起他的表叔隋炀帝,李世民的诗才明显要逊色许多,可以说不是一个级别的。

犹记得当初第一次读到杨广所写的《春江花月夜》时的惊动:"暮江平不动,春花满正开。流波将月去,潮水带星来。"

除了张若虚那首《春江花月夜》,也就是这首《春江花月夜》给我留下的印象深。若说张若虚的《春江花月夜》是一支咏叹调,恢宏而又深情,那杨广的《春江花月夜》就宛如天人清歌一曲,惊鸿一瞥却不能忘。

【安得盛世真风流】

平心而论,这该是一个多么有美感的人写的诗。读这首诗,是在郭茂倩所编著的《乐府诗集》里,目光掠过这首诗时,那诗句就似自已有生命,从平板的书卷中绽放开来,活色生香,让人不能移目。

似见一人,独立于春江岸边,静观晚潮。江平如锦缎,那春花开在江岸,似锦上添花。在这静中,又可觉察那生机绚烂自在。再晚一点,月和星都升起来,随着水波摇曳,流水刚刚将月色送走,晚潮又带星辉归来。

写诗最难的,是写这样寻常之景,要写得生动,有情,举轻若重,还要收放自如,举重若轻。稍有差池,就变成了宋人的说理诗,读完了满嘴道学味,漱都漱不干净。

杨广还有许多好诗,以后会陆续谈到。撇开他的所作所为不谈,他的诗真是值得欣赏,将他列为隋唐过渡时期的重要诗人并不为过。可惜的是,这个人拥有发现美的能力,却缺乏对美的珍赏之心。身为帝王之尊,他对万事万物的予取予夺之心,霸道到失去控制。

在那个时代,他确实干成了许多大事,隋朝一度国力鼎盛。隋炀帝自视极高,他曾对大臣说:"天下人都说我是继承皇位才能统领四海,但如果让我与满朝的士大夫们比拼才学,我也应成为天子。"

显而易见,他的自负并没有帮助他成为一个合格的执政者,反而促使他成为暴君。他刚愎自用,不听人言,不恤民力。在他眼中,臣子只是执行命令干活的人。这与后来唐太宗广开言路、从谏如流是绝不相同的。

在隋炀帝治下，君臣不以真心相见，大臣们多阿谀奉承。纲纪败坏，动乱四起。即使他才能出众，即使隋文帝开创了大好局面，他也未能守得住。

隋炀帝的故事告诉我们，对才能甚高，自律甚差的人，最好的制约是不要给他至高的权力。

作为一代明君典范，李世民在历史上的风评要好于杨广。"能作大帝"隋炀帝经常"不幸"地成为反面教材，被"英明神武"的唐太宗比得一无是处。隋炀帝像个坑爹败家的纨绔子弟，李世民像个品学兼优、举止得体的好孩子。

实质上，这两个人都是富二代，他们的相似之处，还真不是一般地多。

杨广二十岁平定陈朝，李世民十八岁随父自晋阳起兵。两人都是少年英才，弱冠之年就统领兵马，南征北战，立下赫赫战功。

再者，两人都不是储君，杨广趁父病重时矫诏登基，逼兄自裁，李世民弑兄屠弟，逼父禅位，都不是正途即位。

如果说，贞观年间的君正臣贤，如春风沉醉，百花齐放，那么武德九年（公元626年）的"玄武门之变"就是一场被轻轻抹去的腥风血雨。"玄武门之变"后，李世民铲草除根的狠辣手段，实不逊于杨广。

我不会很道学地指责李世民的不义，当时的形势也容不得他犹豫不决，心慈手软。皇位之争，不是你死就是我亡，心肠太软的人是不适合参与竞争的。"仁义"这块金字招牌，是胜券在握后才好拿在手里招摇过市，收买人心的。

铁血江山，皇皇霸业。成王败寇，理所当然。既生在帝王家，既心向九五之位，就不要说不得已。上天很公平，它给你多大的机会，就需要你承担多大的风险。它给你多少尊荣，就取走你多少自由。

再比如，作为皇帝，他们都热爱开疆辟土。杨广劳民伤财而无近效，李世民实属好命，他在杨广奋斗的基础上，再接再厉，成就霸业英名。

其实都算继承了不错的"家业"，然而两人即位后的表现截然不同。

许多在杨广手上没有完成的事，在李世民治下得以延续完善——比如对后世影响甚巨的科举制度，在隋炀帝时期时开时停，在太宗朝却成了常制。此举吸纳了大量庶族出身的子弟和寒士文人进入官僚系统，参与帝国的管理和统治，效果非常长远，正如后世文人感慨的"太宗皇帝真长策，赚得英雄尽白头"。

从长远的意义上来说，科举制度打破了魏晋以来，门阀世族对文化的垄断，客观上促进了社会结构的优化。"缙绅虽位极人臣，不由进士者，终不为美"，魏晋南北朝以来，门第决定一切的社会风气开始转向，庶族寒门的子弟有了相对公平的晋身之阶，凭借真才实学，第一次有了叫板公卿的底气。

再如三省（中书、门下、尚书）制，有制约君权的作用，同样是形成于隋，但正式成为制度，还是在太宗朝。因此，尽管有这么多表面上的相似之处，他们还是不同的。与杨广相比，李世民最大的不同是，懂得克制，以及对民力、民心有敬畏之心。

居高位者，以知人晓事二者为职。为君者并不靠个人才华，有没有诗才完全不重要。重要的是要知人善任，有克制欲望的能力和广博的胸襟。

用"流波将月去，潮水带星来"来形容唐代隋正好，历史总是潮汐往复。大唐盛世初开，风流人物辈出，正如这繁星漫天。

【千古一帝谋盛世】

春秋时,春秋五霸之一的齐桓公姜小白问策于管仲,如何成就霸业,管仲坐而论道,说得头头是道,听得齐桓公频频点头,信心大增。忽然之间,姜小白同学想起一个重要问题,有些羞愧有些惶恐地问,我这个人,喜欢吃喝玩乐,这于霸业有碍么?

目光远大的管仲安慰他说,没事的,喜欢吃喝玩乐是人之常情,谁能没有一点缺点呢?成就霸业最主要的,是要能够发现贤人、任用贤人、信任贤人。

姜小白松了一口大气,照管仲的策略执行,果然成就了霸业。

和姜小白一样，李世民也是知人善任的人，他的性格比骄纵自大的杨广要讨喜得多。身为君主，李世民的气度要远胜于杨广，甚至是大多数人。虽然屡屡被魏徵烦到想要掐死他，太宗还是次次都接纳了他的意见。

以武创世，以文治国，可以马上得天下，不可以马上治天下，这是古来明君都深谙于心的道理。即位之后，李世民曾多次激励大臣"知无不言，言无不尽"，下诏说："纵不合朕心，朕亦不以为忤。"

他基本做到了言行一致，对着满朝文武苦练"忍字诀"，虽然做不到唾面自干，也做到了"从谏如流"，单就这份心胸已是少见。

世人都知道当明君圣主会流芳百世，当昏君暴君会遗臭万年，可是从三皇五帝到清末，除了上古那几位被尊为圣贤的、神一样的存在，大多数时候，为君为王的还是昏庸寻常的多，能够不过不失已经是阿弥陀佛，间或还有几个作天作地、行为出格的暴君，主动担当了自家王朝掘墓人的重任。

撇开那些人格缺陷不谈，这实在是因为，当个好君王、好皇帝太不容易了，责任重大，举动受限，上有无数礼教规矩压着，下有无数臣子死谏活谏。除了表面的尊荣，实际上的自由少之又少。

只要你放出话去，表态要做一个好皇帝，那完了！处理不完的国家大事，应付不完的礼仪规矩，就等着你了。当明君圣主，哪有当昏君暴君来得潇洒任性？康熙亲政之后常朝不辍，每天早上五点前起，准时坐在乾清宫乾清门下"御门听政"，坚持了十几二十年，除非特殊情况，从未主动给自己放过假。最后是大臣熬不住了，上书劝说，咱们歇两天吧，康熙才改为数日一朝。

所以，帝王中的大多数选择中规中矩，不求有功但求无过，只有那志向远大、心智毅力过人的，才愿担当起这生命中不可承受之重，成为一代明君圣主。古人称皇帝为天子，不带任何偏见地说，这屈指可数的几个人，确实可以称得上"天之骄子"。

被后世盛赞的贞观之治有一种清素的情怀，是（相对的）言论自由、君主从谏、君臣互相尊重的典范（当然不乏文臣史家的刻意涂抹和美化），却也是昙花一现的美好，不要说在中国历史上，在唐代也是少见的。这是因为，这种良辰好景，完全是依赖君臣的个人素质而得以偶然实现，缺乏了制度的制约和规范，它不具备被复制和长期实现的可能。

期待明君圣主救世，早被证明是一厢情愿的天真。可惜，自古以来还是有人乐此不疲，长梦不醒。

我小时候，不务正业，拉拉杂杂看了许多关于李世民的书和电视剧，他的形象在我心中生动而高大。因着对李世民的认可，也因着他特殊的身份，我比读其他人的诗，更留心那些字句之下的心思，想看到一些正史记载中遗漏的细节。

我喜欢《帝京篇》十首以外，他那些散落的诗作。不强调帝王的身份、威仪和荣光，他的自信和直率让他的诗无师自通地拥有了直抒胸臆的好处。

他的诗有朴实而雄健的气象。如果他懂得直抒胸臆的好处,他的诗歌就有了直接盛唐的气象,自然会区别于初唐流行的宫体诗。

他其实不必向他的文学侍臣们学习如何娴熟地运用典故,雕琢字句,让诗句看起来更精美动人。他有自己的过人之处,且看这一首《过旧宅》:

> 新丰停翠辇,谯邑驻鸣笳。
> 园荒一径断,台古半阶斜。
> 前池消旧水,昔树发今花。
> 一朝辞此地,四海遂为家。
>
> ——《过旧宅》

窃以为,在李世民一百多首帝王诗中,这首诗,才称得上是他的代表作。

这首诗,不期然让我想起向秀的《思旧赋》。《思旧赋》的基调是悲伤且无奈的,竹林七贤风流云散,向秀途经故地,闻笛思友,充满了物是人非的凄清和感伤;而李世民的《过旧宅》呈现了一个功成名就的人的自信,在略显萧瑟的环境下,仍见勃勃的生机。

此诗与彼诗,映照着不同的人生,没有什么好与坏,只是各自的情味不同,适合不同的心境。

有些时候,前路逼仄幽微,微光嶙峋,耐心走过仍有柳暗花明;

有的坦途看似远大,却暗藏艰险,稍有不慎就前功尽弃。

李世民回归故里之后,对往日的追怀,是欣然,不是感伤唏嘘,他从此拥有了更大的施展能力的天地。这种坐拥四海,意气风发的感觉,一如刘邦回乡所歌的《大风歌》:"大风起兮云飞扬,威加海内兮归故乡。安得猛士兮守四方!"

大抵这男儿功成名就后的王霸之气,是气势相近,心思相似的。

这允文允武,血脉中交杂了胡人狼性的皇帝,一生弓马不歇,骑着他心爱的"昭陵六骏",内平动乱,剑指辽东,马踏西域。杀伐决断,整顿乾坤,终缔造了不朽的大唐帝国。

另有两句诗,李世民以同样的笔调写道:"昔乘匹马去,今驱万乘来。"——匹马离去,拥众归来。旌旗猎猎,映日生辉。所有的腥风血雨、辛酸惨烈都被淡化为成功后的辉煌。

这种成功令人向往,实则却是难以复制的。屈指算来,历史上也只有极少数的开国君主可以享受到这种极致的辉煌。

四海为家,奔波四方,才是人生的惨淡实相。多少人跋涉在路上,能披荆斩棘,到达终点,如愿以偿的有几人?能在坚持之中,不失本心,始终如一的又有几人?

世界上只有少数人才能实现自己的梦想。赞美成功,同时也要允许失败,这本该是不证自明的道理,可现实却教会我们现实,认为成功才是唯一的目的。

最简单的道理,如果李世民登基为帝之后,变得暴虐无道,恐怕后世人就很难对他推崇备至了。

　　要担当,要坚持,要懂得取舍,没有理所当然的成功,没有不劳而获的人生,还是那八个字说得好:不忘初心,方得始终。

【无情未必真豪杰】

说了这么多,还是要将"能作大帝"和"一代明君"放在一起略做比较的。

杨广热爱女色,骄奢淫逸世所皆知。李世民早年还算克制,晚年却不遑多让。与隋炀帝一样,唐太宗也有无数的女人,许是有游牧民族的血统所致,对汉人的伦理不大在意,不管是弟媳(李元吉的妻子),还是表婶(隋炀帝的皇后萧氏,这朵"桃花"存疑)、表妹(隋炀帝的女儿),他都照单全收。

他的大胆,无形中也影响了他的后代,无论是高宗李治,还是玄宗李隆基，对违背伦常的纳娶，都没有太大心理负担。值得玩味的是，唐代深受儒家观念影响的臣子们，对此也没有太大的抵触，反而掉转笔头，或深或浅地歌颂起帝王的爱情。

普通男人有妻妾，帝王有嫔妃。女人、财富、权位是男人功成名就后的奖励，这是心照不宣、无须避讳的事，不然努力奋斗个啥！只为理想而奋斗的圣人，不是没有，但屈指算来，寥寥可数。

太宗的女人中，有一位大众深感兴趣，不得不提的女人——武则天。

在唐太宗的晚年，他宠幸了选秀进入宫闱的山西武家的女儿，封为"才人"，赐号"媚娘"。即使如此，后来的女帝，当时的媚娘亦没有独占三千春色。她在太宗的后宫中无足轻重（跟热播的玛丽苏电视剧《武媚娘传奇》不一样）。作为年老的男人，李世民所需要的，仅仅是年轻女孩的娇媚可人带来的青春刺激。

即使是后来在武则天自己编撰的降服烈马故事里，太宗也不见得真心欣赏武媚娘的智慧和魄力。面对这个女孩无意间流露的咄咄逼人，他隐约感到不适，对这个外表娇媚的女孩有了警惕心，随后疏远了武媚娘。

若非如此，武媚娘也许会沉溺于他的宠爱之中，不会有危机感，不会转移目标，与太子李治眉目传情，暗度陈仓。

武媚娘和李治，才是偷情的典范啊，激情与真心并进，事业爱情两不误。最绝的，是夫妻二人都成了皇帝。如果没有这个本事，还是不要折腾，老老实实做良家妇女（男）。

太宗的一生，有很多女人，与他深情不渝的也有好几位，除却史书刻意略过，不好评价不愿多提的那几位，最确凿无疑的是长孙皇后和徐贤妃。

《武媚娘传奇》剧情再无稽，关于长孙皇后的评价倒是切中要害，说她是个可怜的女人。古往今来的皇后有几个不可怜呢？那表面的荣光之下掩藏着无所不在、防不胜防的危机和长夜孤灯、夜夜难眠的心酸。

作为正妻，长孙皇后凭着自己的出身高贵、深明大义而获得太宗的终身尊重，在她殁后让他追思不已。而徐惠，作为出身寻常的后起之秀，能够在太宗晚年的宫闱里独树一帜，凭借的是美貌与才华。

温婉懂事的徐惠与唐太宗之间的感情，并不是一味的低眉顺眼，这也是很有意思的。某次唐太宗召她去见面时，她迟迟未至，太宗问她原因，她回答得很巧妙："千金始一笑，一召讵能来？"太宗闻言大悦，不再怪罪。

男女之间的识情解意是值得欣赏和体味的。

与武媚娘的审时度势一心二用不同，徐惠真心爱慕着这个比自己年长、举世无双的男人。幸运的是，在李世民那里，她也得到类似爱情的回馈。对于一个单纯的女人而言，这无疑是值得庆幸的。

贞观二十三年（公元649年），唐太宗驾崩。徐惠哀慕成疾，不肯进药,终于永徽元年(公元650年)病逝,年仅二十四岁。殁后被高宗追封为贤妃,陪葬昭陵石室。

长孙皇后和徐贤妃无疑符合男人不同阶段的不同需要。在他创业之初,他需要一个家世显赫、贤良大度的女人作为助力;当他功成名就之后,他就更需要温柔体贴,又不失聪慧有趣的小女人作为心理补偿。

当读到太宗的《咏烛》时,我不禁洋溢着八卦之心:

焰听风来动,花开不待春。
镇下千行泪,非是为思人。

——《咏烛》

"长安月下,一壶清酒,一树桃花,心如烛光,渴望在幻想中点亮。"每次听到这首《长相守》我都会想起太宗的这首小诗。

尘世间,有多少人守望着心中这份小小的暖意。有所思,有所念。情之一字,最是让人欲罢不能。即使贵为帝王,也免不了有一点相思。

每个人,都有寂寞的时候。心有微澜,莫不是因为你?迫不及待,似乎春意已经到来。那流下的烛泪,无非是因为心(芯)有思念……

不知这首诗是他有感而发,意有所指,还是随意写就。我在知与不知之间徘徊,就这样意犹未尽,有一点点留白想象刚刚好。

无情未必真豪杰,帝王的小情诗,千载之下,读来仍让我等小民兴致勃勃啊!

红尘千殇,你来我往,免不了相互欺哄,彼此辜负,却一定会有值得珍赏的感情存在,只看你有没有那份沙里淘金的坚定。有了这份坚定坦然,就不怕付出,无惧失望。

纵然良辰短少,依旧有花好月圆。

【知君不免为苍生】

若是将大唐盛世看作一部群星璀璨的超豪华大戏,它大概可以分作三部曲。"贞观之治"是第一部,由唐太宗李世民领衔;第二部是唐高宗李治和武则天携手出演的"永徽之治";第三部"开元盛世",则是由唐玄宗李隆基倾情主演,女主角是杨玉环。

除却领衔的皇帝主角之外,还有一些主演也不得不提,譬如那些盛世名臣——没有他们披肝沥胆,鼎力相助,不可能有真正的盛世辉煌。

羞愧地说,如果不是读《全唐诗》,翻到《述怀》,我想我可能已经遗忘了魏徵也是一位诗人。他在我的印象里,是一位以直谏著称的大臣,敢于提出自己的见解,无惧帝王的权威,单这一点,已足以成为后世读书人的表率。

与他作为政治家的重要地位相比,魏徵作为诗人的身份是十分次要的,但他的诗仍值得一读。《述怀》是这样写的:

> 中原初逐鹿,投笔事戎轩。
> 纵横计不就,慷慨志犹存。
> 策杖谒天子,驱马出关门。
> 请缨系南越,凭轼下东藩。
> 郁纡陟高岫,出没望平原。
> 古木鸣寒鸟,空山啼夜猿。
> 既伤千里目,还惊九逝魂。
> 岂不惮艰险,深怀国士恩。
> 季布无二诺,侯嬴重一言。
> 人生感意气,功名谁复论。
>
> ——《述怀》

后来,王维用"所不卖公器,动为苍生谋"来赞张九龄,这个赞誉,魏徵也是当之无愧的。

俗语说:"江南的才子北方的将,陕西的黄土埋皇上。"然而我发现，唐代时，河南、河北、山西才是人才辈出的地方，许多诗人、文豪、政治家都出自那里。彼时的中原文化强过东南文化，要到宋室南渡，江南文化才真正兴盛。

魏徵祖籍钜鹿下曲阳（今河北晋州西），魏家是当地有名的士家大族，魏徵因此受到很好的教育。据传，早年间魏徵曾从隋末大儒王通治"河汾之学"。

了解"河汾之学"，才能了解"贞观之治"辉煌的原因。所以请先容我花点笔墨，说一说这个在思想高度上不逊于明代王阳明"心学"的重要学说，隆重介绍一下魏徵的老师王通先生。

王通字仲淹，龙门（今山西河津）人，如果"河汾之学"我们不知道，他的弟弟王绩也让我们稍感陌生，他的孙子王勃却一定叫人如雷贯耳。

王通早年深怀济世之心，曾西游长安，上书隋文帝，呈《太平策十二条》，未被采用。后见隋朝纲纪败坏，已是无药可救，遂隐居于河汾，躬耕自养，讲学授业，他所传的学说，被尊为"河汾之学"。

"河汾之学"重申了先秦儒学的要义，纠正了汉儒的君权神授说，其基本思想是人性本善、天赋人性平等，处处闪耀着人性的光辉。"河汾之学"的"民本思想"主张民贵君轻，民的地位要高于君主。

先秦儒家主张君权有限（与限制君权不尽相同），认为君王有道为合法，无道为不合法，可以谏，可以易位，可以诛（革命），有道无道，体现为人民生活状况的好坏。这一思想，与现代民主所强调的，政府执政为民，人民有权选择执政者大致也是一样的。

"不以天下易一民之命"——见多了历史上草菅人命的暗黑政权，王通这话说得真是振聋发聩！让我几乎有不敢相信的感觉。真是怒赞啊！毫不夸张地说，这可能是最接近现代民主思想的中国传统儒家思想。

王通强调执政为民，不要以所谓的天下为由，轻贱任何一个百姓，充分肯定个体之民的生命权利至高无上——这与美国《独立宣言》所倡导的不谋而合："我们认为下面这些真理不证自明：人人生而平等，造物主赋予他们不可剥夺的权利，包括生存权、自由权和追求幸福的权利。"

应该时刻牢记这简短的话语，它凝聚了先贤的智慧。不要轻易被欺哄，被摆布。民主和自由不是与己无关的事情，它事关每个人的生存权益。

而今，凡是受过正经教育的人都能认同上面这一段话，在当时却不是那么理所当然。

先秦儒家鼓励民众理性辨别，鼓励合理反抗，君王无道，可以废除。这太"吓人"了，明显不符合统治者的口味。没过多久，就被汉儒改造成"受命之君，天意之所予也"的君权神授说，主张绝对君权，屈民申君。这一坑人的思想，经过代代强化，帮助统治者完成了愚民的把戏。从此中国的老百姓，不到生不如死，贫无立锥之地的绝境，决不起来反抗。

"河汾之学"成为被后来的朝代有意淡忘的学说,原因是它实在太先进了,先进到如果后来的朝代都依此施政的话,中国恐怕早就自我进化成现代民主国家了。

王通在隋大业十三年(公元617年)五月十五日过世,这一天,正是李世民太原起兵的日子。王通虽未来得及亲自参与隋末的起义,但他的很多高徒都秉承了他的理念,积极入世,由隋至唐,成就了"贞观之治",魏徵就是其中的佼佼者。

可以说,李世民只是操盘手,而王通才是"贞观之治"背后的大神。

【已将书剑许明时】

或许,每一个老成持重的人,都曾是意气风发的少年。

魏徵亦不例外。身为王通的高徒,他不是那种只会在书斋中嗷嗷乱叫的书生,他是真的投身到隋末的起义大军中去。黄仲则说"百无一用是书生",每每想到魏徵,我便不能认同这句耳熟能详的话。倒是每每想起李白那句:"莫怪无心恋清境,已将书剑许明时。"

我对魏徵最初的了解,是小时候看《隋唐演义》。故事的开始,当时的"天下第一作"隋炀帝突发奇想要去扬州看琼花,为方便出游,下令开凿京杭大运河,又令造龙舟,征民夫,选民女,折腾得民不聊生，各路英雄纷纷起义，其中尤以瓦岗寨声势最为壮大，魏徵和徐茂公就是正义这方的重要谋士。

真实的历史当然不是如此戏剧化，隋亡有许多因素，开凿大运河只是其中一项。开凿大运河主要是为了运送军资，东征高句丽，而不是为了搞笑的看琼花。隋炀帝开凿大运河惠及唐代以及以后的朝代，唯独没有惠及他自己。

那是底色黑灰的乱世，那是黎明前最黑暗的时刻。各自为政的英雄豪杰、有识之士，都在用自己的方式迎接着即将到来的曙光。

在轰轰烈烈的革命事业中，魏徵确实和瓦岗寨过从甚密，他曾献策壮大瓦岗，可惜李密不能用其谋。在其后的乱世中，魏徵还被迫跟过窦建德等人，几年之中可谓辗转。

《述怀》诗中："纵横计不就，慷慨志犹存。策杖谒天子，驱马出关门。请缨系南越，凭轼下东藩。"当指这段经历。

"请缨"用汉臣终军的故事，他曾经奉命出使南越，劝说南越王向汉朝称臣，辞行时，据说他表示了为国效力的决心，向皇帝请求长缨，要把南越王"系"住，带回京城。

与终军一样，魏徵随李密降唐之后，曾毛遂自荐，去山东安抚李密的旧部徐世勣，徐世勣听从了魏徵的建议，率众归降了唐朝。

这位徐世勣就是《隋唐演义》里徐茂公（懋功）的原型。他是唐初名将，封英国公，被李渊赐姓为李，更名为李勣。他也是后来起兵反抗武则天的徐敬业的祖父。可惜徐敬业完全没有祖父的军事才华，起兵之后，很快就一败涂地。

"凭轼下东藩"说的是雄辩家郦食其，他代表汉高祖去说降当时的齐王田广，被田广所杀。

虽然魏徵没有像终军和郦食其一样丧命，他却被窦建德俘虏，跟着他干了一小段时间。好在那时的人不太讲究政治背景，出身是否根正苗红。不然，魏徵后来不可能在太宗朝大展拳脚，干得虎虎生风。

惊魂未定，流离失所的那段日子里，魏徵也是苦闷的，君不见《述怀》里写道："郁纡陟高岫，出没望平原。古木鸣寒鸟，空山啼夜猿。既伤千里目，还惊九逝魂。"似乐府古意，游子浪迹四方，笔笔都溅出凄凉。

他担忧的不只是自己，还有天下苍生的未来。风尘奔波，来日未卜，人如寒鸟哀鸣，孤猿夜啼，不知何日才能看到天下大定。

好在唐高祖武德四年，咱们英武不凡的秦王李世民率众击败了窦建德。魏徵再度归唐，被当时的太子李建成看重，任命为太子洗马（太子洗马是官职，掌管文书典籍、辅佐政事，不是为太子洗马的弼马温），礼遇甚厚。魏徵是个知恩图报的人，他看出众望所归的李世民野心勃勃，太子李建成有名无实，劝李建成早做提防，李建成同样不能用其谋。

魏徵早年的经历，颇似刚入职场的新人，一身本领，梦想着建功立业，却屡屡遇人不淑。最艰险的时候，简直朝不保夕。

尽管后来太宗以乡巴佬、倔老头相称，但魏徵绝对不是个憨货。深谋远虑如他，未必不知参与到皇族内部权位斗争中风险系数太大，但就如《述怀》所言，"岂不惮艰险，深怀国士恩"，君以国士待我，我以国士报之，他对李建成如是，对李世民亦如是。

武德九年，"玄武门之变"后，作为东宫派系的人，魏徵被带到李世民面前。有人说，魏徵曾经建议李建成将李世民安排到别的地方去。李世民问："你为什么要离间我们兄弟？"魏徵坦然对答："太子要是按照我说的去做，就没有今日之祸了。"

他也是敢说，换作一般人，换作明成祖朱棣的时代，敢这么当面揭疮疤，早就被一刀咔嚓了。好在他遇见的是李世民，李世民欣赏他直率敢言，心里也知道他说得有理，遂将此事轻轻揭过不提，即位之后，依然重用魏徵。

【身外功名任有无】

在魏徵心中,大概没有什么忠臣不事二主的别扭观念,这是极为难得的,这得感谢他的老师,王通给他灌输的优秀观念。

王通说,从事君主,要根据道(道理,道义),道不能行,就不合作。臣的职责是规正君主,保护人民。君臣之间以道义合,不合则去;君臣关系是相对的,而不是绝对的。

先秦儒家认为,君主只有接受政治建议,接纳批评,行之有道,才能天下大治。目睹隋末暴政,王通重新提出这一思想,有非常积极的现实意义。绝对可以相信,王通的学说对魏徵影响甚深,终其

【身外功名任有无】

一生,他都是遵照老师的意旨行事,以身践行。

那些俗滥的魏徵直言进谏的故事无须再提,总归这一对君臣加上后宫之主长孙皇后都是天造地设的妙人,简直是三人行,必有我师焉。如果没有长孙皇后明里暗里的鼓励和表态支持,时时帮他吹枕头风求情,老魏骨头再硬也被咔嚓过好几回了。

"季布无二诺,侯嬴重一言",《述怀》诗所言的侯嬴和季布,均以忠诚和守信而留名史册,而魏徵同样以正直敢言、公而忘私著称。以后世的影响力而言,他显然胜过这些被他赞美过的古人。

早在当年,天下方乱未平时,年轻的魏徵问老师:"圣人有忧乎?"王通很幽默地反问:"天下皆忧,吾独得不忧乎?"魏徵又问:"先生有疑(疑惑)乎?"王通说:"天下皆疑,吾独得不疑乎?"魏徵退。王通说:"乐天知命,吾何忧? 穷理尽性,吾何疑?"因为对天道(天、理)、人性(命、性)的了解,从而对未来有信心,可以乐观看待。有忧有疑,而不损大信,是谓智慧从容。

天道往还,亘古不虚。所谓奇劫巨祸,犹如日月之食物,不过是天道循环中的云翳雾影,一旦天下复于澄明,重获安宁只是瞬息之事而已。

果然到了贞观年间,气象一新,魏徵等一干能臣也有了用武之地。贞观之治大体落实了河汾之学的思想,王通泉下有知,也应该深感安慰。

"古之从仕者养人,今之从仕者养己。"这是王通当年对希求仕途,贪一己私利之人的批判,今日读来依然贴切,好像是看着现状说的,朝代更迭得快,人性变化得少。

幸好魏徵不是这种人,他没有让自己的老师失望。

"人生感意气,功名谁复论",他言行一致,说到做到。终魏徵一世,在朝他几乎无事不谏,绝不人云亦云。真话说多了,太宗不是对他没有意见,朝中权贵也不是见了他就脱帽行礼,无人同他作对。

当官哪有那么容易?若不是真将个人得失私利放下,秉道而行,大抵是不能如此光明磊落的。

魏徵死后,太宗长叹……

那句名言人尽皆知,也就不赘述了。果然在魏徵死后,言路渐阻,太宗渐趋骄奢,这是后话了。若非如此,也便轮不到武媚娘翩翩登场。

贞观十八年,太宗命阎立本画二十八位开国功臣像于凌烟阁上,魏徵位列第三。这是后人称羡的荣誉,一生不得志的李贺作诗感慨道:"请君暂上凌烟阁,若个书生万户侯?"可世事往往如此,越想要的越得不到,不贪图功名的人,偏偏能成就功名。

这种境界的人,对功名又浑不在意了。人生在世,一腔热血,要秉大义,做大事,不能变成狗血,洒在地上。

身外功名任有无——我特别喜欢魏徵这样心地光明的人,明明是绝顶聪明的人,却不曾为自己图谋什么,性格孤耿,又不是愚忠。当执则执,也是值得赞美的。

【隐宜隐兮悲莫悲】

　　隋末之际，天下动乱，风雨如晦，义兵四起。隋文帝杨坚苦心谋夺来的政权，传到"能作大帝"隋炀帝手里，不过二代，就有即将崩盘之势。不知隋文帝泉下有知，会不会被不孝败家子气得再死一次。

　　许多有识之士要么投入造反阵营，为新事业、新生活奋斗一番，要么干脆辞官归隐，以全其身。隋末唐初的诗人王绩，就是后一种人。

　　王绩这个人，说起来不陌生又很陌生。不陌生是因为文学史家一般把他列为最早的唐代诗人。他的名作《野望》，在《全唐诗》和诸多唐诗的选本里都会率先露面。

他还有个哥哥,是隋末唐初大名鼎鼎的大儒,就是前文提到的王通。王通隐居河汾之地,续修六经,讲学授业,名动天下。他所传授的学派被后人尊为"河汾学派",重倡儒家"性善说";他所教授的门徒,日后多为唐初的股肱之臣。

河汾之学对"贞观之治"的产生影响甚巨。从某种意义上来说,儒家先贤所倡导的理想,王通当之无愧地做到了!

此外,王绩还有个更大名鼎鼎的侄孙——天才诗人王勃,这样说起来,是不是突然觉得备感亲切?

陌生是因为这个人的生平相当简略,除了人人都有的基本信息:王绩,字无功,绛州龙门(今山西河津)人,就只知道他简单的为官的经历:王绩并不热衷于仕途,隋大业(隋炀帝杨广的年号)末,任秘书正字。因不愿在朝为官,外放扬州,做了六合县丞。不久因天下渐乱,他就托病辞官,回到家乡。

隋朝灭亡,唐朝继立。改朝换代后,新朝一般都要照例笼络一下士人,以示恩德。于是在武德(唐高祖李渊的年号)年间,征集曾经在隋朝任职的官员,以备任选。王绩到长安应征,任门下省待诏。贞观初年,他因病告退,回到故乡,隐居于北山东皋,自号东皋子——就是隐居在东坡下的人,和苏东坡的东坡,是一个意思。

他的名作《野望》,就是隐居北山时所作,诗曰:

东皋薄暮望,徙倚欲何依。
树树皆秋色,山山惟落晖。
牧人驱犊返,猎马带禽归。
相顾无相识,长歌怀采薇。

——《野望》

这首名作,历来赏析很多,很透,评家多从这首诗的格律、意境谈起,高赞这首诗的文学水准。这首诗言辞古淡,意境高远,是毋庸置疑的。因它算是最早的一首唐代律诗,传达的又是文人一贯追慕的田园生活的状态,所以受赞并不为奇。

在王绩的时代,"律诗"这个专有名词还没有出现,一般只称"五言四韵"。随着诗歌的发展,律诗的要求越来越细,越来越规范,早期的诗歌,后来的人总能挑出一些所谓的"诗病",但这并不妨碍王绩这首五言律诗在诗歌史上奠基的地位。

我小时候很粗心,第一次读到《野望》时,一眼扫过去,以为是王维的诗——王维确实写过类似的诗。后来仔细一看,不是!虽然风格有那么一点点相似,而且他们都姓王,都是山西人……我还暗自琢磨过这两人有没有亲戚关系,我是因为这个对王绩印象深刻,也算是歪打正着。

后来我才知道,王绩和王维没有亲戚关系,和王勃倒是有。这个发现,让我大大高兴了一下,果然是家学渊源哪!王绩诗风清淡如爽口野蔬，王勃则华丽隆重如法餐。先尝点王绩，再品王勃，也是挺健康的。

我其实很怕解析隐士的诗，因为隐士自己基本把要表达的意思都表达完了，读的人乖乖回味就好，再说点啥也是画蛇添足。好在王绩这个人相当有意思，说来并不乏味。

王绩这个人呢，其实蛮好玩的。虽然看简介只有那么简单的几句，看诗作也是一副成熟大叔、隐逸高人的样子，但他这个人，有个大大的爱好，就是喝酒。

在隋朝当官的时候，他就因为嗜酒而误事，幸好官小，没什么实权，加上天下大乱，大多数人各忙各事，自顾不暇，也没什么人找他麻烦，考核业绩，说他当官当得不好（其实真是当得不好，纯粹为了领份工资买酒喝）。

后来他再度出仕当了唐朝的官，那时候，他哥哥王通的门徒薛收、魏徵、杜淹、陈叔达等等，都已经身为唐初重臣，这些王通门下的佼佼者，勇于进言，献计献策，无不为唐朝的开国创业，乃至后面的贞观之治竭尽心力，做出不容忽视的贡献。

身为河汾学派师叔辈的人物，王绩却将当官混酒喝这一人生态度贯彻得淋漓尽致。

依唐代的制度，中书省负责诏令的草拟，门下省负责封驳审议，中书、门下通过的诏敕，经皇帝裁定后方可交尚书省贯彻执行。门下省与中书省同掌机要，共议国政，如此看来，门下省待诏，身为皇帝的小秘书之一,再怎么闲,也不会闲到每天没事做。

王绩任门下省待诏以后,其弟问他当官感觉如何,王绩直言不讳地说:"当待诏很烦人,要不是图那三升好酒,我早不干了。"大叔真是性情中人,坦率敢说!

唐朝的工资多数时候会以实物的形式发放,当时待诏的工资是一天发三升酒。王大叔自己说了,他当官的最大动力是图那三升好酒。后来王绩的上司陈叔达(王通的问学者,算是挂名弟子),知道他的癖好,特意给他加工资,加到一斗,传为一时佳话,人称王绩为"斗酒学士"。

到了贞观初年,王绩听说任太乐署史的焦革善酿酒,主动要求改任太乐丞。一般都说是因他好酒所致,然而,深层的原因是,以长孙无忌为首的勋戚集团与儒臣为敌,连带着有意压制在朝的王氏兄弟(除了王绩之外,王氏家族中还有一个担任监察御史的王凝)。王凝为人正直,因弹劾勋戚,与长孙无忌结怨,屡受打压。

王凝被贬黜,王绩被罢官。与王凝为官"几经播迁,终不言悔"相比,王绩的经国济世之愿没有那么强烈,焦氏夫妇相继去世后,王绩当官的动力完全丧失,干脆就告病还乡。

"东皋薄暮望,徙倚欲何依。"诗人在他熟悉的家乡养老安居,傍晚时登上高处,看到的是秋天的世界,感受到的是旧时代的衰飒。

按照《野望》所流露的意趣,以及众位诗家的解读,王绩这是"感隋之将亡,有隐居不仕之志"。这个解释比较扯,王绩归隐东皋的时候,隋已经亡了好几年了。他对隋朝又没有特殊的感情,不至于伤怀那么久，再说他后来还跑出来做了唐朝的官。

又有说他是失望于当时的时代，没有找到赏识他，可以投奔的人，所以"徙倚"多年，竟没有归宿之地。这样说倒是有些道理，然而这一层心意，必须要结合他在李唐王朝中的遭遇来体味。

本以为，改朝换代了，世道人心会为之一新，孰料入朝之后，还是免不了被权贵倾轧。

其兄王通作为当世大儒，人格、学问、著书立说的成就，本为当世翘楚。王通过世是在隋朝，按例，应该列入《隋书》。

唐初官方修撰的《隋书》，因是长孙无忌主持编修，从中作梗，《隋书》竟不立王通传。后来王氏兄弟在朝受屈，无辜受害，贞观朝中的王通门人竟无人援手，这一切都令王绩深感不平，他在文集中多次言及"相顾无相识，长歌怀采薇"，当是指此而言了。

"树树皆秋色，山山惟落晖。牧人驱犊返，猎马带禽归。"暮色渐深，乡村里的人和物开始了象征性的"返归"。

他看到的是暮色，是秋景，虽然看到大乱之后的安定，心中宽慰，可联想到自身家族的际遇，难免不流露萧瑟、衰败的心意。他想到的是隐居山中，最后不食周粟、饥饿而死的伯夷和叔齐——是那样的孤耿，欣逢盛世，却无意迎合，他自己也是这样的人。

《野望》平和雅淡的描述之下，潜藏的是，一个人深深的失落和愤懑，这是无须讳言，刻意美化的。

一个人选择远离世俗的生活，不代表他就必须消除世俗中人的情绪。

因为行事作风、精神气质相投,王绩在诗歌中自觉扮演起类似陶渊明的形象,有时是嗜酒的诗人,有时是怪诞的醉汉,有时是固执的隐士和自给自足的农夫。他的诗集中,除了隐逸的主题之外,还写了大量饮酒的诗。

除却陶渊明之外,王绩还很欣赏阮籍,他对阮籍的看法与魏徵很不相同。对于他来说,阮籍是蔑视世俗生活的畸人,而不是历史上为曹魏衰亡而忧伤的有头脑的道德家。

其实两种思想并存于阮籍的诗中,对后来唐代诗歌的启发同样重要。

王绩是一个企羡魏晋风度和隐士角色的人。他曾大量引用和模仿阮籍及陶潜的作品。这些诗比《野望》更能见出他的风格和思想:

阮籍醒时少,陶潜醉日多。
百年何足度,乘兴且长歌。

——《醉后》

浮生知几日,无状逐空名。
不如多酿酒,时向竹林倾。

——《独酌》

此日长昏饮,非关养性灵。

眼看人尽醉,何忍独为醒。

——《过酒家》(之二)

阮籍生涯懒,嵇康意气疏。

相逢一醉饱,独坐数行书。

小池聊养鹤,闲田且牧猪。

草生元亮径,花暗子云居。

倚床看妇织,登垄课儿锄。

回头寻仙事,并是一空虚。

——《田家》(之一)

前旦出园游,林华都未有。

今朝下堂望,池冰开已久。

雪避南轩梅,风催北庭柳。

遥呼灶前妾,却报机中妇。

年光恰恰来,满瓮营春酒。

——《初春》

比起《野望》,我更喜欢王绩这一系列的诗,性情毕露,又不乏小情趣。抛却道德上的束缚,一个真正的诗人,应该这样放松地去感受生活。

从《过酒家》和《初春》可以读出他真诚的喜悦,这世界的丰满和美好,展开在他眼前,他能够准确地捕捉到生活的佳意。

远离朝堂,隐居之后的他,不是一意孤行要做一个不食周粟,活活饿死的道德标兵。

王绩的诗措辞朴素,句法直率,自觉地修正了陶渊明和阮籍诗作的晦涩,同时又摆脱了初唐宫廷诗柔弱雕琢的气质,生发出新鲜的活力。虽然在当时,并不流行。

还有一首诗,虽然不如《野望》那么知名,但或许能更鲜明地体现王绩本人的意志,诗名《赠陈处士》,诗曰:

百年长扰扰,万事悉悠悠。
日光随意落,河水任情流。
礼乐囚姬旦,诗书缚孔丘。
不如高枕枕,时取醉消愁。

——《赠陈处士》

我说过,王大叔是极爱酒的,酒能帮助他消解那些莫名的苦闷、难言的隐衷。人世虽然苦短,也有数十年,世事纷扰繁杂,想论断是非曲直并不是那么容易。

在他看似糊涂的表象下隐藏着对世事清醒的认识。他笑斥礼法,说"礼乐囚姬旦,诗书缚孔丘",诗书礼乐,培育了许多人才,却也桎梏了太多人。

不拘礼法,率性而活才是值得推崇的,可古往今来,能真正做到的又有几人?连王绩自己,亦做不到得失不系于心。

放歌山野,高枕酣醉。一枕秋风,半梦半醒之间,总还有些旧事,如窗前月、心上霜,耿耿于心,拂之不去。

又及:《隋书》不载王通,是很大的缺憾。后代史家有意补救,《旧唐书》中,已对王通生平事迹有所记载,北宋的《资治通鉴》中,亦记载王通其人其事,司马光更为其撰写《文中子补传》(文中子是王通的谥号),流传至今。

【劝君惜取少年时】

接着说王勃,前文提到的大儒王通的孙子,诗人王绩的侄孙。因为诗歌所带来的名气,他的名声,比他的长辈们要大得多。

几乎没有人不曾读过那首《杜少府之任蜀州》(也就是《送杜少府之任蜀州》,最早的原作名,是没有"送"这个字的,本文沿用原名),不知那句"海内存知己,天涯若比邻"。

《杜少府之任蜀州》虽然被推举得很高,然而单凭这一首,并不足以证明王勃是才子。起码对我而言是如此。我于是跑去找了王勃的诗集来读。结果发现,除却这首尽人皆知的成名作之外,王勃的诗集里尚有很多令人过目不忘的好诗。他有许多五绝,写得颇近于王维和孟浩然,而一些乐府歌行,如《临高台》,即使放在盛唐诗人里也毫不失色。考虑到他所处的时代和他的年纪,真不负才子之名。

我选几首录下来,供大家欣赏一下,以证明王勃实非浪得虚名,至于那首《临高台》篇幅比较长,后面有机会再详细说。

客心千里倦,春事一朝归。
还伤北园里,重见落花飞。

——《羁春》

客念纷无极,春泪倍成行。
今朝花树下,不觉恋年光。

——《春游》

山中兰叶径,城外李桃园。
岂知人事静,不觉鸟声喧。

——《春庄》

山泉两处晚,花柳一园春。
还持千日醉,共作百年人。

——《春园》

【劝君惜取少年时】

抱琴开野室,携酒对情人。

林塘花月下,别似一家春。

——《山扉夜坐》

这些诗句如春水幽凉,似山泉清冽,读了让人心里沉静,似看见一位安静优雅的少年,游赏春光,时而欢喜,时而忧伤。他知道很多事都是美好的,也是值得留恋的。他的心像玉壶里的冰一样,清澈无染。

如果这就是王勃,那么也许就没有日后生出的许多风波了。他会是孟浩然或是王维,却不是王勃。人性总是复杂的,王勃能写出如此空灵的诗句,行事却出人意表,叫人跌碎了一颗玻璃心。

王勃,字子安。这个表字,对他的人生真是一种反讽。

唐代的神童真是多,王勃是率先登场的一位。他成名真是早,是少年早慧的典型。也是家学渊源的缘故,从小就博学多闻,还不到二十岁,就已经进士及第。就连唐高宗读到他献上的颂,知是未及弱冠的神童所写,都连声赞叹他为"大唐奇才"。

上得君王赞赏,下得众人称美——身为当时朝廷最年轻的官员,他的才华惊动了整个大唐。即使是在传奇辈出的年代,出身名门、少年得志的王勃,仍是一个活着就可以类比为传奇的存在。

那是一生中最好的时光,回头想起来,却是那么短暂。

明代陆时雍在《诗镜总论》中说:"王勃高华,杨炯雄厚,照邻清藻,宾王坦易,子安(王勃)其最杰乎?"我不能认同他对其他三人诗风的判断,对于王勃的评价却是恰当的。

在"初唐四杰"中,王勃年纪最轻,名声最大。关于"初唐四杰"的排名,后人争论很多,但不管如何争议,王勃都名列首位。

他的才华早早赋予他与年龄不相符的盛名,而他的儒学家教并没有令他的性格变得稳健。因为年轻,当之无愧的年轻,所以有任性妄为的轻狂。

二十岁时,王勃通过了一个特殊的考试,进入宫廷,担任了沛王府修撰,成为沛王李贤王府中的一名文学属官。因为年纪相仿的缘故,王勃很快博得了李贤的欢心。

从太宗朝开始到玄宗,唐宗室都有斗鸡的爱好(唐高宗本人不喜欢),李贤也不例外。某次他与英王斗鸡,王勃为讨他欢心,写了一篇《檄英王鸡文》。这篇给沛王助兴的文章,模仿了军事檄文的写法,滑稽又特别不庄重。

文章流传开来,原本赞王勃为奇才的高宗,怒而批道:"歪才,歪才!"高宗之怒并非无由,二王斗鸡,王勃身为属官,不加劝诫,反而写作檄文,有意夸大事态,是失职。小惩大诫,一道圣旨降下,王勃被罢职,逐出王府,逐出长安。

我很能理解高宗的愤怒,他对李贤的看重,好比是看到儿子身边一帮不学好的人,唯恐把儿子带坏了,做父亲的首先想到的是让这些人远离。虽然他更应该反省的,是李唐皇室这悠久的家风和他自己对儿子的教育。

可能有人会觉得王勃冤,我倒觉得未必。王勃身为皇子的属官,不是等闲玩伴,所谓"在其位,谋其政",他的职责之一,就是劝谏、约束皇子的行为。不管李贤听不听,这是他的责任,像贞观朝的魏徵对太宗的态度,才是正道。

如果做不到,最起码,他可以做到,不为了刻意讨主子的欢心,去作滑稽文章。才华不是用来这么不务正业的。

即使是以王勃自小接受的儒家教育理念来看,他的行为也是不妥的,已然违背了某种准则,趋向于佞臣,长此以往,若真的位高权重,真是不堪设想。无论高宗迁怒之下的处罚是否过重,王勃首先是错了。

这还只是开始,他的一生,总是重复着这样那样轻率的错误,让人又怜又恨。说起王勃,人们总爱说他英年早逝,言语之间充满了怜惜,仿佛是命运对不住他,然而他根本的问题,在于性格的轻率。

有才而无智,总是叫人惋惜的,若再添上少年的鲁莽,那就更要命了!

【莫令别后无佳句】

《杜少府之任蜀州》,是王勃最著名的作品。那时他还在长安。他有一位姓杜的朋友要到四川去做县尉,王勃为他送行,写下了这首诗。

依据唐代的官制,一个县的行政长官称为"令"。县令以下有一名"丞",处理文事,有一名"尉",处理武事,所谓"文丞武尉",是协助县令的助手。在唐人的公文或书简往来中,常尊称县令为"明府",县丞为"赞府",县尉为"少府",诗题作"杜少府",可知此人是去就任县尉。

【莫令别后无佳句】

让我们再来细看这首诗：

> 城阙辅三秦，风烟望五津。
> 与君离别意，同是宦游人。
> 海内存知己，天涯若比邻。
> 无为在歧路，儿女共沾巾。
>
> ——《杜少府之任蜀州》

读这首诗，仿佛回到了那久远的年代，站在古老长安的城阙上，遥望着一场离别。

山河春而霁景华，城阙丽而年光满。秦川之地，山川峻烈，经过开国的数十年经营，越发显得城阙巍峨，市井逶迤。古道旁相送的人意气风发，姿态从容，不被离情所羁绊。

唐人送行，多作诗赠别。一部《全唐诗》，这类赠别诗占了不小的比例。钱锺书先生对此有精妙的论断："从六朝到清代这个长时期里，诗歌愈来愈变成社交的必需品，贺喜吊丧，迎来送往，都用得着。"

"用得着"这三个字令人莞尔，不兴送礼，兴赠诗，这个方式很环保，很值得点赞。伴手礼多数会吃完、用掉、坏掉，诗却能一直记着，常忆常新，对送行的人而言，最没有经济压力，唯一考校的是才华。

赠别诗多半是临场发挥，才华和交情都要经受"考验"。水平自然是参差不齐，能流传后世的，多半是名作。

无论以何种标准评判，王勃这首诗都堪为典范之作。

习惯上，赠别诗的第一联要点题，照顾到主客双方。首联"城阙辅三秦，风烟望五津"是非常符合规范的。

唐人有"扬一益二"之说，扬是扬州，益是成都，在唐代人心中，成都是仅次于扬州的繁华大都市——蜀州是个物产富饶的地方，自从秦、蜀之间开通了栈道，秦中人民的生活资源，一向靠巴蜀支援，那里的每一个城市对京城都有辅佐之功。这样说的深意，是劝慰朋友，你并不是到荒凉之地为官，无须失落，要努力地施以善政。

次句"风烟望五津"，是说你走之后，我只能遥望那边的风景。这句话语淡情长，眷恋之情跃然纸上。

古人离开家乡或京城，到外地做官，就叫作"宦游"。第三联"海内存知己，天涯若比邻"，是王勃的名句，亦是唐诗中数一数二的名句。其知名是在于，这两句一扫离别之抑郁、颓唐，令人觉得心怀为之广，天地为之宽。

古诗词中哀伤离别的作品，数不胜数，大多是喋喋不休地抒发"相见欢，重逢难"的感受。王勃能说出"海内存知己，天涯若比邻"，真是如有神助。

只要四海之内还有一个知己好友，虽然远隔天涯，也近得好像比邻而居——要知道，王勃所处的年代并非资讯发达、朝发夕至的现代，亲友之间通常鱼雁不传音杳。

【莫令别后无佳句】

这首诗不单有别于王勃其他的赠别之作(其他的赠别之作里多有"穷途倦游"的飘零之意,如《别薛华》:"送送多穷路,遑遑独问津。悲凉千里道,凄断百年身。心事同漂泊,生涯共苦辛。无论去与住,俱是梦中人。"),更直接或间接地启发了后来许多的唐诗名作。如高适的《别董大》,那句"莫愁前路无知己,天下谁人不识君",是何等雄健激昂!读到这诗的人,也会因此自信激动吧!

可我为什么忍不住喟叹呢?他们说得都太轻松写意了。知己不是一时的好友,否则钟子期不必摔琴绝弦,天下之大,以他的琴技,再找一个善听琴的人就是了。

只因,那人未必是知己。

我们往往需要用很久的时间,经历很多事情,才能验证谁是真正的知己,亦需要用很深的心、很多的付出,才能成为别人的知己。

知己,这个看似清淡的称谓,代表的是彼此最深的认可和信任。

就如人说的,有时候,你想证明给一万个人看。到后来,你发现只得到了一个明白人,那就够了。

说起来,"海内存知己,天涯若比邻"亦非王勃首创,他是从曹植的诗"丈夫志四海,万里犹比邻"变化而来,既承转了丈夫之志远及四海之意,又深化了友情知己的力量。这两句诗被他用活了,比原诗更广为人知。

后来中唐诗人王建也有两句诗:"长安无旧识,百里是天涯。"这是将王勃的诗意反过来用,写世态炎凉,人情淡薄,凄凉之感顿生。

流泪不舍是传统赠别诗结尾流行的形式，如与王勃齐名的才子杨炯就有句云："灞池一相送，流涕向烟霞。"——王勃创造性地将流泪的陈旧反应翻新，既然"天涯若比邻"，你我大可不必像小儿女那样哭哭啼啼。

人生聚散，大可平然视之。此处亦可看出承平之世的气象，如果是在烽烟乱世，朝不保夕，任他再有自信，大抵是不能如此磊落坦然的。

《杜少府之任蜀州》所宕开的诗意，犹如一道神光，劈开了笼罩在赠别诗这个题材上浓重的悲戚——让人觉得离别的苦涩之中还有回甘。

王勃的创新本身又成为后来赠别诗结尾的惯例，后代的赠别诗中，送别的不舍多以劝慰的形式出现。他的名声，凭这一首诗就可以不朽。

此处再多提一句，王勃这首著名的五律，在技法上远胜于其叔祖王绩。王绩的《野望》第一联"东皋薄暮望，徙倚欲何依"是散文式句法的散联，而王勃起句所用即是对仗严谨的对联，从诗法的角度看来，难度无疑更高。

施蛰存先生也曾对这两首诗做过分析和比较：《野望》的第二联"树树皆秋色，山山惟落晖"，是典型的"正对"，词性相对，上下联的意思各自独立，每一句都是一个完整的概念。而王勃诗中"与君离别意，同是宦游人。海内存知己，天涯若比邻"，这两联，都必须联系上下句才能获得一个清晰的概念。这种意思不可分割的对句,被称为"流水对",艺术性更高。

后来,民国才子弘一大师李叔同,写过一首《送别》:"长亭外,古道边,芳草碧连天,晚风拂柳笛声残,夕阳山外山;天之涯,地之角,知交半零落,一壶浊酒尽余欢,今宵别梦寒。"

虽然是词,却也有古乐府的韵味,更有唐人的磊落气象在。

【年华世事两迷离】

人生多歧路,王勃想不到,在友人离开长安之后不久,他亦因罪离开长安,离开他渴望建功立业的帝都。

刚刚展开的仕途,因为他的一时轻率而遭受了巨大的冲击。我不知道,此时的他,是否还能自信地说一声:"海内存知己,天涯若比邻。无为在歧路,儿女共沾巾。"

离开长安之后,王勃开始了一系列漫游,先往东南地区,后来去了四川。他在四川旅居多年,设法谋得了一个小官职,任虢州(今河南灵宝)参军。据说,他在那里研究医术草药,以便奉养年迈的亲长。可是，这时候，他却犯下了第二个错误，这个错误更致命，不但摧毁了他自己的仕途，也连累了他的父亲王福畴。

王勃先是藏匿了一个逃亡的官奴，后来他后悔了，唯恐官奴被抓住连累了自己。也不知他怎么想的，他解决此事的办法是杀死了这个官奴。后来事情暴露，他被判死刑，行刑前遇到大赦，侥幸捡回一命。王勃的父亲却因他的罪行而失官，被贬到交趾（今天的越南）任县令。

真是忍不住叹气，坑爹的"官二代"真是古今皆同啊！纵观王勃的所作所为，应了那句流行的话：No zuo no die（不作死就不会死）。

上元二年（公元675年）春，王勃为探望父亲从老家山西出发，九月，到达南昌，闲来无事去蹭饭，参加都督府的宴会。

这宴会本是都督阎公借滕王阁修缮一新的机会，大宴宾客，并让其婿吴子章在众人面前作序，展示文采，一举成就文名。与会来宾知晓阎公之意，当然纷纷谦让，早已准备好的吴子章正准备发挥的时候，初来乍到的王勃当仁不让，即席赋就《滕王阁序》。

计划被打乱，阎公很是不悦，初时以"更衣"（上厕所）为名，拂袖而去，实则仍在后面，听人奏报，留心席上的情况。

当听人报王勃写到"南昌故郡，洪都新府"，阎公表示很淡定，说"亦是老生常谈"；等王勃写出"星分翼轸，地接衡庐"时，阎公沉吟不言；到他写出"落霞与孤鹜齐飞，秋水共长天一色"一句，阎公肃然起敬，站起来说："此真天才，当垂不朽矣！"又再列席，立于王勃身侧，随其笔起笔落吟诵其文……

宴会极欢而散，滕王阁的聚会，便如昔日会稽山上兰亭中的聚会一样，成为千古佳话。

吴子章被王勃秒成渣，一点也不奇怪。《滕王阁序》这样挥洒自如的骈文，比王勃其他的诗作，更酣畅无忌地展现了他的才华。那样浓墨重彩，似漫天星河披散，似满江落霞涌动，叫人目不暇接。撇开那些词美义壮的描写不谈，王勃所尽兴宣泄的，是他绝世才华所不能担荷的生命之重。

"关山难越，谁悲失路之人；萍水相逢，尽是他乡之客。"——只有在这些陌生人身边，享受着众人的赞颂和认可，他才可以稍稍拂去这数年的阴霾。

他虽是少年狂生，却也是深受儒家教诲多年的儿郎，连累了父亲，他不会不自责，断送了仕途，他不会不颓丧。所谓的"时运不济，命途多舛"，若不怪他自己轻狂草率，又能怪谁呢？人的错误，旁人或许能暂时代为掩饰、分担，然而，后果最终只能自己承担。

如果说，《杜少府之任蜀州》表现出的是王勃性格中的豁达，那么，《滕王阁序》所流露出的王勃，则是豪情与失意并存的矛盾的少年。他的黯淡心思，都深藏在他华美的笔端之下。

"天高地迥，觉宇宙之无穷；兴尽悲来，识盈虚之有数。"——我读王勃，总觉得是可惜的。

他性格造作,却不失真诚。他的才华,让他能够暂时地触碰到生命的玄机,他的智慧却不足以让他坦然面对人生的穷通。也许境界只是毫厘之差,但这一步之遥,却往往一生都跨不过。因此,当"胜地不常,盛筵难再"时,他很难真正地睁开眼睛,去直面生命的痛楚。虽然他写出了"落霞与孤鹜齐飞,秋水共长天一色"这样流传千古的名句,他的内心仍是一片混沌。眼前虽然山青水长,但未来,于他而言,终是茫然大过清醒。

像翻过几页书,就知道结局的人,我知道他已经没有未来了。他有的,是结局。

上元三年(公元676年)秋,王勃从交趾返回,乘船渡南海时,遇飓风失事,堕海而亡。人生如浪里行舟,风波难测。我不知道,他在那场突如其来的灾难面前——是怎样地惊惶和恐惧。

他或许反省过,今后的人生将会经历更多的考验,他再也不愿令人失望。可死亡却以如此一刀两断的方式答复他,不会再有以后了!

沧海世界,一念成灰。也许每个人年轻时都觉得生命很长,长到可以肆意挥霍,青春和热情仿佛是用不尽的,可是,往往在短暂的明亮之后,就沉寂如尘。

他死时只有二十六七岁。巨浪覆面的时刻,他是否想起年高远谪的父亲?他是否想起那名被自己处死的官奴?他还来不来得及,想起自己曾经有过的经国治世的志愿,以及他那令世人侧目的才华?

转眼间,都散若流星……他的一生,像一场梦,却又过于清晰。

滕王高阁临江渚,佩玉鸣鸾罢歌舞。
画栋朝飞南浦云,珠帘暮卷西山雨。
闲云潭影日悠悠,物换星移几度秋。
阁中帝子今何在?槛外长江空自流。

——《滕王阁》

似朝云,似暮雨,那些曾经的人都不见了,那些曾经的爱恨都如日影消失了。人生短暂如落花流水。可人心,偏偏眷恋那一点繁华温柔。

滕王阁是唐太宗之弟滕王李元婴所建,故人称滕王阁。后来《滕王阁》流传到京师,高宗读到"阁中帝子今何在?槛外长江空自流"时,想起旧事,曾叹息过,后悔自己对王勃的处置。

谁又说得清,是什么具体的因由造就了王勃的悲剧?人生太微渺了,一个看似无意的错误,一场不期而遇的风浪就足以打乱全盘的计划。

生如梦幻泡影,须臾即变。生与死,悲与欢,都潜伏在命运深处,等待人的遭逢。

慢慢地,想起这狂傲又萧瑟的少年,我想起他的另一首诗:

> 北山烟雾始茫茫,南津霜月正苍苍。
>
> 秋深客思纷无已,复值征鸿中夜起。
>
> 复阁重楼向浦开,秋风明月度江来。
>
> 故人故情怀故宴,相望相思不相见。
>
> ——《寒夜怀友杂体二首》

仿佛是后人,站在他曾经登临的滕王阁上,写下了这首诗。但其实,这是他自己无意间写给自己的。

年华世事两迷离,令我们唏嘘的,看似是别人的事,却又似,在别人的故事里,照见了我们的心。

【一生须注边塞行】

我一直很想写一本关于唐人边塞诗的书。

比起江南的山软水媚,我其实更留恋草原大漠的落日长风。

阳关折柳,轮台送君,天山月,祁连雪,对我而言,这不仅是文字幻化的意境,而是此生必须抵达的地方。

"大漠沙如雪,燕山月似钩。何当金络脑,快走踏清秋。"

当我行走在西域的古道中,躺在西北的草原上,看白云滚滚,听马蹄嘚嘚,我的灵魂还是会带我回到那个烽火狼烟、策马扬鞭的年代。每当听到西藏的弦子、蒙古的呼麦、新疆的刀郎,那古老而久远

【一生须赴边塞行】

的情怀就会飘然而至,与我血液交融,与我重逢。

曾经,属于黄金家族的辉煌,属于女真部落的荣耀,属于藏人的尊崇,都是那草原唤起的源自天性的澎湃,铁血男儿的自尊。

我心所向,虽崇山峻岭,一往无前。剑锋所指,虽万人为敌,所向披靡。

人与自然,山河大地,日月星辰,我们敬畏,我们臣服,但我们,并不屈服。

莫名地,我比谁都清楚,那种生活并不自由,亦不浪漫。它意味着向死而生,死无定所。

巨大的寂寞、孤寒,与生俱来,却要被若无其事地承受。即使现在想起来,还是会有说不出的沉重和悲伤。

是心中的血性未被驯服,是久远的热情从未淡忘,是崇高的信念从未放低。即使此生蛰居在城市里,即使衣食无忧,还是会向往怀念那广袤天地。

亦因如此,我特别不能割舍唐人的边塞诗,是自作多情的误会都好,每次读到依然会有感同身受的感觉。亦非常清楚,在不同的状态下,这些诗人在表达和向往什么。

初唐,杨炯的《从军行》曾令少年的我热血沸腾。

烽火照西京,心中自不平。
牙璋辞凤阙,铁骑绕龙城。

雪暗凋旗画，风多杂鼓声。

宁为百夫长，胜作一书生。

——《从军行》

"宁为百夫长，胜作一书生"这样的意气激昂，可看作唐代边塞诗的开端，是少年心气才能脱口而出的豪言壮语，不带一点刻意。

再沧桑一分，家国之痛都会变成"人不寐，将军白发征夫泪"的唏嘘。待只剩半壁江山时，"遗民泪尽胡尘里，南望王师又一年"的怆痛，除了无可奈何，无言以对之外，夫复何言？

与两宋退守中原不同，大唐立国之初，就极为重视西域，先后设立安西和北庭都护府，不断与东突厥、吐谷浑、高昌、吐蕃、大食爆发战争，争夺领土。虽说新兴的大唐王朝战斗力惊人，可战争总是互有胜负。

"烽火照西京，心中自不平"，正是以边关告急的情势起笔，营造出如箭在弦的气氛。"牙璋辞凤阙，铁骑绕龙城"，牙璋即牙牌，是皇帝调遣军队的符牌。这句是形容大军军容整盛，整装待发。将军领了兵符，出京去对抗入侵的敌人。"雪暗凋旗画，风多杂鼓声"是描述边塞战争的激烈，大雪打湿军旗，使军旗上的彩画都凋残了，风中夹杂着战鼓的声音……

画面到此为止，诗人刻意忽略了战争的残酷，因为这不是这首诗要表达的要点，他要表达的是少年人抓紧时机，跃跃欲试，建功立业的雄心。"功名只向马上取,真是英雄一丈夫",至于战争正义与否,生灵是否涂炭,不在这首诗的考量之内。

【功名只向马上取】

习惯上,我们对隋朝评价不高,对唐朝却极言其盛大,这委实不够公允——不管是两朝帝室的亲缘关系,还是国政的改革和延续,唐都承隋好处甚多。

隋炀帝劳民伤财开通了京杭大运河,唐朝成为首当其冲的受益者,粮食从南方运到洛阳,极大地保障了长安的供给。晚唐的皮日休,对此有一段极为公允的评价:"尽道隋亡为此河,至今千里赖通波。若无水殿龙舟事,共禹论功不较多。"

隋朝对内统一之后,对突厥的征伐取得了阶段性的胜利,积极

【功名只向马上取】

开展营建西域的活动。隋炀帝曾亲至张掖,盛陈衣服、车马以示中国之盛。隋大业四年,灭吐谷浑。其后又准备东征高句丽(今朝鲜),完成统一大业。

这位好大喜功的皇帝,不是无功,而是过失太大,他一生循环的Bug就是总在错的时间做对的事情。

在隋炀帝的时代,他是不会意识到不恤民力的坏处的,他也没有什么历史经验教训可供借鉴,因为从秦亡开始,一直到隋朝自己亡国,往前看,往后看,都是贵族带头起兵造反成功的。也就是到了元朝末年,泥腿子皇帝朱元璋建立明朝,才是农民军为主力。

所以隋炀帝根本不会有耗损民力,民心思变的担忧。在他看来,老百姓就是拿来奴役的,就是他的人口红利。他只需要防着贵族就行了,当然最后还是没防住。

他要不是那么刚愎自用,能作能造,隋朝也不至于两代而亡。结果是自己落了个恶名,好处都归了别人。为他人作嫁衣裳,说的就是他了。

捡了大便宜的唐太宗李世民顺理成章地继承了这些好处,继续奋斗。得能臣猛将之助,一时四夷臣服,人称"天可汗"。

盛世如华裳,遮住了战争的血痕,功成名就的辉煌刺激了大多数人。

"男儿何不带吴钩,收取关山五十州?请君暂上凌烟阁,若个书生万户侯?"——既然时代赐予了这样的际遇,就由不得人会想入非非。随着西域的不断开发,立功边塞成为士子走上仕途的重要途径和人生理想。

唐代诗人大多是积极入世的,没有一个甘于平凡,个个都扬言要出人头地。读多了,也就见怪不怪了,但杨炯分明是野心尤为旺盛的那一类人。

在可以寻见的史料中,没有任何资料可以证明他出身不凡,倒是众口一词赞他天生聪颖,十岁左右即被举为神童,具备了参加科举的资格,很快他参加了"制举"。

"天子自诏曰制举,所以待非常之才焉"——制举,是非常规的人才选拔考试,是皇帝为选拔"非常之人"而设置的特科。杨炯即一举登第,入朝为官。

年轻气盛,才华出众,出身却寻常,这样的人往往心比天高,一心要比别人更成功才甘心。若说《从军行》还不足以显示他的意愿,他的《出塞》和《紫骝马》则确凿无疑地表现了他建功立业的野心:

> 塞外欲纷纭,雌雄犹未分。
> 明堂占气色,华盖辨星文。
> 二月河魁将,三千太乙军。
> 丈夫皆有志,会见立功勋。

——《出塞》

【功名只向马上取】

侠客重周游,金鞭控紫骝。

蛇弓白羽箭,鹤辔赤茸鞦。

发迹来南海,长鸣向北州。

匈奴今未灭,画地取封侯。

——《紫骝马》

征战边塞等同于出人头地,至少杨炯是这样觉得。与读王昌龄、高适、岑参的边塞诗不同,我读杨炯的诗,没有特别的愉悦感。即使在他最著名的诗篇中,我都读不到多少对战争的反思、对黎民的怜悯、对人生的思考。读到的只有不安分。

有野心和欲望都正常,但若以为赫赫战功会成为一步登天的捷径,那就是笑话了。

他轻率地忽略了战争的凶险,朝政的诡谲。功劳都靠命博来,凌烟阁上功臣不远,功勋成了催命符,转眼就下场凄凉的比比皆是。

纵然功成归来,又能安享富贵到几时呢?鸟尽弓藏,兔死狗烹是常事。凭什么你能幸免?青史斑斑,前车之鉴,我想不通,这些熟读史书的人为何都视而不见?

做不到的,都成为梦想。得不到的,才化作欲望。越是挣扎,越是沉沦,想放弃挣扎,又不能甘心,人心总是这样吊诡。

事实上,作为趋奉武后的宫廷诗人,杨炯不但没有机会去实现从军入幕的志愿，还因为常在宫廷的缘故，使得他个人的诗歌风格，也远不如离开宫廷的其他三位（骆宾王、卢照邻、王勃）来得鲜明。以他的才华来说，这是令人惋惜的。

身为"初唐四杰"之一，杨炯对于同时代的王勃，是深为不屑的。当时舆论将"初唐四杰"排位，王勃居首，杨炯列第二，其三是卢照邻，第四是骆宾王。杨炯对这位同样以神童著称，出身却好过他的才子是不以为然的。

杨炯曾有"愧在卢前，耻居王后"的说法。我深深觉得卢照邻是拉来垫话的，后一句，耻居王后，才是他的心声。以诗论诗，王勃的成就是肯定高于杨炯的，这是有目共睹的。但要论起才华高、智商低（情商低），这二位真是不相伯仲，谁也别嫌弃谁。

一个排名而已，有什么好争的？

不过，后来杨炯知道王勃早逝的消息，还是深感痛惜，他为王勃的文集作序，充分肯定了王勃的才华和扭转齐梁绮丽文风的贡献。

书生不想做书生，却想要名声。天下间，如杨炯这样想的书生不在少数。

他们不是真的厌倦了书经，只是厌倦了寒窗苦读的漫长，厌倦了功名的无望。"丈夫三十未富贵，安能终日守笔砚"，与其奔波考场，终其一生前途难定，倒不如投笔从戎，胜负分明来得痛快。

文人哪！也就只能在诗歌里叫嚣一番，抖抖威风。手无缚鸡之力，却想着舞刀弄剑，净扫边尘。小肚鸡肠，鼠目寸光，却想着要青史留名。当是小孩扮家家酒么？

　　心胸、能力、际遇，作用于一处，才能有所成就，即便同时拥有了这些，都未必能决定最终的胜负。

　　投笔从戎容易成功的话，历史这么长，不会只出了一个班超。

【富贵功名一梦中】

  少年人，难免有梦。梦中叱咤风云，万人侧目。以身许国，保家卫国之心诚然不假，然而，不到生死存亡之际，寻常人想得更多的是一将功成，封侯拜将。只要死的不是自己，"万骨枯"是可以谈笑而过的。

  这样说，不是要苛责什么。只是感慨，同样一件事，不同的阶段，不同的人，会有不同的感受。到了开元年间的盛唐诗人手里，边塞诗豪情不弱往昔，固然还有自豪和颂扬之意，却已不那么理想化，转而反映现实，写塞外风物，揭露军队的现状，风骨更见峻拔。

这样的转变，一如人渐成熟，心智渐稳，看事情更深入，不再非黑即白，个人的野心还是有，却不会再肆无忌惮，脱口而出。

只需将杨炯的边塞诗与王维的边塞诗相比，就可以看出他们对同一主题处理手法的不同。

我们先看王维。王维全才，他并不是一个以边塞诗驰名的诗人，但他的边塞诗声色俱佳，哪一篇都不弱于以边塞诗著称于世的岑参、高适等人。

开元名相张九龄被罢职之后，追随他的王维亦受牵连离开京城，受命出使西北边塞，留在那里任地方的监察官员。他的一些边塞主题的诗作，多数写于这个时期。

单车欲问边，属国过居延。
征蓬出汉塞，归雁入胡天。
大漠孤烟直，长河落日圆。
萧关逢候骑，都护在燕然。

——《使至塞上》

与许多著名的唐诗一样，这首诗也有流传千古的一联。王维以其如诗如画的笔法令无数人记住了"大漠孤烟直，长河落日圆"的奇景，这一联被王国维誉为"千古奇观"。

能得国学大家如此盛赞的，自然不是凡品。"直""长""圆"这三个字用得极为简洁精妙,是用画法入诗。"直"字勾画出大漠的平旷、孤烟的峻拔,"长"字则显出大河奔腾的气势,而"圆"字消解了落日的萧瑟。这幅画面给人毫不单调,又浑然天成的感觉。

千载之下,人到西北戈壁去,眼前所见,心中所想,仍然逃不过这两句诗的意境,真是不得不叹服。

以前我无知地以为,大漠孤烟直是因为无风,如今我才知道,孤烟是指"平安火"。唐代军事制度规定,每日清晨和入夜时分,举烽火报信。举一道火为平安;有警报,举两道火;见烟尘,举三道火;见贼,烧柴笼。

王维诗中的"落日",符合入夜的时间规定。孤烟直,指边境无事。

《使至塞上》是王维的名篇,当中不单有写景千古名句,更有对唐时疆域辽阔的描写。

以往使者出使边塞,过了居延就出了汉朝的边塞,现在依然是大唐的疆域。你风尘仆仆,一去千里,似是大雁飞到了北方的天空。大漠上烽烟直冲霄汉,长河上落日正圆。再往前走,到了萧关,遇到巡视的骑兵,才知道都护(节度使)的驻扎地在很远的地方。

诗写使者经过居延、萧关,都护在燕然山,都不是地理上的确指,只是为了表明唐代的疆域比汉代更辽阔,而边境无事,更说明此时大唐对西域的控制是比较稳固的。

值得一提的是,因为王维确实有过出塞的经历——开元二十五年（公元737年），河西节度副使崔希逸大胜吐蕃。王维以监察御史身份出使边塞，犒劳军士，查访军情——所以很多人认为这首诗是他身在塞外时所写。

其实不然，如果当时是他自己奉命出使塞外，这首诗就应该叫作"奉使塞上"而非"使至塞上"。这首诗，应当是王维写给一位出使边塞的友人的诗，他将自己曾经的经历写到给友人的诗中，用意是说如今国威鼎盛，边境安宁，你大可以放心。

可以肯定的是，王维所写的，是他曾目睹的景观，不然不会描摹得如此逼真细致。他还有一首诗《观猎》，写一位将军狩猎，同样写得精彩非凡。

> 风劲角弓鸣，将军猎渭城。
> 草枯鹰眼疾，雪尽马蹄轻。
> 忽过新丰市，还归细柳营。
> 回看射雕处，千里暮云平。
>
> ——《观猎》

渭城，在今日的咸阳。新丰和细柳营都在咸阳，新丰盛产美酒，细柳营则是西汉将军周亚夫的驻兵地，这里代指将军的营地。

唐朝尚武，好骑马游猎，大有胡人之风，完全不是文人天子那种范儿。这种潮流的兴起，太祖太宗父子是始作俑者。除却李唐皇室的少数民族血统之外，他们自身的经历，也是这种爱好形成很重要的原因。

李世民身经百战，箭术能够百步穿杨，他的弟弟齐王李元吉（玄武门事变被杀掉的那个），曾说："我宁可三日不食，不可一日不猎。"君王好猎如此，大臣自然也就竞相效仿了。唐代没有大规模的现代化开发，生态超好，远的不说，长安附近就有大把适合围猎的旷野密林。平民也热爱打猎，平时吃得太素，猎到野物好打牙祭呀！

读王维诗，总觉得如行云流水般畅快，哪怕是淡笔描摹，亦叫人印象深刻。说来好笑，我最早关于射雕的印象，就是从此诗而来，后来看了金庸的《射雕英雄传》，不自觉地会把小说里的人物场景自动代入这首诗，虽然风马牛不相及。

好的诗，是有镜头感的，读这诗，就像看电影。寒风中，只听得弓弦鸣响，牧草已经干枯，野兽无处可藏，放出去的猎鹰眼光锐利，一眼就看见奔逃的猎物。积雪消散，驱马逐兽，只觉得马蹄轻快。一场声势浩大的行猎，如在眼前。狩猎归来，马踏如飞，很快就经过新丰市，在市集中饮酒休息，之后就整军归营。在归途中，回头看刚才射雕的地方，暮云四合，天地茫茫。

盛唐人的气魄真是大，"回看射雕处，千里暮云平"是纵横驰骋后，仍有未尽之意，语境苍凉，并不凄惶。全诗着意于"快"，鹰飞兔走，蹄响弓鸣，笔端有瞬息千里之势，令人应接不暇。

不管是亲身经历过边塞生活的王维，还是期待到军中一搏的杨炯,他们都不曾真的如愿。即使到了边塞军中,文人依然是文人,捉的是笔,而不是刀。

王维因早年与张九龄关系亲厚的缘故,在张九龄被贬之后,王维被任命为凉州河西节度使判官,远离了京城。再后来经历了安史之乱,虽然大难不死,终究心灰意冷,选择过半隐半仕的生活,却也怡然自得。

而杨炯,一生未遂其封侯拜相的志愿。他心高气傲,为人又尖刻,发明了一个词叫"麒麟楦",意思是讽刺文武大臣们虚有其表,就像演戏时装假麒麟的驴子。如此的心酸口硬,自然人缘不好,每每被降官,最后只任盈川县令,卒于任上。

他以吏治严酷著称,不知是否与他心底的铁血无情有关?他的死,有人说是得罪太多人,遭仇家报复所致。

杨炯所有的诗中,我最喜欢的是一首送别诗《夜送赵纵》:

赵氏连城璧,由来天下传。
送君还旧府,明月满前川。

——《夜送赵纵》

因为是送一位赵姓的友人,所以杨炯用了和氏璧的典故来比喻友人的才华和名声,虽然有溢美之词,好在没有太多的造作之意。前三句寻常,得"明月满前川"一句,便成佳作。

月照天涯，便如我千里相送，月满山川，便是我思情不绝。乾坤廓朗，又何须因来日生愁？

这一句不过写寻常之景，气势却不凡，叙离情绵邈之余，让人觉得光明浩荡。只可惜，这样的作品不多。杨炯的诗，刚烈有余，人情不足。

比起杨炯，我自然更喜欢王维，喜欢他冲淡平和，一空万有。杨炯所有的金戈铁马，说穿了都是纸上谈兵，不堪一击。

人欲无穷，食髓知味。有些野心是要不得的，以他人的性命为代价来博自己功名富贵的人，就算一时风光，到头来也是黄粱一梦。

天道往还，人总要存一点仁心，才好立身立世。

又及，边塞诗还有许多佳作，亦还有许多未尽之言，后文再谈。

【少年自负凌云笔】

说完了"初唐四杰"中比较年轻的两位,似乎应该用些笔墨来说一说年纪比较大的两位——骆宾王和卢照邻。虽然骆宾王年纪最大,诗名也胜过卢照邻,但鉴于如今知道卢照邻的人相对较少,我决定先说卢照邻。

"初唐四杰"听起来很风光的样子,但若让他们自己来说,他们一定会觉得自己是尘世间的不如意人。而这诸般的不如意中,尤以卢照邻为甚。半生坎坷,最后因为苦病缠身,他竟选择投水自尽,葬身鱼腹来求解脱。

从某种意义上来说,他的自绝,予我的冲击和震撼,更甚于屈原的自沉。

屈原是个仪式感很强的人,一生追求仪式感的他,最后选择抱石投江来证明自己,换言之,他要天下人都记得他的正确、绝望和清醒。这是个自恋的人,他连死,都要死得独具美感!让天下人,后世人耿耿于怀!

卢照邻的自沉不同于此,他是活生生被这命运的无常摧毁的,他的死意味着某种对抗和坚持的消解,充满了无可奈何,徒留下锦绣文章供人怀想,历千年而不衰。

通行版"初唐四杰"的排名是"王杨卢骆"。对于这个排名,杨炯曾言"愧在卢前,耻居王后"。除却刻意抬举卢照邻,借以挤对贬低王勃的用意之外,能得倨傲才子如此称许,卢照邻的诗才也确实不可小觑。

卢照邻的成名作《长安古意》,是一首歌行体的长诗,亦称"七言歌行",魏晋以来,这种诗体,多用于乐府歌辞。

初唐时,在汉魏六朝乐府诗的基础上,形成新的七言古诗的形式,名为"歌行"。歌行是诗,不是乐府曲辞。歌行是诗,却有散文的容量,可咏怀古事,亦可针砭时弊。所谓"大小短长,错综阖辟,素无定体,故极能发人才思"。

《长安古意》写得俊逸华美,又不乏对现实的深思针砭。甫一面市,就众口相传,令到洛阳纸贵。当时就和骆宾王的《帝京篇》齐名,文采实则胜之。

《长安古意》与张若虚的《春江花月夜》、李白的《将进酒》、王维的《洛阳女儿行》、杜甫的《观公孙大娘弟子舞剑器行》、白居易的《琵琶行》等一样，是唐诗中不容错过的名作。又因是开唐代歌行先河的代表作，所以格外突出。

卢照邻文思浩荡，挥洒自如。一首歌行将昔日帝都长安的生活尽情展现，描写得淋漓尽致、精彩纷呈。读着它，就像看见了从前，看见了一个个故事发生，以及故事背后的历史和现实。

可想而知，在缺乏娱乐，没有爆料的古代，这样的歌行，带来的轰动和回味，不亚于20世纪80年代的中国内地大众追看一部港台连续剧。

现在的人即使不太熟悉这首长诗，对当中那句"得成比目何辞死，愿作鸳鸯不羡仙"，也一定不会陌生。这两句，简直是赞美爱情的千古名句。

《长安古意》太长，先不引录，后文会再谈到，我们先了解一下卢照邻的生平。

卢照邻是幽州范阳（今河北涿州）人，自号"幽忧子"。这个一眼看去就很忧伤的别号，并不是他故作深沉，要引人注意。平心而论，他的际遇真是凄凉，而且是越到后来越凄惨。

开始的时候，还是很不错的。卢家是河北的世家大族，卢照邻被寄予厚望，少从名师，饱读诗书，十八岁就中了进士，进入太宗之弟邓王的王府担任文学属官。邓王待他不错，看重他的才华，将他比作司马相如，任他在府中遍阅诗书。《长安古意》大致写于这个时候。

唐制规定担任王府属官不得超过四年，以防彼此结党生变。卢照邻在邓王府任满后，到今天的成都新都桥担任新都尉。

也许很多人会觉得，十八岁就中了进士，又被比作司马相如，这是很高的赞誉啊！要知道，咱们亲爱的诗仙大人李白的偶像之一就是司马相如。

我要来做坏人打破幻梦了——在寻常的认知中，寒窗苦读的读书人一旦中了进士就犹如登了龙门，立刻身价百倍，俗话说，洞房花烛夜，金榜题名时，那简直是要风得风，要雨得雨。

实际上，考上进士只是看上去很美，万里长征才刚起步。唐朝进士的仕途起点很低微，并不是一登龙门，即刻显贵，而是大多从某某尉做起（类似于某县的公安局局长）。考上进士等于考上公务员，先下基层锻炼几年，运气差的一生潦倒，运气好的也要熬油似的熬几年才可能得到一个升迁的机会。

在朝的，情况也好不了多少，大多是八九品的芝麻小官，脸皮薄的遇见上司都不好意思自我介绍。所谓"高才无贵仕"，说的就是这种情况。了解了时代背景，我们才更清楚，诗人们普遍的不爽从何而来。

在唐朝考进士，除了拼才华，拼名气，还要拼后台和保人。后来

【少年自负凌云笔】

名气大如李白、杜甫,在当时亦须顺应潮流,殷勤地给高官权贵写"自荐信",送诗文。王维比较爽,出身好,人脉硬,长得又帅,多才多艺,直接通过岐王李范,走了公主的后门,一举登第。杜甫比较惨,早年为了中进士,还给杨国忠献过诗,虽然他肯定是看不上杨丞相的。

李白比较懒,他压根儿就不想考进士,不愿循规蹈矩地做小官,他从一开始就打定主意走荐举的路子,一步登天。

无论是另辟蹊径博取关注或者认真走后门,在我大唐朝都是蔚然成风、正大光明的,无人谴责。

人说,少不入川,卢照邻在新都尉任满之后并没有马上离开四川,他愉快地在天府之国待了几年,浪游巴山蜀水,写了很多好诗,享受了美食,看腻了美女之后回到洛阳寓居。这时候,他等来的不是仕途的再次腾飞,而是一场飞来横祸。

这场飞来横祸就和开篇时提到的《长安古意》联系上了。话说,卢照邻闲居洛阳,突然有一天来了几个人,没有经过任何司法程序,直接将他丢入大牢。亲友营救无果,四处打听,得到的消息是他可能得罪了某位神秘大人物。这时很看重卢照邻的邓王已经过世,没有人能帮得了他,卢家只有束手无策,听天由命了。

这位神秘大人物据说就是武后的侄儿梁王殿下武三思。因卢照邻的《长安古意》中有"梁家画阁天中起"之语,后面又有"别有豪华称将相,转日回天不相让。意气由来排灌夫,专权判不容萧相"等点评时事、讥讽权贵的话语。可能被人有心曲解,武三思读了之后觉得这是讽刺自己的,下令将卢照邻投入大牢。虽然后来经过审讯,卢照邻被放了出来,但还是被吓得不轻。

他本以文辞知名,是当世一等一的才子,不料却因文生祸,因《长安古意》而获罪于新贵,虽然侥幸脱身,却从此厄运缠身。

人,永远都不会知道生活会在什么时候改变方向,指向何方。

【纵有欢肠已成冰】

早期卢照邻的诗还是不错的,虽感时伤世,微有忧悒,仍是刚健清丽的底子。譬如那首并不著名的《首春贻京邑文士》:

寂寂罢将迎,门无车马声。
横琴答山水,披卷阅公卿。
忽闻岁云晏,倚仗出帘楹。
寒辞杨柳陌,春满凤皇城。
梅花扶院吐,兰叶绕阶生。

览镜改容色，藏书留姓名。

时来不假问，生死任交情。

——《首春贻京邑文士》

时有清欢，亦有澄怀，这首写给友人的诗，他写得真是风骨皎然，令人回味再三。至于他诗集中"山水弹琴尽，风花酌酒频""唯余诗酒意，当了一生中""人歌小岁酒，花舞大唐春"等句也叫人叹赏，不似后来的幽恨饮泣，满纸伤怀。

许是在狱中受了刺激，出狱后不久，卢照邻就患上了风疾（风痹症），先是一臂废掉，后来一条腿也瘫痪。以前邓王夸卢照邻是司马相如，这下真是好的不灵坏的灵。司马相如好歹风光了前半生，老来才得了糖尿病（这在古代几乎是不治之症，很痛苦），卢照邻却是将将到中年就得了风疾，半身不遂。

他身边没有自带嫁妆赶到指定地点的白富美卓文君，却有和司马相如一样难言的病痛，痛苦更甚于司马相如。

后来的际遇，就如他在《行路难》里所叹的："一朝零落无人问，万古摧残君讵知。人生贵贱无终始，倏忽须臾难久恃。"卢照邻患病之后，不能再当官。丢失了卑微的官位，没有了俸禄，断绝了经济来源，又要求医问药，艰窘可想而知。

为了治病，他写信遍求亲朋旧友、朝中权贵。《与洛阳名流朝士乞药直书》中言："若诸君子家有好妙砂，能以见及，最为第一。"说是

【纵有欢肠已成冰】

如有丹药相赠再好不过,又说如果没有丹砂可赠,赠若干医药钱亦可,"无者各乞一二两药直,是庶几也"。一代才子,沦落到要广而告之、接受爱心捐助的地步,也是含悲忍辱,万般无奈。

那封《寄裴舍人遗衣药直书》读来更是字字血泪:"余家咸亨中良贱百口,自丁家难,私门弟妹凋丧,七八年间货用都尽。余不幸遇斯疾,母兄哀怜,破产以供医药。"

他写得平静似水,却痛入肺腑。本来家境就一般,为医病更是倾家荡产,这种处境真是古今皆同。

雪上加霜的是,他误信人言,服食丹药中毒,导致病情加重,从此更加痛不欲生。

很多诗人惨,我都没觉得真惨,卢照邻我是真心觉得他惨。每每想到他,我都会想到苏曼殊那句"无端狂笑无端哭,纵有欢肠已似冰"。

当一个人,日常的行动都需要人扶助,身有无穷苦痛,每一分钟都是周而复始的折磨。成为一个废人,活着只是挨日子,这样的痛苦和绝望,又岂是一般人可以想象?

健康的人,往往不会觉得健康的好处,只有身在病痛中的人,才知道无病无灾是多大的福气。与生俱来的幸福,往往视作理所当然。

少时看亦舒的《喜宝》有句话,我记忆犹新:"我一直希望得到很多爱。如果没有爱,很多钱也是好的。如果两者都没有,我还有健康。我其实并不贫乏。"

【万古哀凉集此身】

有一度,卢照邻得到药王孙思邈的照顾,两人情如师徒,孙思邈不但替他医病,亦替他疗心,鼓励他"形体有可愈之疾,天地有可消之灾"。在孙思邈的照顾下,卢照邻的病情略有好转,算是有了一线生机。谁知好景不长,孙思邈被武后招入宫中为高宗治病,他失去神医的庇护,身体每况愈下,处境可想而知。

用朋友的资助,卢照邻在具茨山下买下田庄,为自己建造了墓室,每日僵卧其中,如同活死人。我想他不是没想过求生,然而生之悲,大过死之痛,任他博览典籍,通达三教,亦难以找到出路。

他虽避居山中,外界的消息还是接踵而至。

这不是一个好的时代,时时不顺,事事惊心。女主登基,以周代唐,骆宾王下狱,起义失败后失踪。及至孙思邈过世,卢照邻彻底绝望。他不知自己能做什么,这样苟延残喘又为着什么?曾经有鸿鹄之志,如今已折翼难飞。

被疾病拖入坟墓,被失望埋入深渊,是哀莫大于心死,亦是无法忍受病痛折磨,他借口出门垂钓,投水自尽……

每次我想到他的结局都觉得悲不胜悲。

他的死,对我而言其冲击更胜于屈原式的自沉。诚然,生不逢时,怀才不遇,遭人曲解,被人陷害,这些都是很痛苦的。但起码他们还有一个相对健康的身体。

比起那些呼天抢地、自命不凡的人,这世上有多少为病痛所苦的人,是没有机会发出声音的?他们所求不多,不会高尚到为理想而死,能够无病无痛地活着,已经是足够美好、值得感恩的事。

慷慨成仁易,从容赴死难。无从知道,那难挨的分分秒秒,那难熬的日日夜夜,无止境的病痛是怎样折磨一个人的肉体和精神。

我想,他是彻底无能为力了。他毕竟不是超凡入圣的人,不能通达庄子的境界。"畸人"难自珍,不是不珍惜,是不知从何珍惜。不到万不得已,他怎会一死了之?

卢照邻的投水自尽,不是一句"坚强,不坚强""脆弱,不脆弱"可以论断。生命的脆弱,人生的残酷,要经历了才会有切肤之痛,才知道能不能熬得过。谁都无权摆出一副义正辞严的嘴脸替他人做评断。

不要说,他还可以著书写诗,用他的才华,给后人留下更多的精神食粮啊!那只是后人看的时候会短暂感动,犹如一碗廉价的心灵鸡汤,满足的只是旁人因同情而生的优越感。

于他而言,如附骨之疽般的病苦,家人受己连累,生计艰难,才是真实的、必须解脱的困厄。

天长日久,他将内心的悲愤、痛苦,化为笔墨,在诗文中已写得够透,够多,无须再讨好满足世人。

天生残疾的人还好,一开始就必须面对的境遇,心态好的话,习惯了也就能坦然面对。可他曾是那样健康健全的人,他的眼看过世间繁花似锦,他的腿行过塞北江南,他的心曾经纵览古今。

突然有一天,那样放荡自由的人,只能僵卧一室,看生命的活力一点点流逝,外面的世界一点点离自己远去。其间的落差,叫人怎么顺然承受?

他曾写过《长安古意》,开篇写道:"玉辇纵横过主第,金鞭络绎向侯家。龙衔宝盖承朝日,凤吐流苏带晚霞。百丈游丝争绕树,一群娇鸟共啼花。啼花戏蝶千门侧,碧树银台万种色。"

这句子仍显浮丽,然则真美,叫人不由得想起庾信的《春赋》:"新年鸟声千种啭,二月杨花满路飞。河阳一县并是花,金谷从来满园树。一丛香草足碍人,数尺游丝即横路。"庾信真是大师,他的美感影响了后世太多诗人。

"良马既闲,丽服有晖……风驰电逝,蹑景追飞……顾盼生姿",这是嵇康的诗,用来形容那时长安少年的风流意态却也恰好。

这也是卢照邻曾目睹和经历过的生活,他将幻灭交织在赞美之中,看到繁华之后隐藏的衰败的必然,也懂得宁静和节制的美好,一边冷静地观察思考,一边兴致勃勃地投入其中。

玉辇金鞭,白马轻裘,帝都长安的繁华种种,如今思来恍如一梦,不可触及。鲜衣怒马的少年和风华绝代的歌妓遥遥一望,便生出一段不能舍、不能忘的红尘情事。

"得成比目何辞死,愿作鸳鸯不羡仙"。明知情爱如刃,却贪恋那刀刃上些许的甜蜜。是纠缠也好,是淡忘也罢!到如今,爱恨幽怨都薄如浮尘。

曾经,叫人怜惜的、令人愤慨的、让人唏嘘的人和事,都化作文字中永恒的光。他循着这光,是通往过往的甬道,却再也,回不到梦中。

那首著名的《曲池荷》,常被用作题画诗,是卢照邻晚来所写。

浮香绕曲岸,圆影覆华池。

常恐秋风早,飘零君不知。

——《曲池荷》

这不是寻常的咏物诗,残荷,是他后来孤苦凄冷的写照。我常见画师画此境,却不知有多少人知道这背后的凄楚?若知道,可能落笔会更加不同。

日本俳句里有一句"枯芦苇,日日折断随流去",与此诗意境相合,然而,日本人所在意的物哀闲寂之美,种种幽微苦楚,在中国的古诗中是不大容易见到的。即使浮生苦寒,肝肠寸断到卢照邻这种程度,也只是克制含蓄地以残荷自喻,以飘零自况。

观想卢照邻这一生,我常想,浮生一生,有什么,是人真正做得了主的?大多数时候,大多数人,都是身不由己,随波逐流罢了。一阵秋风起,就四散飘零了。他在生命的尽头,看见的,是别人的事、自己的心,是对这长安古意、红尘过往的眷恋。

这露水似的一生啊!虽则是露水似的一生,却依然叫人念念不忘。这浮光掠影的一生,恨太长,怨太短。

【未知歧路有风尘】

写"初唐四杰"会出现很多重复的表述,比如"四杰"都是天生早慧,少从名师,苦学经史子集,年纪轻轻都中了进士,都做过王府的文学属官,典型的开始很精彩,结局却潦倒。狂妄、自负,潦倒、天真,是他们共同的特点。

深具识人之明的名臣裴行俭曾评价"四杰"说:"士之致远,当先器识而后才艺。勃等虽有文华,而浮躁浅露,岂享爵禄之器邪!杨子稍沈静,应至令长;余得令终幸矣。"

当时有大臣很称赏"四杰"的才华,裴行俭认为读书人要当重任,首要是度量见识,而后才是才艺。王勃等人虽有文才,而气质浮躁浅露,哪里是享受爵位俸禄的材料! 杨炯稍微沉静,应该可以做到县令、县长;其余的人能得善终就算幸运了。

真应了骆宾王自己的诗:歧路有风尘。后来,王勃渡海堕水;杨炯卒于盈川令上;卢照邻恶疾不愈,投水而死;骆宾王谋反被诛——下场一如裴行俭所断。

骆宾王是今天的浙江义乌人,不过他十岁左右就随担任县令的父亲外游,去到山东。在父亲的引导下与齐鲁名士相交,因为是县令的公子,又确实聪慧过人,他很快就博得神童的名声。

大约十七岁的时候,骆宾王的父亲卒于任上,幸得他父亲的好友,另一位县令大人出手相助,帮他料理后事,又将他推荐为贡生,上京参加进士考试。按照当时的规矩,骆宾王本该回到原籍去考试,但他算是从小生活在山东,如此这般,也算是利用政策的漏洞,小小地走了个后门。

第一次进京赶考,骆宾王没有成功,他于是回到老家义乌,再次得到资助的他,先回山东安顿好家眷,然后重整旗鼓,再上考场。这一次幸运降临,他顺利考上进士,又担任了太宗之弟道王李元庆的属官。

和卢照邻一样,骆宾王的名字同样是被家人寄予厚望的。卢照邻是光照邻室的意思,天有异象,红光满室,遍及邻里,是古代传说中伟大或不凡的人物出生时必有的征兆……而宾王的意思是,成为王侯的座上宾。

骆宾王算不算王侯的座上宾不好说，起码道王对他不错，就像邓王待卢照邻一样，因道王的赏识礼遇，骆宾王对李唐王朝的认同感很深。

相似的人生轨迹还在继续，在王府担任属官任满之后，骆宾王也离开了王府。不同的是，他婉谢了道王的推荐，没有去外地当小官，潇洒转身回山东归隐田园，侍奉母亲。

唐高宗上元三年（公元676年），吐蕃入侵，裴行俭西征，想招骆宾王为幕僚，骆宾王当时因为要侍奉母亲不得从征，心下十分遗憾，作《上吏部裴侍郎书》说："今君侯无求于下官，见接以国士，正当陪麾后殿，奉节前驱，贾余勇以求荣，效轻生而答施……"言辞谦恭，十分感激裴大人的看重。

虽不得同行，他却以《从军行》表达了自己跃跃欲试建功立业的心愿，写得那叫一个慷慨激昂：

平生一顾重，意气溢三军。
野日分戈影，天星合剑文。
弓弦抱汉月，马足践胡尘。
不求生入塞，唯当死报君。

——《从军行》

去不去两说，估计裴大人看到这样的回信和壮行诗会很爽。后来骆宾王果然还是去了边塞，入了幕府，虽未见立大的军功，倒是增长了见闻，其诗的慷慨磊落之气，为同代人所不及。

【世事蹉跎成白首】

　　与许多人一样,我对骆宾王最初的印象源自那首儿歌一样的诗歌:"鹅,鹅,鹅,曲项向天歌,白毛浮绿水,红掌拨清波。"

　　背这首诗时我五岁,听说写这诗的人是七岁,顿时洋溢着崇拜之心,因为我肯定,到了七岁我也写不出来。

　　觉得骆宾王很厉害的印象一直延续了好几年,后来读的书多了些,背到他的《在狱咏蝉》,忍不住困惑,这么厉害的人怎么就坐牢了呢?还一副很无奈很冤枉的样子。后来我才知道,很多诗人都不是很厉害的,他们作起来比普通人还作,所以倒起霉来就比普通人还倒霉了。

在我们看来盛世太平的年月，于某些人而言，未必是安然。内心向往着诗酒田园，身体却奔波在红尘官场，这是大多数诗人的不得已，亦是大多数人的不得已！

读骆宾王的诗，屡屡落入眼中的是"风尘"二字。这篇文章中的几个标题，除却"倚剑对风尘"是高适的诗之外，其他都是从骆宾王诗中摘出的句子。

时光流逝，他一年年老去，空怀壮志却无处施展，只做了一些不入品流的小官，那期待的辉煌迟迟未来。因为性格耿直的缘故，他不愿做这时代的媚俗者，时时对周围的人事有诤谏，不肯独善其身。

公元676年，骆宾王被召回长安，先任主簿，678年迁侍御史。在武后摄政的时期，这不是一个特别安全的职位。与许多同僚一样，他在权力斗争中站错了队，不久就由于进谏武后而被下狱。

在别人几乎可以退休养老的年纪，他锒铛入狱，罪名是可笑的监守自盗。明眼人都知道这是欲加之罪，他那种自负清高的人决计不屑于此。明知是被诬陷，亦只能尴尬入狱，身陷囹圄。《在狱咏蝉》正是一腔孤愤，自言清白的名作。

读《在狱咏蝉》不可错过诗前的序。世人皆传其诗，殊不知，《在狱咏蝉》只是余响，《在狱咏蝉并序》情辞并重，才是根骨所在，读其文絮絮，见他心中幽恨之深。

"余禁所禁垣西，是法厅事也，有古槐数株焉。虽生意可知，同殷仲文之古树；而听讼斯在，即周召伯之甘棠，每至夕照低阴，秋蝉疏引，发声幽息，有切尝闻，岂人心异于曩时，将虫响悲于前听？"

"嗟乎，声以动容，德以象贤。故洁其身也，禀君子达人之高行；蜕其皮也，有仙都羽化之灵姿。候时而来，顺阴阳之数；应节为变，审藏用之机。有目斯开，不以道昏而昧其视；有翼自薄，不以俗厚而易其真。吟乔树之微风，韵姿天纵；饮高秋之坠露，清畏人知。"

"仆失路艰虞，遭时徽纆。不哀伤而自怨，未摇落而先衰。闻蟪蛄之流声，悟平反之已奏；见螳螂之抱影，怯危机之未安。感而缀诗，贻诸知己。庶情沿物应，哀弱羽之飘零；道寄人知，悯余声之寂寞。非谓文墨，取代幽忧云尔。"

他说得很详细，在他被囚的狱墙西边有几株古槐，生机勃勃，每当夕照低阴之际，能听到秋蝉在其间鸣叫，觉得凄厉胜于以往，是心境不同吧！

慢慢想起周代的召伯在棠树下断案，诉讼清明，不枉不纵，是老百姓可以信赖和期待的人。如今自己落到这步田地，又能期待什么人来明辨是非，主持公道呢？

在他的理解中，蝉具有高洁的品性。餐风饮露、不同俗流、自我蜕变、坚持本心、自甘澹泊，这一切高贵的比拟、美好的赞誉，其实是他赋予蝉的，是他内心想达到的境界。

然而，他毕竟是惶惑的，不知来日如何，会忧惧，会忐忑，像那只在秋风中瑟缩哀鸣的蝉。

当日子步入虚空，比虚无更虚无的，是来日的命运。命运如利刃，不知这一次，到底是劈开枷锁，逃出生天，还是避无可避，一刀毙命？

  西陆蝉声唱，南冠客思侵。
  那堪玄鬓影，来对白头吟。
  露重飞难进，风多响易沉。
  无人信高洁，谁为表予心。

——《在狱咏蝉》

歌颂蝉的高洁，借以自喻，并非他独创，早在东汉时期傅玄就有《蝉赋》。曹魏时期，曹植在《蝉赋》中就写道："栖乔枝而仰首兮，嗽朝露之清流。"南朝的褚玠有《风里蝉赋》，乃至太宗朝的名臣虞世南有咏蝉的名作："垂緌饮清露，流响出疏桐。居高声自远，非是藉秋风。"

一切看来都似曾相识，这不是错觉。骆宾王的《在狱咏蝉》，继承了前人高雅的意旨，由于他过人的才气、高超的诗歌技巧，一个陈旧的主题被表达出更引人注目的内涵。他将蝉象征含义（典故）融入全诗的意境中加以深化，与个人际遇结合，而不是孤悬诗外，泛泛而谈。如此交融引申，获得广泛的共鸣，从而使这首诗的知名度超过了以往的诗作。

【世事蹉跎成白首】

　　他试图形成一种观念,通过历史和自然之物的比拟表达自己艰难的处境,以道德的信念战胜自己的绝望。

　　高傲,是饱含悲怆的高傲。当天生的骄傲被世事打散,当青春的热血已所剩无几,他在忧患中所能坚持的,已经不多——除了信念。

　　后来,每次我读到这首诗,看见的都是一个早生华发的老人。

　　后来的后来,他参加了徐敬业的起义(反叛?)。如何定义他的行为已经不重要,重要的是,他已风尘仆仆,欢乐无多。

【生死契阔君莫问】

  公元679年，武后改元，迁都洛阳，因此大赦天下，骆宾王获释。但他仍然属于失意的群体，被贬到浙江临海任县丞。不久他便辞官，继而参加到徐敬业反抗武后的军事行动中。

  武后权势日盛，作为李唐王朝的直臣们是不甘的。当时人看待政权的更迭并不似我们如今这般轻松，即使武后当时并未正式登基，她咄咄逼人的权势，她的存在，对很多人而言，已经是莫大的威胁。

  经历了坐牢的冤屈，即使是后来遇赦被释放，也足以让骆宾王对当时的现状生出极大的反感。要记得在《在狱咏蝉》中，他已经用"南冠楚囚"的典故自比他国的囚徒，相当鲜明地表明了他不认同当政者的态度。

这颠倒的俗世，无数人弃明投暗，生命就像雪花，有一点压力，就化为水。慑于武后的威势，大多数人，包括李唐宗室的人，也只是暗地里发发牢骚，只有骆宾王，他敢明目张胆参与反抗，并写下了流传千古的《讨武曌檄》。

在他决心参与徐敬业起兵之前，他写下了著名的《易水送别》：

此地别燕丹，壮士发冲冠。
昔时人已没，今日水犹寒。

——《易水送别》

这是他二度出塞去往幽州时所作。那时他还没有遇见徐敬业，不知道自己不久之后，就会像古代刺秦的义士一样，一去不返，诗中却宿命般地呈现出一种刚烈的哀寂。

无论当时后来，他都是义无反顾的。于他而言，这是个凋敝的时代，人们都噤若寒蝉。谁有资格将信念和理想从尘埃中拾起？

《在军登城楼》是他参与起兵之后的诗作：

城上风威冷，江中水气寒。

戎衣何日定，歌舞入长安。

——《在军登城楼》

抗争是不合时宜的抗争。诗确实写得肃穆动人，徐敬业的军事能力却实在不堪，很快就被剿灭，白白可惜了骆宾王的豪情万丈、卖力呐喊！

卢照邻曾写道，"岁去忧来兮东流水，地久天长兮人共死"，"嗟不容乎此生"，"恩已绝乎斯代"。这些悲怆已极的诗，都不是特意写给骆宾王的，然而读起来，却有那么多相同的感慨，那么多相似的无奈。

他二人，早年在蜀地时多有交游，那时的他们天真未凿，都曾是诗酒风流、任侠使气的少年，一人写过《长安古意》，一人写过《帝京篇》，甫一出世，已成绝唱。

然而无常如剑，刺破年少轻狂的美梦，书页和诗篇在光阴中四散飘零。他们后来的经历，应了骆宾王早年那句"少年识事浅，不知交道难"，亦应了卢照邻那句"时来不假问，生死任交情"。

如果红尘有十丈，他和他，究竟落足在何处？

如果光明有九重，他和他，向往的是第几重？

天大地大，无路可走。生关死劫，无处可逃。

卢照邻最后纵身一跃，投入茫茫颍水，一死解千悲。骆宾王参与徐敬业起兵，失败之后，下落不明。虽说是壮志未酬，亦算是求仁得仁。

　　由始至终,真正打动我的,不是骆宾王的诗,而是他刚直不屈的性情。面对强权的逼压、命运的欺凌,依然坚守着内心的信念,不是不畏死,而是死亦不能易其志。

　　他虽是个文人,却也有武士的精神。如那无学祖元禅师所言,"电光影里斩春风",若能将命中的忧患和颠沛化作前行的勇气,打破生死牢关,便是山河万里,春风拂面。

　　可惜太难。

【才尽回肠荡气中】

骆宾王文名的成就,不能不提武则天的赞赏。胜券在握的武后对徐敬业的起兵并没有太激烈的反应,倒是《讨武曌檄》让她略有兴致,她想知道这些人以什么名目来反对她。

这堪称唐朝最著名的一篇国骂,骆宾王在文中引经据典,合辙押韵,使尽浑身解数,将武则天由内至外,从头发丝到脚指甲骂了个体无完肤(原谅我欣赏水平有限,从第一次读这篇檄文到现在,我都没看出文采)。打又打不过,骂人家人家也不动气,才子当到这份上,其实也蛮失败。

当武则天听到"泊乎晚节,秽乱春宫……入门见嫉,蛾眉不肯让人;掩袖工谗,狐媚偏能惑主"时,哂笑而已。宫闱秘辛,岂是尔等小臣可知?

说她秽乱春宫,那时你骆宾王还没入朝,你知道什么?那也得某人(李治)愿意配合,她还能霸王硬上弓不成?说她狐媚惑人,我老公乐意被我迷惑,你能怎么着?就算我有男宠,天底下哪个皇帝没有妃嫔?皇帝是女的,那嫔妃自然只能是男的了!再说了,你不是沉沦下僚做小官,就是蹲监狱里待着,能知道什么?道听途说,人云亦云而已。

当她听到"一抔之土未干,六尺之孤何托"时却为之动容,责问:"宰相安得失此人!"敏锐如武则天,自然知道,满纸口不择言,只当是泼妇骂街,都可忽略不计,唯独这两句才是要害所在,能让李唐旧臣为之感念,天下人为之动容。

动乱指日可平。武则天这样说,到底是真心赞赏骆宾王的才情,还是顺口人情,意在表现自己不计前嫌、招贤纳士的胸襟?其实难以定论。

"班声动而北风起,剑气冲而南斗平。喑呜则山岳崩颓,叱咤则风云变色。以此制敌,何敌不摧?以此图功,何功不克?"——骆宾王所有的激情都涌向指尖,成为惊天动地的诗篇。才干平平的徐敬业,担负不了如斯激情。雄才大略的武则天或者可以担负起,却错过了这样的因缘。

这君臣相得,亦如男女相许,要谋个情投意合,一生一世实属不易。多数时候,只能叹一句:可惜不是你,陪我到最后。

如果,早早被武则天所用,得偿所愿,没有后来那么多失意磋磨、愤懑不安,是否一切会不同?

我不得而知,但我知道,那就不再是这个骆宾王。

生死契阔君莫问,才尽回肠荡气中。到最后,他是兵败被杀,投水殉节,还是落发为僧,都不重要。重要的是,他已经消隐在这人世间,成为那个时代最难忘的过往之一。

往事尸骨未寒,未来花枝招展。新的传奇,即将登场。

【公子才华迥绝尘】

当年,陈子昂在长安街市上摔琴的举动,是一场华丽而轰动的个人秀。当价值百万的名琴,被他毫不顾惜地摔在地上,他需要向世人证明的是,他的才华才是世所罕见的。

也许就像《浮夸》中唱的,每个寂寞的少年,都不甘隐没在人群中,当别人的注脚,他们最初的渴望,只是想获得更多的认可。

在陈子昂的身上依稀能看见后来李白的影子:他们都出手阔绰,陈子昂花费百万买了一把无人能弹的琴,李白则自述自己喜欢结交朋友,动辄赠予需要帮助的朋友重金;他们都出身于富裕但缺乏名望的家庭，少年时都曾轻率好武，自命侠少。

陈子昂骑马打猎泡妞，玩了快二十年才开始认真学习。李白貌似乖一点，但一直夸口自己擅长剑术，曾手刃数人。更重要的是，他们都来自蜀地，被同一种古老的文学传统所影响——源自汉代著名的辞赋家扬雄和司马相如，固然在汉代之后，蜀地已数百年没有出过类似影响甚巨的人物，但仍是可以用来对抗京城诗人的文化传统。蜀地的文人，不能不以此为傲。

从西蜀远道而来的富家少年，抵达当时的国际大都市长安。彼时的这座城，才是被金手指点过，造物主钟情的地方。这城市并不欠缺地位、名利、醇酒、美人，世人所渴望的种种，这里都可以撷取到。

我总觉得那时的长安，才是有生命的。有丰润的血肉，精致的细节，情天恨海，欲望翻腾，无数人来来去去，生命的洪流涤荡着这座城，生生不息和颓废糜败奇妙地融为一体，是一个盛产传奇的都会，成就了无数人的梦想，埋葬了无数人的理想。

固然后来陈子昂亦中了进士，李白亦获得了"保送"的资格，进入翰林院，然而贵戚才俊多如过江之鲫，开始的开始，他们靠什么来迅速赢得关注？

胆略过人的陈子昂，选择了另一种精明的方式。无法去考证细节，却不妨先认定，这是一场成功的自我营销。

在世人不乏惊讶的眼光中，他信手摔却名琴，分发自己的诗作，风仪朗朗，一时扬名市朝，口耳相传。

即使这件轶事有极大的可能是后人杜撰的，它仍深具趣味，符合那时唐人的作风，无碍于传颂。

"圣代无隐者，英灵尽来归，遂令东山客，不得顾采薇。"王维这首诗意在赞颂，虽然我总读出一点讽刺的意思。这不怪他，一定是我联想太丰富的缘故。

唐代士人积极入世，除却凭真才实学参加科举之外，他们为求仕而扬名的手段还真是层出不穷。

一般来说，在还未入仕之前就会干谒公卿，投诗献赋，展示才学，希望他们青眼有加，替自己广为延誉，为将来的入仕做准备。

即使是才华卓著者，想在考试中获得重视，也须经人举荐。像王维，走的是宗王公主的路子，在岐王和玉真公主面前又弹琵琶又作诗；李白，走的是权臣和帝师的路子，和贺知章、吴筠一起又喝酒又论道——他们都被成功地举荐。

【五陵豪侠笑为儒】

说陈子昂,好像不能不提那首《登幽州台歌》,这首诗之于他,一如《杜少府之任蜀州》之于王勃,已是标签式的存在。这首成名作待会再说,我们先看看他其他的好诗。

一个更加活泼真实的陈子昂,不该被拘禁在"念天地之悠悠,独怆然而涕下"的情境中。

银烛吐青烟,金樽对绮筵。
离堂思琴瑟,别路绕山川。

【五陵豪侠笑为儒】

明月隐高树,长河没晓天。

悠悠洛阳去,此会在何年。

——《春夜别友人》(其一)

紫塞白云断,青春明月初。

对此芳樽夜,离忧怅有余。

清冷花露满,滴沥檐宇虚。

怀君欲何赠,愿上大臣书。

——《春夜别友人》(其二)

这是在春夜的离筵上,他写给友人的诗,字句清艳,意态激昂,除却那必须要流露一点的离愁,并没有多少哀怨。这诗中的气度,亦非一个仅为稻粱谋的人可以勉强写出的。这大概也是因为,他的生活本身没有太重的现实负担。

虽然家境亦算得上富裕,但他还是想靠自己,追寻着心中的梦想,去更大的天地里试一试,闯一闯。在这首诗里,我看见的是,一颗跃跃欲试,年轻的心。

如果说王勃是一个出身优越性格傲娇的天才少年,那么陈子昂,他更类似于那些怀揣梦想和野心的"北漂",只不过,他是主动放弃了衣食无忧的生活。不要蜗居一地,做富甲一方的土财主。

"腹中贮书一万卷,不肯低头在草莽"。他要摆脱商人子弟的身份，成为经世治世，可以指点江山的人。

卢藏用《陈子昂别传》说他"始以豪子驰侠使气，至年十七八未知书，尝从博徒入乡学，慨然立志，因谢绝门客，专精坟典。数年之间，经史百家，罔不该览，尤善属文，雅有相如子云之风骨。初为诗，幽人（隐士）王适见而惊曰：'此子必为文宗矣。'"

富二代陈子昂任性而愉快地活了十七八年，都不太读书，某天突然转性了，发奋苦读，数年之间，已经能诗善文，可谓天赋异禀，令读到他诗的前辈高人惊叹，此子必为天下文宗。

这样看来，陈子昂是个纨绔子弟转型成功的典范，他的事迹足以感动中国，被父母拿来教育孩子学习重要的经典案例。当然他们也可以借此自我安慰，说不定孩子哪天就出息了呢！梦想还是要有的，万一实现了呢？

初到长安的时候，陈子昂只是一个满怀抱负，立志要谋取功名的读书人，而不是后来的"天下文宗"。他也想得到名利、地位，更多更大的认可。

他亦如愿，二次应试及第。后来，高宗崩于洛阳，他上书请在洛阳建高宗陵墓，得到了武则天的召见，咨询他的建议。武后很欣赏他的对答，如此他算是真正开始进入庙堂。

在武后朝，他亦算有所作为，武后欲用兵西羌，他上书谏止。后来武攸宜统军北伐契丹，他随军出征，主撰一切文书，颇有建议。

初、盛唐时，东北、西北、西南各处边境多有战事，有时是为了抵御外敌,有时是为了扩张领土。很多诗人都有过出塞临边,从军入幕的经历。读唐代的诗,会发现他们对于征战用兵,有着很矛盾的态度。他们一方面感叹"征戍之事",谴责着战争的不义,对民众有着深切的同情;一方面又希望借此建功立业,封侯拜将。

有时候,这种矛盾的感觉,反而能呈现出真实的质地。因为真实,往往是矛盾的。

陈子昂的《送魏大从军》曾写得豪情万丈:

匈奴犹未灭,魏绛复从戎。
怅别三河道,言追六郡雄。
雁山横代北,狐塞接云中。
勿使燕然上,惟留汉将功。

——《送魏大从军》

但后来他在《感遇》中唏嘘叹道:

苍苍丁零塞,今古缅荒途。
亭堠何摧兀,暴骨无全躯。
黄沙幕南起,白日隐西隅。
汉甲三十万,曾以事匈奴。

但见沙场死,谁怜塞上孤。

——《感遇》(其三)

"但见沙场死,谁怜塞上孤"一句真叫人坠泪。那么多人死去,只为一个看似伟岸的目标。若人人都追求宏大,谁来怜惜弱小无辜?

当他真正随军出征,亲临边塞,亲历战争之后,他发现一切没有那么浪漫。生命薄脆如纸,正义亦非理所当然。尸横遍野的惨烈之后,功名亦非唾手可得。

不仅如此,他还要面对一个难伺候的上司。他的良言,令武攸宜心生怨恨,由此埋下祸根。

大抵是在武后朝看多了争斗倾轧,很多事,心里知道是对的,亦不能去坚持,才知道世事没那么截然分明,尤其是政治,更是一笔糊涂烂账。是身不由己,当官当得并不开心,他才有了三十八首《感遇》诗,在诗中纵横古今,指点山河,一吐胸中块垒。

现实虽然难有作为,他却警醒起来,意识到自己的责任,是续起诗歌的某种传承。他思考的是,文学与时代之间曲折深长的联系。

私心里,我更喜欢后来的陈子昂,经历了世事,阅多了世情,他一颗雀跃的少年心,终凝练成诗者的仁心。

在诗中,看见一个人的成长,是欢喜的事。

【知君感遇伤心意】

《登幽州台歌》是陈子昂最著名的作品,而他最重要的作品是《感遇》(三十八首组诗)。《感遇》经常被看成盛唐诗风的开始,是南朝延续至初唐的宫廷诗风的对立面,及复古观念的体现。

比起他其他的作品,《感遇》不算好读,除却比较著名的几首(第二、第三、第四、第十九、第二十三、第二十六),其他都稍显晦涩,大量玄学的词汇和典故运用,彻头彻尾地晦涩难解,显然不符合流行的口味。

早年间,我读这类的诗也是咬牙切齿,挨不过了才看两眼,一扫而过，心里觉得看过了就好，直到读多了唐诗，明白了传承的意思，才知道"陈子昂"这三个字，对盛唐诗歌的影响之巨。这些诗便好像玄铁重剑，一招下去，就分出了两种境界。

若有意，若无意，他的诗扫除了齐梁以来靡丽、浮夸的艳格，承继了汉魏五言古诗健俊的风骨，为唐代的五言古诗确立了典范。他的诗，从渊源上来说，是复古；从影响上来说，却是创新，是先驱者。

有必要说明一下，何谓感遇诗。简单来说，感遇诗的"遇"字并不局限于作者亲身遭遇的事情，但凡所看到的、听到的、想到的，从书中读到的，有感而发而作的诗，都可以算作感遇诗。有时，我亦将"感遇"理解为"遣怀"。只是似乎，"感遇"二字更沉重些。

陈子昂的感遇诗没有固定的主题，更像是个系列名。其内容可以被大致分类，首先是咏怀史事，借古喻今的。这一类诗，继承了左思的八首《咏史》。如《感遇》（其四）：

乐羊为魏将，食子殉军功。
骨肉且相薄，他人安得忠。
吾闻中山相，乃属放麑翁。
孤兽犹不忍，况以奉君终。

——《感遇》（其四）

这首诗用了两个典故，一个是魏国的将军乐羊，另一个是中山

【知君感遇伤心意】

国的相国秦西巴。陈子昂的本意是借魏国将军乐羊的典故讽刺武则天杀子之事,再借中山相国的典故,劝谏诸位大臣不要畏惧权势,要保有仁者之心。

乐羊是魏文侯时的将军,他奉命进攻中山国,他的儿子乐舒却是中山国的将领。父子二人分属不同阵营,本来就叫人为难。这边,魏国的大臣怀疑乐羊不忠;那边,中山君同样怀疑乐舒通敌,将他杀死,做成了肉羹,乐羊为表对魏国的忠心,吃下了肉羹,大败中山国。魏文侯虽然事后重赏了他,却始终觉得他心地残忍。

这位乐羊,就是战国时的名将,横扫齐国七十余城,辅助燕昭王灭了齐国的乐毅的祖先。

另一个典故是说,中山国的相国秦西巴,他本是中山君(这位中山君,不是杀死乐羊儿子的中山君)的侍从。中山君猎到一头小鹿,命令秦西巴带回去。小鹿的母亲一路跟随悲鸣,秦西巴心中不忍,违背君令,放走小鹿。中山君认为他有仁德之心,任命他做太子的老师,教导太子。

我很认同陈子昂说的"骨肉且相薄,他人安得忠"——一个对亲生骨肉尚且凉薄的人,对待他人能谈得上忠心么?这或许是在讽刺武后,对自己的亲生骨肉尚且下得去手,其他人对她的忠诚,她又怎么会放在心上?

武则天且放一边,我觉得这种比喻很不公平。儿子被杀和放走小鹿,这两件事根本不能相提并论好吗?完全没有可比性。再说,乐羊和吴起不一样，他不是为表忠心杀死了自己的妻子，他的儿子是被敌人所杀，他要想替儿子报仇，就必须含悲忍痛，跟殉不殉军功没有关系。

难不成乐羊被中山君的计策刺激到精神崩溃，无力再战，才能表示他有仁者之心吗？传说中，有"圣人"之誉的周文王也是装疯卖傻吃了儿子的肉做成的肉饼，才逃离朝歌，回到西岐，后面才能起兵讨伐纣王呀！

再就是并不涉及史实，只是抒发内心感慨的。这些诗则像是阮籍的八十二首《咏怀》和庾信的二十七首《咏怀》的继承。如《感遇》（其二）：

　　兰若生春夏，芊蔚何青青。
　　幽独空林色，朱蕤冒紫茎。
　　迟迟白日晚，袅袅秋风生。
　　岁华尽摇落，芳意竟何成。

——《感遇》（其二）

这首诗比较著名，清清淡淡中流露出深深浅浅的寂寥，像秋风中的一声叹息，已不同于当年的峥嵘。

若将朝堂比作群芳争妍的芳林，他则自比兰花和杜若，生在空寂的林中，长于寂寥的水滨。一年年地蹉跎下去，他自知不合群，却也无可奈何。

早在五十年前,著名诗人王绩就有《古意》组诗,其中的第五首和这首诗十分相像:

> 桂树何苍苍,秋来花更芳。
> 自言岁寒性,不知露与霜。
> 幽人重其德,徙植临前堂。
> 连拳八九树,偃蹇二三行。
> 枝枝自相纠,叶叶还相当。
> 去来双鸿鹄,栖息两鸳鸯。
> 荣荫诚不厚,斤斧亦勿伤。
> 赤心许君时,此意那可忘。
>
> ——《古意》(其五)

可以看出,两首诗的比拟手法和意旨都十分相似。和幽兰一样,桂树在传统上是正直和耐苦的象征,在诗中生长、开放于偏僻的地方,都是情怀高洁、备受冷落的处境。有理由相信,陈子昂写诗的时候,王绩的诗曾给予他不小的启发。

此外就是一些不涉及历史,又不明显地表达自己感触的。但实际上,字里行间仿佛又影射着某些时事。这一类的"感事"诗,从传承上说,是继承了陶渊明的《饮酒》和《拟古》。如上面所引的"苍苍丁零塞,今古缅荒途"一诗,那是他亲临边塞后,感于生灵涂炭的诗作。

请留心这些名字,左思、阮籍、庾信、陶渊明,虽然个个都是殿堂级的,却历来不算诗坛上的流行,在唐代,同样如此。

那是个鼓噪的年代,当沈佺期、宋之问等人热衷于作辞藻华美、对仗精工、声律严谨的律诗,并引领潮流蔚然成风时,陈子昂却独自走向复兴汉魏古体诗的道路。这注定是不讨好的、不合时宜的选择。他执意要寻回的,是那份遗失的风骨。

做一个甘心落后于时代的人,凝视着人心,并不是那么容易。

世人都迷恋花开胜景,他偏要去探嶙峋荒迹,可想而知,他的《感遇》诗,在当时,如明珠蒙尘,不曾受到多少认可。

说起来,他的声望多是后人给的,有识之士从未忽略他的存在和价值。初唐有那么多优秀的诗人,只有他堪为唐代古诗正始的地位,对此,杜甫、韩愈都有很公允的论证。

他的《感遇》诗为唐诗开辟了一条讽喻现实的道路,诗歌变得更有力量,不再只是怡情养性的工具、锦上添花的点缀,它可以为剑,为帜,诉不公,抱不平,针砭时弊,关怀民生。自陈子昂之后,张九龄、李白、杜甫、白居易、元稹、韩愈、张籍等人,都有这一类的诗作。

【昔年遗恨至今存】

　　转回头读《登幽州台歌》,会另有一些感觉,陈子昂为什么会说"前不见古人,后不见来者",也就有了更真实、具体的原因。

　　在政治上,他失意;在文学上,他寂寞,坚持了一条"少有人走的路"。在某种意义上,他的身体跋涉在现世,精神却留在了过去,像一个终生跋涉的信徒,思慕着心中的圣地,向往着涅槃重生。

　　他是苦闷的。盛世初兴,满目疮痍,红尘种种,百孔千疮。当宇宙的浩瀚,天地间永不止息的孤独穿透了他,一个人的孤独,变成古往今来的孤独,他感应到这巨大的力量,却注定会摇摇欲坠,不堪承受,只能怆然下泪。

这眼泪是自然的反应,有畏惧,有羞耻,有不甘,有抗争。人太弱小了,弱小到很多事都掌控不了,却要去做许多事,这种茫然空幻,才是他痛苦的源头。

就像一只蚂蚁,以为是走过了千山万水,其实只是在方寸之地打转。

功名盖世,无非大梦一场。富贵惊人,难免无常二字。终究,没有什么是不朽的。不管是伟岸的功业,还是传世的诗文,唯一不朽的,是这一切所传递出来的精神——人对世界的理解,常见常新。

后来,陈子昂大抵是真的厌倦了,也不想和自己较劲了!反正他做不到将赤子之心磨砺成老成世故之心。他索性以父丧为由,辞官还乡。这时,潜伏已久的厄运来了,一直看他不顺眼的武攸宜指使他家乡射洪县的县令罗织罪名,将他逮捕下狱,家人营救无果。

到此刻,他是无奈还是惊惶,我不得而知。据说陈子昂自卜一卦,知命数已尽,长叹而已。不久被冤杀,死时只有四十二岁,正当盛年。

陈子昂卒于公元702年。这一年,王维和李白都还是婴儿,而盛唐的到来还在几十年之后。

若在以前,写到这里,我一定会顺势写出几句煽情的、精致的话,来慨叹一下人世无常,但现在,我突然意识到,陈子昂的遭遇,是中国知识分子,升斗小民们上演的宿命般的悲剧。武攸宜为什么敢如此肆无忌惮，不正是因为他拥有权势，又缺少制衡么？

陈子昂曾写过《大周受命颂》，他在大部分的仕途生涯中，一直是武后的忠臣。然而无论陈子昂是在朝为官，还是成了平民，结果都是一样，命如草芥。

只要他得罪的人，拥有生杀予夺的权力，铁了心想杀他，他都难逃一死。差别只在，人家想他什么时候，以什么罪名死。

用现代的民主法律意识来倒推过去当然不是太准确，但反思是必需的，怀古正是用来思今。

"学成文武艺，货于帝王家"，注定了是不平等的买卖关系。高居庙堂的，天然就拥有神圣性，是永远正确、应该效忠的，为帝王卖身卖命是天经地义。少有人敢于从根源上思考，质疑其存在的合理性、合法性。不是没有，是太少了，还没来得及萌芽就被扼杀了。

这专制的历史像一个熔炉，一代一代人满怀理想、不明真相的人，争先恐后地投入，如泡沫般被吞噬，连化作青烟都来不及。

悲哀地，被驯化得失去了本心，唯命是从。敢于反抗、拒不臣服的被无情绞杀，而侥幸躲过一死的凄惶终日，苟且偷生。无论是奖是惩，全凭当权者的一时好恶——一直是人治，非要说法治，其实没法治。

中国人对权势有与生俱来的敬畏和崇拜，法理成为空泛的条文，兴之所至才取用的工具，用毕即弃。它从来不是，超越权势的最高准绳。这样的因果导致一旦遭遇了不公，连当事人也无力质疑，无处辩驳。

好在纵然人事不公,历史却是公正的。陈子昂的诗名自初唐以后就广为人知,他曾为诗歌付出的努力,亦从未被人看低。有些人是知名一时,后世难觅其名,他却刚好相反。

诗名卓著如杜甫,对陈子昂极为推崇,视作偶像般崇拜。他曾到射洪县陈子昂的故居去瞻仰,写下《陈拾遗故宅》,结句云:"终古立忠义,感遇有遗篇。"又有《观陈子昂遗迹》,最后四句云:"陈公读书堂,石柱仄青苔。悲风为我起,激烈伤雄才。"

后来,杜甫有一位朋友要去四川做刺史,他还特意交代,如果朋友到射洪县去视察,请代为祭奠陈子昂。"遇害陈公殒,于今蜀道怜。君行射洪县,为我一潸然。"——对陈子昂的仰慕和惋惜溢于言表。

我不再为他唏嘘,此身即是此生。

所有的少年,都会老去。所有的人,都会死去。然后,在时间的灰烬里,我们会再相逢。分享着彼此的孤独,那是上苍恩赐的礼物。

【不负江山不负卿】

在《武媚娘传奇》热播时,举目望去到处都是大头娘娘和小头皇帝的爱情故事。说过了唐太宗,我突然想说说唐高宗李治。唐朝有三位声名赫赫的皇帝,李世民、武则天和李隆基,其实李治也不应该遗漏。可以这么说,没有他,就没有武则天。没有"永徽之政"承前启后,也就不会有"开元盛世"的出现。

夹在他强国立业的皇帝父亲和改朝换代的皇帝老婆中间,乍看起来,他这个皇帝实在不能算是威风凛凛。

一如当年,他在太宗的儿子当中,也不是最突出、最引人注目的那个。太子是李承乾,比他受宠的有魏王李泰,比他有人望的是吴王李恪。

阴错阳差地,排行第九的他,在勋贵长孙无忌等一干老臣的支持下,成为太子,又即位成了皇帝。

长孙无忌选择他的原因很简单,在他看来魏王泰和吴王恪都难以驾驭,一朝帝位稳固,他这样的老臣免不了鸟尽弓藏的下场,而李治看起来很无害,很听话,又是长孙皇后所生,能够长保自己和长孙一族的荣宠不衰。

唐太宗最终选择李治的原因也很简单,因为他是仅存的嫡子,大臣都说他"仁孝",经过观察,太宗相信,这样的储君,在自己死后,应该会善待兄弟姊妹们。英明一世的唐太宗和康熙一样,晚年都被野心勃勃的儿子们折腾得心灰意冷。

李治没有辜负太宗的期许,他不是一个心狠手辣的人,更重要的是,他绝不是表面看来那么平庸。虽然没有任何证据证明李治是刻意藏拙,然而能够在皇位斗争中胜出,除非有上天眷顾,特别的运气,否则一定不会是笨人。

作为守成之君,李治勤政爱民,虚心纳谏。他心胸并不狭隘,也不昏聩。中国历史上的帝王职业指南《资治通鉴》评价高宗的政绩说:"永徽之政,百姓阜安,有贞观之遗风。"(《资治通鉴》卷一九九)这是很高的评价。

文治不错,武功也颇有可称道之处,在前朝隋炀帝和太宗手上,没有完成的心愿,在高宗的治下都完成了。高宗朝用兵西域,远征高句丽,征战吐蕃,一次次地开疆拓土,终将葱岭东西尽纳入大唐帝国的版图,在高宗时代,唐朝的疆域达到前所未有的广大。

虽然面对武则天,他有点妻管严(惧内是美德!),但李治绝不是孬人。要不然,身为太子的他也不敢在太宗生病的时候,和在御前侍奉汤药的武媚娘暗度陈仓,悄订鸳盟。

且慢。这事看来有点眼熟,当年隋文帝病重的时候,太子杨广也曾勾搭过父王的妃子……隋唐皇室所拥有的游牧民族血统,让他们对汉人的伦理道德观并不在意。太宗娶了炀帝的女儿,顺了自己的弟媳,高宗偷了太宗的才人,玄宗纳了自己的儿媳,木已成舟,何惧人言!这家风不可谓不悠久……

更重要的是后续。如果只是帝王对女色的一时迷恋,那么他和武媚娘的关系也就无甚可说了。武媚娘能够返宫,固然是捡了王皇后和萧淑妃内斗的便宜,但李治必定是乐见其成,暗爽在心的。

短暂的相见,旧情复燃之后,他发现自己最忘不掉的,还是当年的媚娘。

卸去了三千青丝,布衣无华,她依然显得眉目如画,最难得的是那妩媚之中流露出的刚毅,将后宫中刻意低眉承欢的人都比作了尘埃。他心里清楚,这个女人,才是他真正在等的人。

我一直是很喜欢李治的,因为他是帝王中少有的真心人。他这个人撑得起大唐盛世,配得上武则天。

就算当初是一时色迷心窍,那么经年之后,要冷静也冷静了,何况还有无数新欢等着他宠幸。如果只是为了一点新鲜情欲,他大可不必那么大费周折。

要知道,从皇家寺庙把前朝弃妃,已经剃度为尼的武媚娘接出来,这等劳师动众,天下侧目,没点真感情、真魄力还真办不到。这样的考验,放在普通男人身上,多半也是不敢承担的。

反正我见识浅,从历史到现实,没见过几个山盟海誓自称真心的男人真的这么做了! 多数人是枕上发尽千般愿,事到临头不认账。

在对待武媚娘的问题上,李治排除万难,充分证明了,只要有决心,没有办不成的事。规矩礼法虽然高悬如天,终敌不过一颗肯与天下为敌的真心。

接回武媚娘之后,封她为昭仪,又不惧大臣反对,立她做皇后,这样的事,还真不是一般人可以办到。诚然,我们不能只看爱情,就着废王皇后,立武昭仪为后的事情,高宗实际要做的事,是树立帝王的威信,从长孙无忌等勋贵手中夺过朝政之权。

老谋深算的长孙无忌失算了。他不知道这个绵羊一样的外甥,竟会决然地反咬他一口,而且毫不顾惜,任他仓皇地老去,死去。此时的李治已经找到此生最佳的政治盟友——武媚娘。

作为"一代女主"背后的男人,李治存在的意义是巨大的,是他成就了武则天。就像林徽因说的,她只是个0,没有梁思成那个1,她永远都不能有真正的意义。对武媚娘来说,何尝不是如此?没有李治,她纵然有天大的能耐、盖世的雄心,亦只能蜗居在感业寺做尼姑,青灯古佛了却残生。

如果李治对她无情,抑或是感情没有那么坚定,任她再感慨"不信比来常下泪,开箱验取石榴裙"都是无用。陈阿娇被弃之后,也曾花重金请司马相如捉刀代笔写《长门赋》,结果呢?倾尽心头血,低到尘埃里,照样唤不回一颗已经绝情的、冰冷的心。

寻常夫妻都难白头,帝王夫妻更难善终。这样的例子比比皆是,不用我多举例。幸而她遇上的是李治,幸而李治待她真心不假,经得起考验。凭着那一点未了情,她成功地咸鱼翻身,回到宫廷。后面的事,大家都知道,她斗倒了宠冠后宫的萧淑妃,拉下了出身名门的王皇后。再后来,因缘际会,独霸天下,终成一代女皇。

我一直觉得,武则天是成功的,武媚娘是幸福的。真心那么难得,却被她遇见。寻常男人许给女人一片天空,已然自觉了不得,他却给了她整个天下——无论以何种标准来评断,他对她,都算得上绝世难得。

所以我理解,武则天最后为何要去帝号,合葬乾陵,还天下给李唐。当女帝,或许是时势所趋,是她野心驱使,一生必要成就之事;做回他的妻子,也是她这一生必须了却的夙愿。

后来李治头风之疾加重,处理国事心有余而力不足,武媚娘渐揽朝政,并称"二圣"。

天长日久，他们之间不是没有争执，不是没有分歧，真正的感情一定不只是风花雪月，你侬我侬，何况身在帝王家，他们的感情更不可避免掺杂了权谋和野心，注定无法单纯。

不单纯又如何？年少无知才会强求一心一意，要求对方心无旁骛，恨不能目不斜视，否则就不算真爱。成年后才懂爱是沙里淘金，要宽忍包容，炼心如炼金，运气好的话，才能凭着积淀下来的情义，相伴相依，共度余生。

人都说，高宗软懦，才让强势的武则天占了上风，可是爱情中，肯一再退让的那个，必定是用心用情更深的那一个。

没有他的倾心纵爱，哪有她的无所顾忌？世人都说御座上容不得两个人，可你我，偏偏要携手共主天下。你走之后，我为你守护这万里江山。

他和她，其实算得上另一种意义上的灵魂伴侣，彼此衬托，相互完整。

谁是日，谁是月，已无须计较。我要这日月同辉，光耀大唐。

这御座太寒凉，这朝堂太宽广，这人心太叵测，既然担待了万乘之尊，就必须咽下那不可卸除的孤独，向死而生，九死无悔。

午夜梦回，至少还有一个人，是坚定如山的存在，是生命中不可抹灭的印记。最无法淡忘的，是一颗历尽光阴，不动不移的真心。

固然她后来有男宠，就如当年，他亦有后宫佳丽如云，却依旧忘不了那前朝旧人。唯有彼此，是不可取代。

任人间风吹浪卷,她身边人来人往,老了红颜,换了心境。朝朝暮暮朝朝,他都是那样清晰的存在。

谢你一生宽忍,容我半世疏狂。

端坐御座,君临天下,是你赠我的繁华一梦。梦醒了,我仍要回去和你重逢。

【怜君才高命如尘】

今番要说的，是武昭仪成为皇后之后，险些被废的那一段旧事，而出现在这段故事中的龙套，曾是一位风光一时的诗人——上官仪。

话说，任何夫妻之间都不可能完全没有矛盾，李治和武媚娘也是一样，等武媚娘当了皇后，又频繁地怀孕，李治难免会生出一些花花心思，假如这时又有人有心投怀送抱，这事就更容易了。

武媚娘的姐姐被封韩国夫人，在武媚娘怀孕时入宫陪伴，却和高宗眉来眼去，暗成好事。后来虽然收敛了一段时间，终究还是和高宗纠缠不清。论起偷情来,武媚娘是个中高手,如何看不出端倪来?她又是那种卧榻之旁,岂容他人酣睡的性子,韩国夫人此举,实是犯了她大忌。虽无明显证据,但基本可以断定,是武媚娘果断出手除了姐姐。

李治自知理亏,敢怒不敢言,武媚娘又以为他身体着想为由,限制他宠幸嫔妃——这下李治彻底不爽了,决定要废后!他找来时任秘书少监的上官仪草拟废后的诏书。

真废了倒也罢了,偏偏走漏了风声,偏偏唐高宗是个惧内的主。武后听到了风声,火速赶到,与高宗争执起来。怕老婆怕成习惯的高宗退缩了,将所有责任都推给上官仪。

伴君如伴虎,我都能想象上官仪那个冤呐!跪在地上心拔凉!这是城门失火殃及池鱼啊!我比精卫填海、六月飞雪还要冤哪!老大是你要休妻(废后),关我毛事!就算我心里鼓掌赞成,我能左右您的想法咩?我只是按照您的想法拟个诏书,签字画押还得您来好吗?

夫妻吵架总要找个台阶下,不管如何,上官仪成了高宗的替罪羊。一般人替上司背黑锅,充其量也就是个扫地出门,卷铺盖走人的结局,上官仪点背,他直接赶上了"第一家庭"火并现场,下场就是身首异处。

盛怒的武后杀鸡儆猴,处死了他,上官仪的大部分家眷罚没宫中为奴,后来权倾朝野的才女——上官婉儿,是他的孙女。

上官仪后世的名声基本被这一著名的宫廷事件和这个出色的孙女所掩盖,已经无人记得他曾是红极一时的宫廷诗人,据说太宗都曾依靠他润饰帝王诗的疏误。

他精妙雅致的诗歌风格,使得他获得了以其名字命名的风格称号——"上官体"。上官仪是第一个获此称号的唐代诗人。可想而知,他的诗当年曾被怎样广泛模仿,风行于世。

让我们把目光放回"初唐四杰"还没怎么崭露头角的时候。那时,"复古"这个观念还少有人提,少有人响应,更年轻的宫廷诗人沈佺期和宋之问也都还没有成气候;那时,正是上官仪独领风骚的好时光。

那时候,诗歌还是消遣的功能更强大,南朝的诗歌作为时尚潮流依然受人追捧,这种趣好被隐藏在宫廷内部,连长孙无忌这样老成持重的贵戚都会写一两首香艳的诗,比如《新曲》两首:

> 家住朝歌下,早传名。结伴来游淇水上,旧长情。
>
> 玉佩金钿随步远,云罗雾縠逐风轻。转目机心悬自许,何须更待听琴声。
>
> 回雪凌波游洛浦,遇陈王。婉约娉婷工语笑,侍兰房。
>
> 芙蓉绮帐还开掩,翡翠珠被烂齐光。长愿今宵奉颜色,不爱吹箫逐凤凰。

——《新曲》

我第一次读到这两首《新曲》真是惊掉了下巴。这么旖旎绮丽的诗居然是长孙无忌写的,谁来帮我冷静一下?

不严肃吗? 这本就是花枝招展的好辰光,人人都可以不循常理一点。可想而知,在这种全民追捧宫体诗的潮流下,每当上官大人有新作流出,满朝文士仰首赞叹之,天下共传之,这种感觉就好像我们现在蹲坑追帖等更新一样。

且看上官仪的两首名作,一首是《入朝洛堤步月》:

脉脉广川流,驱马历长洲。
鹊飞山月曙,蝉噪野风秋。

——《入朝洛堤步月》

在一个等候上朝的凌晨,上官仪策马登上洛水长堤。此时月明星稀,秋风中隐约有蝉鸣鹊飞,上官仪缓辔徐行,风度翩翩。作了这首诗,流传开来,人们竞相传颂。

还有一首是他的应制诗,叫作《早春桂林殿应诏》。

步辇出披香,清歌临太液。
晓树流莺满,春堤芳草积。
风光翻露文,雪华上空碧。

花蝶来未已，山光暖将夕。

——《早春桂林殿应诏》

如果你是一个和我一样热爱盛唐诗的人，自然会对这种诗嗤之以鼻，因为这种诗除了文辞华美、描写精细、刻意雕琢之外，实在谈不上什么深刻的内涵。何况，论精巧柔媚，还有《花间集》和宋词啊！我何必对这种诗念念不忘？

无可否认，上官仪是一个很懂诗歌技巧的人，他能够很精细地捕捉到微小的美感，然后用很精巧的文字漂亮地表现出来。他代表了一时的风气，在遣词造句方面也暗中影响了不少后来的诗人。

可惜的是，他全部的才华都用在写这种宫廷诗、应制诗之类宴饮应酬的诗作上，缺乏属于自己的真诚感情。他的诗集，翻开来全是华美的字句，仔细一看，空洞无物，我实在没耐心看下去。同样的精巧，放在李商隐手里，就有了意犹未尽的感觉，这就是差距啊！名满天下的时候，上官仪一定不会相信自己有朝一日会命如浮尘，来不及辩驳一声就死了。

我虽不看重上官仪的诗，却依然为他的死而唏嘘。他的悲剧，又何止是他一个人的悲剧？生死荣辱全系于他人好恶，一念之间，在皇权的逼压下，有多少人曾这样身不由己地含恨而终？

个中原因，是值得深思的。

我当然不能替古人做主，劝他反抗，我也改变不了中国人的"奴性"。但我想,如果满腹才华,只做了权力的奴仆,我宁可不要这登堂入室,不要这富贵荣华、名满天下。

如果是命运的拨弄,无法抗拒的无常,真的是我命由天不由我,我会坦然面对,接受。但如果,生杀予夺操于他人之手,对不起,恕难从命。

我命由我不由人。

【浴火凤舞大唐春】

　　说到上官仪,其实完全不是为了说他的诗,而是为了说他的孙女——上官婉儿。

　　我一直在想,上官仪的悲剧,或许是为了成全上官婉儿,虽然这成全的代价太过血腥沉重。是命运必须让她以家族覆灭为代价,重新书写她的人生。

　　如果不是家族败亡,罚没宫中为奴,上官婉儿依然是上官婉儿,是一个默默无闻的名门闺秀,却不会是史书中,赫赫有名的上官婉儿。

关于上官婉儿的标签有很多，武则天的女官、诗人、皇妃，每一个都令人记忆深刻，浮想联翩。和武则天一样，她也是从底层爬上来的灰姑娘，每一步，都走得殊为不易，也走得精彩绝伦。

上官仪被杀后，刚刚出生的上官婉儿与母亲郑氏同被配没掖庭为奴。也许是继承了祖父的才华，也许是名门世家的血统风仪还没有流失殆尽，长大之后的上官婉儿聪慧异常。十四岁时，她偶然被武则天召见，武后当场出题考验。上官婉儿文不加点，须臾而成，文采动人。武后当即下令，免其奴婢身份，今后负责掌管宫中诏令。

从此以后上官婉儿侍奉武后，在她身边多年，掌管宫中机密，制诰多出其手，时人称之为"内舍人"，有"巾帼宰相"之名。

平步青云，震惊天下。上官婉儿这样的女官，绝对位高权重，实权在握，不同于晚清慈禧太后身边的德龄、容龄等陪伴说笑取乐的女官。

武则天晚年曾说："太宗壮朕之志。"——从为君为帝的角度来看，武则天确实是唐太宗最好的学生，她学会了唐太宗全部的谋略决断，洞悉帝王驭下之术，她也和唐太宗一样有着旁人难及的气度，明知上官婉儿与己有仇，依然带在身边，心腹相托。

上官婉儿亦非常人，若是寻常女子，怕不是一门心思琢磨着报仇去了，她却能辅佐武后，将她的胸襟胆略学了个十足。

纵观上官婉儿一生，除了有一次偶尔触怒武后之外，再无干犯，这等谨慎机敏，换了男人，也未必能做到。

这一次小惩大诫，黥面被罚，容颜有损，还让上官婉儿创出一个别致的妆容，引领潮流，蔚然成风。

女人也可以是政治动物。武则天退位之后，身为女帝心腹的上官婉儿未受冷落。她被加封为昭容，在中宗李显和韦后、安乐公主之间继续长袖善舞，深得信任，真是尽得武后真传。

卢照邻的名句"人歌小岁酒，花舞大唐春"，改一个字用来形容武则天和上官婉儿正好。她们都不是娇弱的鲜花，胼手胝足打出一片江山。

"人歌小岁酒，花舞大唐春"，她们都是浴火重生的凤凰，即便没有得天独厚的出身背景，也要凭着过人的才智和胆略，活得光芒万丈，举世侧目。

中宗朝，上官婉儿专秉内政，劝李显设昭文馆学士，广召词学之臣，每逢宫中赐宴游乐，赋诗唱和。她能够同时代替李显和韦皇后以及安乐公主，作诗数首，时人大多传诵唱和。上官婉儿主持风雅，代朝廷品评天下诗文，凡她所称赏者，中宗常有厚赐，一时词臣多集其门下。

相传上官婉儿将生时，其母郑氏梦见一神人，给她一杆秤，道："将持此称量天下士。"后来她品评天下文章，俨然一代宗主，果然"称量天下士"。

上官婉儿现存不多的诗作中，多数是应制诗，承其祖父"上官体"的风绪。连带这个时期，宫廷诗的新一代领军人物，沈佺期和宋之问，都是因她赏识而出人头地。

她的某些诗作已见盛唐之风,总体而言,比她的祖父有风骨,一如她这个人,比她的祖父有风格。说她是"雏凤清于老凤声",并不为过。

在上官婉儿所有的诗作中,我最喜欢的一首是《彩书怨》:

叶下洞庭初,思君万里余。
露浓香被冷,月落锦屏虚。
欲奏江南曲,贪封蓟北书。
书中无别意,惟怅久离居。

——《彩书怨》

你飘零已久,我独居一处。思念,不多也不少,不深也不浅,它就在我心里,如影随形。山山水水,朝朝暮暮。无论你在何处,我一直在这里。

提笔欲书却无言,情深至此,言语失色。还有什么未对你说的吗？或许有,但我亦不知从何说起。

上官婉儿通晓国策,可制诏令,可作应制的诗文(同时为数人代笔),山水清游的文章也写得上佳,连这样的抒怀之作也写得情思绵邈。这等通才,唯有寥寥几位名臣可比。

读理性人的感性文章,是颇有意趣的。那一点欲说还休处,最触情肠,像美人面上,一滴未来得及拭去的泪水,惹人怜惜,联想。

这首《彩书怨》绝不输于班婕妤的《团扇曲》,我对它的喜欢要超过那尽显弃妇之态的《团扇曲》。

都是凄怨文章,班婕妤纠结着那点失宠、被弃的情绪,而《彩书怨》写得情怀磊落,颇为刚健。

"叶下洞庭初,思君万里余。露浓香被冷,月落锦屏虚。"《彩书怨》无疑是艳的,却艳得风流无痕,"欲奏江南曲,贪封蓟北书。书中无别意,惟怅久离居"则深谙乐府"曲中无别意,并是为相思"的古意。

是有这诗的韵意,才有晏小山那句"就砚旋研墨,渐写到别来,此情深处,红笺为无色"的吧!

既然阻止不了分离,那么只能默然承受。

你来,我默然欢喜。你走,我自珍自赏。只是如果,如果还有余生,还能相聚,请一定好好相守,不再轻言离分。

想来,班婕妤也是这样想,是以才自请避居冷宫。对宫斗,她是不能,也是不屑,还不如早早全身而退的好。然而,同为久居深宫的才女,从生命的精彩程度来说,班婕妤跟上官昭容如何能比呢?

班婕妤被一对出身贱籍的舞女轻易击败,未战先怯,败得毫无还手之力。而上官婉儿从血海尸山中爬出来,侍奉武后二十余年,从最卑微的奴婢,辗转三朝,平步青云,成为最有权势的女人。除却唐朝特有的政治环境,和她个人独特的际遇,这等生命的韧性,又有几人能比?

对上官婉儿这种处境的人来说,谈情说爱太奢侈,连那一缕缥缈的情思,亦不知可以托付何人。

她太特出，特出到世间竟难寻得到可以与之登对的男人。她不是武则天，没有那万里挑一的运气。早已是一人之下万人之上的她，见惯风月，洞悉人心，亦断然不会将就。

对一些人来说，爱情是必需品，一旦失去就天塌地陷，要死要活；对另一些人而言，爱情只是消遣物，没有也无伤大雅，一个人也可以清清朗朗地过。比翼双飞固然美好，独自翱翔也很潇洒。

偶尔地，写一首别致的情诗给自己，如同写一个剧本，煞有介事地虚构一个并不存在的情人，慰藉一下那几乎已经淡忘的情怀。

她看见自己，年岁深远，陌生到无法相认。

在早已尘封的旧梦里，她是朱楼深院里天真无邪的少女，心思单纯，生活平顺，有深爱的、值得托付终身的良人。偶然离别，便诚惶诚恐，相思难禁。

只可惜，这寻常女子单纯美好的小幸福，从来都不属于她。

不需要同情，没有人保护，就自己保护。既然没有退路，不如义无反顾，生死成败何足计，只要这一生一世，无愧我心，足够精彩。

后来，上官婉儿因牵涉宫廷太深，参与政变，被临淄王李隆基斩杀。李隆基迎父即位，是为唐睿宗，唐睿宗李旦不久传位给李隆基，是为唐玄宗。

大唐盛世最华美的篇章，从此开启。那又是另一些故事了。

【一世奇葩不自知】

杜甫在不红的时候,就已经爱说"诗是吾家事""吾祖诗冠古"。他为什么这么说呢?就因为他有个祖父——杜审言。

杜审言是武后朝的诗人,因诗文为武则天所称赏,官至膳部员外郎(唐人常以排行和官职相称,沈佺期的《遥同杜员外审言过岭》就称呼他为杜员外)。

因为依附武后的男宠张易之、张昌宗兄弟,中宗重新即位之后,杜审言被流放到峰州(今天的越南境内,想着就够远的)。不过他运气比较好,不久之后朝廷宣布大赦,杜审言回到京城,任国子监主簿及修文馆直学士。

杜审言在唐代诗歌史上经常受到特别的注意,很大程度上是因为他有个被尊为"诗圣"的孙子。杜审言的诗自然比不上后来的杜甫,人品也一般,恃才傲物,官声也平平,却实打实是个奇葩。

大家请耐心看下去,一会儿就会说到他的奇葩事迹。对于杜甫如此高调推崇他的祖父,我其实一直没太想明白。

那么杜审言有没有好诗呢?公平地说,也是有的。比如这首《和晋陵陆丞早春游望》:

> 独有宦游人,偏惊物候新。
> 云霞出海曙,梅柳渡江春。
> 淑气催黄鸟,晴光转绿蘋。
> 忽闻歌古调,归思欲沾巾。
>
> ——《和晋陵陆丞早春游望》

这首诗确实是名作。几乎所有的唐诗选本里都少不了它,明代胡应麟在他的著名诗论《诗薮》中推举"独有宦游人"为初唐五言律诗第一。

第一不第一,是凭个人感觉。然而这首诗情感充沛,字句精练动人,确属上佳之作。"云霞出海曙,梅柳渡江春。淑气催黄鸟,晴光转绿蘋"两联用字鲜活,一下就将春光写得灵动四溢,启发影响了后来的很多诗人,比如王湾的"海日生残夜,江春入旧年"。

宦游人看到春光,产生了被遗弃的感觉,他们意识到又过了一年,自己却不能如同四季那样周而复始。自然界焕然一新的面貌,使诗人感到自己的衰老,从而产生归家的愿望。这首诗写出了很多游子的心情。

晋陵是今江苏常州市。陆丞,是杜审言的友人,当时在晋陵任县丞。杜审言在唐高宗咸亨元年(公元670年)中进士后,仕途失意,只能做些县丞、县尉之类的小官。大约在武则天永昌元年(公元689年)前后,他到江苏的江阴县任职,和这位陆丞诗歌唱和。

算起来,杜审言从及第开始到江阴县任职,在外为官已近二十年,远离京洛,他当然很不愿意。他思归的家,根本不是真正的老家(湖北襄阳),而是那时的京城洛阳,因为那里离皇帝近,有更多升迁的机会。

杜审言在好些诗里都喋喋不休地抒发着他宦游的辛酸,表达着想回到洛阳的心愿,比如这两首:

> 今年游寓独游秦,愁思看春不当春。
> 上林苑里花徒发,细柳营前叶漫新。
> 公子南桥应尽兴,将军西第几留宾。
> 寄语洛城风日道,明年春色倍还人。

——《春日京中有怀》

【一世奇葩不自知】

心是伤归望,春归异往年。
河山鉴魏阙,桑梓忆秦川。
花杂芳园鸟,风和绿野烟。
更怀欢赏地,车马洛桥边。

——《春日怀归》

单纯当作思乡的诗读吧!知道太多也是痛苦,他说得一往情深,好像长安、洛阳啊,是他的家乡一样,其实他是湖北人。

杜审言就算身在长安,也渴望着回洛阳,因为在武后朝,东都洛阳才是真正的政治中心。离开了洛阳,就等于远离了朝廷,对一个热衷仕途、热爱升官的人而言,这怎么行?

与他的孙子杜甫比,杜审言节操略低,他委实没什么忧国忧民之心。他心思大多放在如何升官上,像骆宾王后来做武后朝的官都不愿意,要起来反一反,杜审言却高高兴兴地依附武后的男宠。啧啧,人和人差距还是蛮大的!

【狂傲至死不悔改】

历史上,狂傲的人不胜枚举,即使在这些人中,杜审言也算狂中翘楚。他自认才华绝代,曾放言:"吾文章当得屈、宋作衙官,吾笔当得王羲之北面。"意思是屈原、宋玉只配做他跟班,王羲之在他面前只能俯首称臣。

我去……你算老几?

如果诸位看官修养比我好,听到这话只是哈哈一笑,不想抽他的话,他还做过以下的事,说过以下的话,以实际行动证明了杜甫那句"语不惊人死不休"。

狂傲至死不悔改

杜审言擢进士，为隰城尉，恃才高，以傲世见疾。苏味道为天官侍郎，审言集判，出谓人曰："味道必死。"人惊问故，答曰："彼见吾判，且羞死。"——杜审言刚中进士那会儿，按照惯例任隰城尉（今山西隰县主管司法的一个小官），参加官员的预选试判，按规定，他必须把自己的判词交给上司，时任天官侍郎（主管官员业绩考核）的苏味道审核。

他交完判词出来之后，对人说："苏味道必死无疑！"听到这话的人大吃一惊，赶紧追问怎么回事。杜审言说："他看见我写的判词，必定羞愧而死。"

……开始有扇他的冲动了吧？其实人家苏味道才是真正的神童，九岁能诗文，二十岁中进士，早年与同乡李峤齐名，时人把他们比作汉朝的苏武、李陵。

苏味道任咸阳尉时，时任吏部侍郎的裴行俭欣赏他的才学，召他随军征突厥，任行军管记。裴行俭大胜回朝，苏味道自然也被看重，仕途开始启航。

苏味道精于吏道，擅写章奏，在武后朝做到凤阁鸾台平章事（武则天改的官名），相当于宰相。武后以周代唐，弹压一切质疑。苏味道为人圆滑，处事模棱两可，得了个外号"苏模棱"。

中宗复位后，苏味道被贬为眉州刺史，不久又晋升益州大都督府长史，还没赴任就病逝了。他的次子苏份就在眉州定居，宋代眉州苏氏后来出了赫赫有名的"三苏"父子。

也就是说，苏味道是苏东坡的祖先。他这个后人，也不比杜审言的那位差吧。

苏味道有一首诗《正月十五夜》，写唐代正月十五当夜的盛况，历来是了解唐代民俗不可不提的一首诗，广为传颂：

> 火树银花合，星桥铁锁开。
>
> 暗尘随马去，明月逐人来。
>
> 游伎皆秾李，行歌尽落梅。
>
> 金吾不禁夜，玉漏莫相催。

——《正月十五夜》

正月十五又称上元节（与七月十五的中元节和十月十五的下元节对应），这一夜是新年的第一个月圆之夜，因此又称元夜、元夕、元宵节。唐代有严格的宵禁制度，夜禁鼓一响，便禁止出行。大晚上想在街上溜达，除非有特殊的公文和证明身份的令牌，不然管理治安的金吾卫是会毫不客气地抓人的。

"正月十五夜，许三夜夜行。金吾巡禁，察其寺观及前后会要，盛造灯笼，烧灯光明如画。山堂高百余尺，神龙以后，复加严饰。士女无不夜游，罕有居者。车马塞路，有足不蹑地被浮行数十步者。"

勤劳勇敢的人民憋了一年，平时虽然也可以在坊里（是坊不是房）搞点夜生活，总不及这三天名正言顺的全民狂欢来得痛快！在

【狂傲至死不悔改】

这种庞大的热情支持下，举国上下会举行各种盛大的庆祝活动，上至天子，下至百姓，无不通宵狂欢。

本就繁华的长安城，堪称火树银花不夜天，仕女文人纷纷出动，街上摩肩接踵，热闹非凡，"月上柳梢头，人约黄昏后"，许多美满和不美满的爱情，就萌芽在此时此夜。

喜欢看演义小说的朋友一定有印象，许多英雄好汉都是元宵节出来聚众闹事的，原因就是，全年之中只有上元节特许开禁三天，称为"放夜"。平时官家管得紧，想闹都没机会啊！

当时，杜审言和苏味道、李峤、崔融并称"文章四友"，他很是轻视另外三人，据我估计，其他三人也不怎么待见他。

年轻时狂傲也就算了，杜审言到老了，老到快挂的时候，那张嘴还不饶人。他病重时，宋之问、武平一起去看望他，他表示有话要说，正常人的思维是人之将死其言也善，你刻薄了一辈子，狂妄了一辈子，快死了是不是也该收敛点，略表谦虚反省惭愧？

他不是，他撑着不多的气对二人说："我受尽了造化之苦，还有什么可说的！我要是继续活着，你们是出不了头的。如今我快死了，遗憾呐，找不到接替我的人！"

我不知当时宋之问等人的心情，有没有一种想暴扁他一顿的冲动？反正我是很手痒的。这已经不是狂傲了好吗？这是自恋！极度的自恋狂！让我说，他真的不是病死的，是自恋死的。

我想杜审言终此一生都不明白，人要想往上走，应该靠自己努力,而不是拼命地贬损压低别人。

杜甫后来担忧李白,说"不见李生久,佯狂真可哀。世人皆欲杀,吾意独怜才",我想说李白真没什么好担心的,他多数时候只是不靠谱而已!况且他人际关系也不差,他最穷的时候都比你富——你那奇葩祖父大人当年才是狂到世人皆欲杀好吗?

像杜审言这么狂傲自恋不知收敛的人,是很难不招人烦,不招人恨的。武后圣历元年(公元698年),杜审言从洛阳丞贬为吉州司户参军,他坚持风格,继续得罪人。这次得罪的是同僚司户郭若讷和上司司马周季重。

这两位估计也是恨他恨到不行,以至于联手诬告,将他定为死罪。杜审言的儿子,也就是杜甫的叔叔杜并,当时只有十三岁,以为其父必死,故下决心为父报仇。他在周季重举行宴会的时候,怀揣利刃悄悄潜入官府,在大庭广众之下把周季重刺杀,随后自己也被乱棍打死。

唐朝风气虽然百般开放,对于古礼孝义还是非常认可的,连周季重将死之时,都没有怪过杜并,他说:"我竟然不知道杜审言有这样的孝子,是郭若讷误了我呀!"

这件事当时震惊朝野,天下皆知。许国公苏颋感动于杜并的孝烈,亲自为他撰写了墓志铭。

儿子没了,杜审言却因祸得福,不单免了死罪,武则天听说了这件事,还召见了他,准备任用。武后问他:"卿喜否(你高兴吗)?"审言蹈舞谢(跳舞当时是一种礼仪,杜审言手舞足蹈地表示感谢)。武后令他赋诗,杜审言作了一首《欢喜诗》,武后看了之后表示满意,任命他为著作佐郎,后迁膳部员外郎。

我每每看到这一段都为之齿冷,儿子为自己死了,做父亲的毫不在意地求官去了,追名逐利,仿佛什么都没发生过。

还记得吗?陈子昂在《感遇》诗里感慨:"乐羊为魏将,食子殉军功。骨肉且相薄,他人安得忠?"这还是说古人事,讽刺乐羊贪图军功,没有骨肉之情,杜审言却是个近在眼前的真实版。陈子昂要讽刺的就是这种人。

对自己儿子的死无动于衷,有个官员的侍妾死了,杜审言代人家写悼亡诗,倒是写得情真意切,万分用心,万分感人——真是人间极品!

二八泉扉掩,帷屏宠爱空。
泪痕消夜烛,愁绪乱春风。
巧笑人疑在,新妆曲未终。
应怜脂粉气,留著舞衣中。

——《代张侍御伤美人》

我后来每次看到杜甫殷勤赞美他的奇葩祖父时,心里都会忍不住吐槽,这样的奇葩,诗再好,有毛用!

对杜审言这种人而言，妻子死了，可以再娶，儿子死了，可以再生，唯一能让他伤筋动骨、心生感伤的，只有仕途不顺了吧！所以在他被贬峰州的途中，他写的《渡湘江》也是名作：

迟日园林悲昔游，今春花鸟作边愁。
独怜京国人南窜，不似湘江水北流。

——《渡湘江》

这首诗算是初唐七言绝句中相当出色工整的，即使放在历代诗作里也不逊色，但我一想到杜审言这个人，就兴致全无，只想说五个字："活该，滚远点！"

【一生苦为名利趋】

　　说完了杜审言,再说两个诗文不错、节操同低的诗人——宋之问和沈佺期。这三个人都算是唐代格律诗成型期的重要诗人,然而品行真心叫人无语。

　　武后当政时,有一度,张易之、张昌宗兄弟俩很受宠,位极人臣,把持朝政,朝中的文臣们大多都归附于其门下,连官居宰相的苏味道也未能免俗。

　　作为武后朝著名的宫廷诗人,杜审言、沈佺期、宋之问自然也被网罗在内。不过"依附",也分程度轻重,有为势所逼被动配合,也有主动巴结,杜审言和宋之问属于后者。相比而言,沈佺期要略好一些。但他得势时也没少得罪人,所以秋后算账时遭到弹劾,被贬到驩州(今越南北部),比杜审言贬得还要远一些。

其实呢,当官的,依附权臣没什么值得大惊小怪和特别谴责的,虽然孔夫子严正呼吁"君子群而不党",但似乎,没什么人听他的。原因很简单,自古以来,当官风险很大,当大官下面得有人替你办事,当小官上面得有人罩着。你叫他们不结党,怎么可能?能少营私,已经对得起天地良心了。

从现有的资料来看,这三个人关系尚可(真是物以类聚,人以群分哪)。早年杜审言被贬吉州司户参军时,宋之问还写了一首诗送他,诗云《送杜审言》:

卧病人事绝,闻君万里行。
河桥不相送,江树远含情。
别路追孙楚,维舟吊屈平。
可惜龙泉剑,流落在丰城。

——《送杜审言》

面对杜审言的贬谪,宋之问感慨自己因病未能相送,诗写得还挺情深谊长,但他将杜审言比作被委屈的贤人,比作被埋没的龙泉剑,我真的只能夸他品位独特。

后来唐中宗复位，这三个人都因为曾依附张氏兄弟腐败集团而同时被贬，堪称"难兄难弟"。沈佺期和杜审言一起被贬往越南境内，相比而言，沈佺期因贪污罪被贬得还要远些。

流放之时，杜审言先启程，过大庾岭时写了一首诗。沈佺期看到了，心生同感，也写了一首，因为不是一起同行，所以叫《遥同杜员外审言过岭》：

> 天长地阔岭头分，去国离家见白云。
> 洛浦风光何所似，崇山瘴疠不堪闻。
> 南浮涨海人何处，北望衡阳雁几群。
> 两地江山万余里，何时重谒圣明君。
> ——《遥同杜员外审言过岭》

山长水远，马倦人乏，瘴气袭人，生死难知。遥望长天雁群，茫茫山色，想到一岭之隔，便与中原咫尺天涯，贬谪失意的痛苦，怀乡思归的忧伤，一时涌上心头。

大庾岭，在今江西大庾，为"五岭"之一，是江西和广东交界的一座山脉，古人认为此岭是南北分界线。唐朝始终坚持流放罪人于边恶之州、荒蛮之地，岭南道是其中最重要的一个流放地。

今日生机勃勃富庶到令人眼花缭乱的南中国——多少东北人宁可做候鸟，也纷纷在海南、广州置业过冬——当年却很不受中原人士的待见。岭南被想象成瘴疠遍野、山魑出没的鬼门关,是风俗迥异、孤独寂寞的荒蛮之乡。唐朝诗人这样形容:"瘴江西去火为山,炎徼南穷鬼作关。从此更投人境外,生涯应在有无间。"

唐朝人谈瘴变色,去做官都不愿意,更不用说流放了,所以沈佺期和杜审言两个人悲悲切切,以为九死一生。宋之问的心情也靓丽不到哪里去。

与杜审言和沈佺期一样,张易之倒台之后,宋之问被贬泷州参军。泷州是今天的广东罗定。宋之问过五岭时写下名诗《度大庾岭》:

度岭方辞国,停轺一望家。
魂随南翥鸟,泪尽北枝花。
山雨初含霁,江云欲变霞。
但令归有日,不敢恨长沙。

——《度大庾岭》

宋之问这首诗,前面没什么好解释的,最后两句稍微讲解下,是用了西汉才子贾谊的典故——贾谊天赋奇才,写过著名的《过秦论》,他被朝中权贵排挤,一度被贬为长沙王太傅,算是怀才不遇的辛酸典范,因有司马迁的如椽史笔为他作传,将他和屈原合称,所以后世文人倒霉时很爱拿他说事自比。

【一生苦为名利趋】

"两地江山万余里,何时重谒圣明君"和"但令归有日,不敢恨长沙",如果是出自忠臣之口,自然令人感慨唏嘘,被这两位佞臣这么一说,感觉顿时不对了,一副"皇帝虐我千百遍,我待皇帝如初恋"的嘴脸。

杜审言和沈佺期好歹是等到大赦才敢屁滚尿流地赶回来,宋之问才夸张,他居然偷偷从岭南潜逃回来,那首读来令人深有同感,备觉感伤的诗《渡汉江》,就是在这种见不得光的处境下写的:

岭外音书断,经冬复历春。
近乡情更怯,不敢问来人。

——《渡汉江》

宋之问回到洛阳后,被友人张仲之冒险收留,他却恩将仇报,探知张仲之和驸马都尉王同皎等有刺杀武三思的计划,立刻让人告密……张仲之满门抄斩,宋之问却因此当上鸿胪主簿(鸿胪寺掌管各种朝仪,相当于现在的外交部礼宾司),逃离贬所的事既往不咎。

通常,宫廷诗人离开了宫廷,脱离了宫体诗的束缚之后,他们的才华才会真正地闪现出来,如果再有类似贬谪之类的切身之痛,他们的诗会呈现某种不可多得的干净和直率,宋之问正是这样。

如那西谚所言:"No news is good news."越是离家日久,音信日稀,越是不敢轻言探问,然而,心中不是不惦念的。

如果单读《渡汉江》一诗,不明真相的人只会被诗中的感情打动,为诗人的坎坷而伤怀。这种游子思乡,近在咫尺,想探问消息又不敢问的矛盾心情,怕物是人非,怕时过境迁,不符合心中期待的忐忑,这首诗真是写得淋漓尽致,叫人感同身受。

元好问在《论诗》三十首中评论潘岳(潘安)时的话,用来形容宋之问也是恰当的:"心画心声总失真,文章宁复见为人。高情千古闲居赋,争信安仁拜路尘。"

潘安这位千秋知名的美男子,看文章是个秉性高洁淡泊名利的人,实际却心性浮躁,趋奉权贵,到了望尘而拜的地步,可见,"文如其人"是不准确的。元好问在这里提醒读诗的人,要保持清醒的判断,不要被诗人的作品迷惑。对于我们而言,这也是正确的提示。

宋之问在趋炎附势上也不遑多让,他可以做到为"二张"执夜壶的程度。无耻到这种地步,出卖朋友对他而言只是小事一桩,事前事后都不会有任何愧疚。

搞笑的是,野史上说,宋之问自认姿容也不错,看到武后那么多男宠都有权有势,难免羡慕,私下议论说,天后怎么就没看上我呢!有人把这话传给武则天,武后说,我嫌他有口臭。之问终生耻之。

我每每想到这段轶事都爆笑不已,这哥们真是达到了卖艺又卖身,灵肉合一的程度,无耻出了境界。

宋之问还有一首诗,叫作《题张老松树》:

【一生苦为名利趋】

岁晚东岩下,周顾何凄恻。

日落西山阴,众草起寒色。

中有乔松树,使我长叹息。

百尺无寸枝,一生自孤直。

——《题张老松树》

他似模似样地赞美一棵松树,诗写得高古苍劲,真是不错!这首诗的诗意和技巧后来还被李白学去了:"太华生长松,亭亭凌霜雪。天与百尺高,岂为微飙折。桃李卖阳艳,路人行且迷。春光扫地尽,碧叶成黄泥。愿君学长松,慎勿作桃李。受屈不改心,然后知君子。"

宋之问说,"百尺无寸枝,一生自孤直"这话用来形容杜甫还恰当,用来形容他,我就只能呵呵了。

写到宋之问,我发现我居然找不出一句合适的话来做标题,能够准确形容他的无耻。

其实宋之问也算是书香门第出来的,他的父亲宋令文出身乡里(庶族地主),却矢志向学,交友重义,"富文辞,且工书,有力绝人,世称三绝"。高宗时官至左骁卫郎将和校理图书旧籍的东台详正学士,颇有官声。

宋之问和弟弟宋之悌、宋之逊,各得父之一绝:宋之悌骁勇过人,后来官至河东节度使;宋之逊精于草隶;宋之问则工专文词。父子兄弟都是当时人杰,和后来的三苏父子很像。按说在这样的家教之下,又是少有才名的人,再离谱也龌龊不到哪里去,不知宋之问怎么人格扭曲成这样,真是玷污家声。

早年进士及第之后,宋之问被封考功部员外郎(属吏部,考核官员政绩,从六品),世人又称其为"宋考功"。说起来,宋之问这个考功部员外郎,还是走了太平公主的门路,才得到的恩赏。后来他看到韦后的女儿安乐公主权势日盛,有后来居上的趋势,转而趋奉安乐公主。安乐公主提拔他为中书舍人,太平公主一怒之下,揭发他做主考的时候贪赃,宋之问一度被贬为越州长史。

后来临淄王李隆基联手太平公主发动政变,处死了韦后和安乐公主,拥戴他父亲相王李旦即位,是为睿宗。

李唐王朝再一次迎来改朝换代人事大换血。宋之问再遭贬谪,被流放到钦州(今广西境内)。这一次过五岭,他又写了一首诗《题大庾岭北驿》:

阳月南飞雁,传闻至此回。
我行殊未已,何日复归来。
江静潮初落,林昏瘴不开。
明朝望乡处,应见陇头梅。

——《题大庾岭北驿》

【一生苦为名利趋】

不管是广西还是广东,宋之问都是不愿去的,然而不去是不行的。他不知道,这一次,他不要说回去,连梅花再开都看不到了。因为过了不久,李隆基即位,唐玄宗大概是真烦了宋之问这样声名狼藉的无耻小人,索性一纸诏书赐死了他。

大凡诗人死去,多半令人唏嘘,因为大多数诗人很傻很天真,唯独,面对宋之问的死去,我心中难生一丝惋惜。

我只是想起他的一首诗,《陆浑山庄》:

归来物外情,负杖阅岩耕。
源水看花入,幽林采药行。
野人相问姓,山鸟自呼名。
去去独吾乐,无能愧此生。

——《陆浑山庄》

这是他早期的诗,亦是他最好的诗之一。宋之问在长安附近置有辋川别业(后归王维),在东都洛阳附近置有陆浑山庄。他在这两处庄园里写下了不少可圈可点的山水田园佳作,《陆浑山庄》是其中最好的诗作。

他说,为了看花,我走到溪水的源头;为了采药,我行走在幽静的树林。山野中人热情招呼着来客,询问着姓名;山鸟也殷勤地叫着,像是介绍自己的名字。

那时他入世未深，天真未凿（也许是我天真），心底还有一块与山水相应的干净地方，后来却尘垢满身，面目全非。

他所言的退隐躬耕，都是自欺欺人罢了。再美的世外桃源，也留不住一颗热衷功名的心。是红尘误人太甚，还是他心中名利太深？我真的不得而知。

可是我知道，他的一生之中，有许多次回头的机会，只是他都视而不见，不肯回头。

这样的人，是又可恨，又可悲，又可怜的。

【世上荣华如转蓬】

和杜审言的自恋、宋之问的无耻比起来,沈佺期还算正常的,没有那么招人厌。其实把他和杜审言、宋之问放在一起还蛮冤枉他的。

沈佺期和宋之问是同榜进士,两人进士及第后留京,一个做了协律郎(属礼部,管音律,从八品),一个做了考功部员外郎(属吏部,考核官员政绩,从六品),都是品级很低的小官,主要的职责就是做御用文人,写写赞美的文章,这也是他们擅长的。

同为御用文人,比起宋之问,沈佺期要安分许多,故而下场略好。经历了短暂的贬谪之后,沈佺期被召回京城,官运不错,稳步上升,他最后的官职是太子少詹事,清贵得很,因此人称"沈詹事"。

宋之问和沈佺期的诗才,在初唐很受追捧。盛唐时,牛人辈出,他们就显得稀松寻常了。到了晚唐,李商隐闲来无事写了一首《漫成》,将他们好好讥讽了一番。

李商隐的诗是这么写的:"沈宋裁辞矜变律,王杨落笔得良朋。当时自谓宗师妙,今日惟观对属能。"

在李商隐这种绝顶高手看来,沈、宋二人的诗歌技巧简直太小儿科了,当时看来算宗师,现在想想只是对对子比较好而已。

话说得虽然刻薄,但这是无人不爱的李商隐说的,我也就高兴地点了个赞。不过,因为和宋之问齐名,沈佺期的诗才,实际上是被低看了的。

"宋考功"和"沈詹事"虽有同榜之谊,又以文章齐名,并称"沈宋",然而同行之间还是有竞争的。初时是宋之问更春风得意,后来是沈佺期晚运更佳。

最早是在武后朝:"武后游龙门,命群官赋诗。先成者赏锦袍。左史东方虬既拜赐。坐未安,宋之问诗复成。文理兼美,左右莫不称善。乃就夺袍衣之。"

这就是著名的"夺锦赐袍"事件。就中没有特别提及沈佺期,只说宋之问因此声名鹊起,其实他也是参与的,只是被宋之问掩盖了而已,至于那悲摧的被宋之问PK掉的东方虬,倒是被陈子昂极口称赞,不能低看。

陈子昂曾写了一篇《与东方左史修竹篇》，批判齐梁的绮丽文风，文中特意举出东方虬的《孤桐篇》来作为范例，赞其"骨气端翔，音情顿挫，光英朗练，有金石声"，有建安风骨。可惜东方虬的大部分诗作都已失传，留下的诗作仅有四首。

其中有一首小诗《春雪》："春雪满空来，触处似花开。不知园里树，若个是真梅。"值得一提，因为它可算是王安石那首名作"墙角数枝梅，凌寒独自开。遥知不是雪，为有暗香来。"的原型。

到了中宗朝，又是一次宫廷聚会。这次是唐中宗李显在正月三十日（晦日）去昆明池游玩，兴致颇好地写了一首诗（我觉得多半……一定是上官婉儿代笔的），命令随从的官员和他一首。当时一百多个官员在场，大家都作了诗，交给上官婉儿评判。

多数的作品，都被上官婉儿从彩楼上迅速抛下，楼下的大臣们默默拾起自己的诗卷。最后，上官婉儿手中只剩沈佺期和宋之问两人的诗作。上官婉儿思忖再三，最后取宋而弃沈，上官婉儿的评语是："二诗工力悉敌，沈诗落句云'微臣雕朽质，羞睹豫章才'，盖词气已竭。宋诗云'不愁明月尽，自有夜珠来'，犹陟健笔。"

这两首《奉和晦日幸昆明池应制》，有兴趣的同学可以自己找来看看。应制诗运用的都是差不多的典故。一样的颂扬之意，差别是沈佺期的诗只写了昆明池，没照顾到"晦日"的主题。

再就是沈佺期的结句以《论语》"朽木不可雕也"的句意自谦，自称"微臣雕朽质，羞睹豫章才"（我现在应制作诗，好比雕刻朽木，看到别人的佳作,自愧不如),实话实说,这两句已经和诗题没什么关系了,纯属硬凑。

而宋之问的结句"不愁明月尽,自有夜珠来"才气未尽,犹有余力。明代诗人王士祯说,沈佺期的结句是"累句中的累句",宋之问的结句是"佳句中的佳句",可见后世评诗之人,也很认同上官婉儿的评断。

虽然在宫廷雅集上不如宋之问那么风光,然而公平地说,沈佺期的诗歌才华是高于宋之问,乃至于同代的。

他有一首应制诗叫《龙池篇》:"龙池跃龙龙已飞,龙德先天天不违。池开天汉分黄道,龙向天门入紫微。邸第楼台多气色,君王凫雁有光辉。为报寰中百川水,来朝上地莫东归。"——初读并不起眼,但这首诗却是那无人不知的《黄鹤楼》所本,崔颢正是受了此诗的启发,才写出了独步千古的"昔人已乘黄鹤去,此地空余黄鹤楼"。

撇开那些乏味的应制诗不谈,沈佺期的乐府诗和边塞诗很值得一读。

闻道黄龙戍,频年不解兵。

可怜闺里月,长照汉家营。

少妇今春意,良人昨夜情。

谁能将旗鼓,一为取龙城。

——《杂诗》(其四)

这首诗写闺情相思,隐有反战之意。遣词造句颇有乐府古风。"可怜闺里月,长照汉家营。少妇今春意,良人昨夜情",这四句最叫人回味。

征战不绝,庶民何辜?征夫眼中,这一轮明月,是如此亲切,像妻子深情的双眸,怀着无尽的相思和深情,照拂着军营里的他。在思妇眼里,曾经象征夫妻团聚的明月,早已残缺,因为他已经离开,未知何日能回转。

他走了,她心中的明月也带着思念,随良人远去了……

人间最苦是别离。天下间,因征战而被迫分离的夫妻,何止千万?他们的痛苦心酸都只能自己承担。

"谁能将旗鼓,一为取龙城"意同王昌龄的名句"但使龙城飞将在,不教胡马度阴山"——都是希望世有良将,能够一举克敌,早平烽烟,让离人得以团聚。

这是最平凡,亦是最真切美好的愿望。

说实在的,国力再昌盛,经济再繁荣,于普通人而言又有什么关系呢?普通人只求岁月静好,现世安稳。

万国来朝,不可一世的辉煌,如果只是一剂意淫的妙方,换来短暂的兴奋,那么,不服也罢。

如果不被拘禁在宫廷诗人的角色之内,刻意歌功颂德,沈佺期的诗还是不错的。除却这首《杂诗》,还有那首著名的乐府《独不见》,被诩为唐人七律的代表作之一,容后再提。

沈佺期的《邙山》,亦是我很喜欢的一首绝句,诗云:

北邙山上列坟茔,

万古千秋对洛城。

城中日夕歌钟起,

山上唯闻松柏声。

——《邙山》

北邙山在洛阳城北,自古以来风水极佳,东周、东汉、西晋、北魏的帝陵大多在此,周围也陪葬了许多王公权贵。有道是"北邙山上无闲土,尽是洛阳人旧墓"。

"生在苏杭,葬在北邙",这是古人对于生活的完美设想。毫不夸张地说,死后能葬于邙山,也是一种身份地位人生成就的象征。

洛阳城中"户列珠玑,家陈歌舞",权贵们醉心于欢宴,不醉不休,花容月貌的歌妓们轻歌曼舞,竟日无歇。城外的北邙山上,古老的松柏在夜风中凄凄如诉,说着那些你应该听懂却永远不愿听懂的道理。似乎,听懂了以后,人生就全无意趣了。

人都是脆弱的,因为害怕失去,怕一无所有,所以要拼命占有更多的身外物来证明自己是安全的。

繁华花间露,富贵草上霜——沈佺期这首诗巧妙地将城中欢宴的喧嚣与坟地上清冷萧瑟的风声并置,暗示了盛事易衰、繁华易散的意思,言有尽而意无穷。

元代张养浩有一支《山坡羊·北邙山怀古》:"悲风成阵,荒烟埋恨,碑铭残缺应难认。知他是汉朝君,晋朝臣?把风云庆会消磨尽,都做了北邙山下尘。便是君,也唤不应;便是臣,也唤不应!"

写的也是此意,只是伤于直白,不及沈诗含蓄蕴藉。

君不见,那山上松柏夜鸣的声音,不正是对沉醉于俗世名利的人的提醒和反讽么?

世上荣华如转蓬。再轰烈的权势,到最后还不是要烟消云散么?争什么?斗什么?可是,不争不斗,人靠什么活着?圣贤的境界固然值得景仰,但毕竟,超凡入圣的人太少。

钟鸣鼎食,急管繁弦,终有朱楼凋残,酒尽歌阑之时。我想到后来大唐盛世的凋残,岂不正应了盛衰无常么?

霸业易朽,红颜凋残,唯有北邙山上的松柏,日日夜夜,风吹如诉。而山下的红尘中,人们世世代代重复着荣华富贵的永劫之梦。

单看这首诗,会觉得诗人境界很高,再想起他一生在名利场上奔波,又不免一声叹息。其实大多数为名利所累的都是聪明人(是聪明不是智慧)。笨人也就罢了,不会想东想西,一心一意过着平常日子,福寿双全的反而比比皆是。

读书破万卷,笑谈古今事,说起名闻利养来浑不在意,真正面对却分毫难舍。文人都爱自诩,富贵于我如浮云,没告诉你的是,浮云于我如性命。

有时候,知晓道理是一回事,事到临头是另一回事。

聪明人的通病是,想得明白,活不明白。正应了那句:"听过很多道理,依然过不好这一生。"

【豪雄意气今何在】

"初唐四杰"在后世名声虽大,在当时却不是主流,那时人们经常谈论的是"文章四友",他们是苏味道(苏轼的先祖)、杜审言(杜甫的祖父)、李峤和崔融。

杜甫的奇葩祖父杜审言,前面专门写了,苏轼的先祖苏味道也简单提到了,接下来说其他两位。

"文章四友"中的崔融最为人称道的,不是他的诗,而是他神一样的考试能力。据说他"应八科制举,皆及第"——大多数人考一科还难得要死,他老人家一举拿下八个专业的学位,绝对是当之无愧的唐朝学霸，说他笑傲古今也不为过。

作为一本会走动的百科全书，崔融自然会被皇家看重，选做皇子的侍读或老师。他曾任崇文馆学士，中宗李显做太子时，崔融是他的侍读学士。崔融的《从军行》和《拟古》，在当时很被推崇，但我觉得写得很累赘，在佳作迭出的唐诗中实属一般，就不花笔墨多提了。

他写得比较可观的一首诗，是给杜审言的《留别杜审言并呈洛中旧游》：

> 斑鬓今为别，红颜昨共游。
> 年年春不待，处处酒相留。
> 驻马西桥上，回车南陌头。
> 故人从此隔，风月坐悠悠。
> ——《留别杜审言并呈洛中旧游》

如果这算崔融的代表作的话，可见他的诗才真心不如他的考试能力令人震惊。其实"文章四友"中，杜、苏、崔的诗才都属寻常，他们只不过活跃在当时的主流文化圈，因身份而使诗作备受关注。

倒是"四友"中的李峤，这个后世不太知名的诗人，可以用实至名归来形容。李峤的代表作是《汾阴行》。

《汾阴行》是初唐诗中描写盛衰之变最著名的诗作，这首咏古的

【豪雄意气今何在】

歌行面世之后就十分流行，后来不仅选入《唐诗纪事》，而且选入《搜玉小集》和《文苑英华》，连严格复古的《唐文粹》中也有它：

君不见昔日西京全盛时，汾阴后土亲祭祠。
斋宫宿寝设厨供，撞钟鸣鼓树羽旗。
汉家五世才且雄，宾延万灵服九戎。
柏梁赋诗高宴罢，诏书法驾幸河东。
河东太守亲扫除，奉迎至尊导銮舆。
五营将校列容卫，三河纵观空里闾。
回旌驻跸降灵场，焚香奠醑邀百祥。
金鼎发色正焜煌，灵祇炜烨摅景光。
埋玉陈牲礼神毕，举麾上马乘舆出。
彼汾之曲嘉可游，木兰为楫桂为舟。
棹歌微吟彩鹢浮，箫鼓哀鸣白云秋。
欢娱宴洽赐群后，家家复除户牛酒。
声明动天乐无有，千秋万岁南山寿。
自从天子向秦关，玉辇金车不复还。
珠帘羽扇长寂寞，鼎湖龙髯安可攀。
千龄人事一朝空，四海为家此路穷。
雄豪意气今何在，坛场宫馆尽蒿蓬。
路逢故老长叹息，世事回环不可测。

昔时青楼对歌舞,今日黄埃聚荆棘。

山川满目泪沾衣,富贵荣华能几时。

不见只今汾水上,唯有年年秋雁飞。

——《汾阴行》

汾阴是山西运城的一个小县城,因汉武帝曾到那里祭祀后土而荣耀一时。

《汾阴行》用汉武帝的故事感叹王朝兴亡盛衰。这首歌行很长。前半部分铺陈才藻,极力描写汉武帝祭祀后土时仪式的繁复、帝王的荣耀,与后面的苍凉形成对比;后半部分言辞古朴,才是主旨,是诗人关于富贵繁华深刻的反思和探讨。

"千龄人事一朝空,四海为家此路穷","雄豪意气今何在,坛场宫馆尽蒿蓬","路逢故老长叹息,世事回环不可测","昔时青楼对歌舞,今日黄埃聚荆棘","山川满目泪沾衣,富贵荣华能几时"……大概五十年后的天宝末年,李峤的感慨——应验了。

安史之乱起,叛军逼近长安时,准备逃难的唐玄宗听到伶人唱《汾阴行》的结尾,伤感落泪。

"天宝末,明皇乘春登勤政楼,命梨园弟子歌数阕。有唱歌至'富贵荣华能几时'以下四句。帝春秋衰迈,问谁诗,或对李峤。因凄然涕下,遽起曰:'峤真才子也。'及其年幸蜀,登白卫岭,览眺良久,又歌是词,复曰:'峤诚才子也!'高力士以下,挥涕久之。"

【豪雄意气今何在】

在唐诗中,明皇(玄宗)常被指代为汉皇(汉武帝),他们都曾是雄才伟略的人,都曾一手缔造了盛世,也都几乎晚节不保。汉武帝曾经的荣耀与唐明皇即将到来的厄运形成鲜明对照。闻歌起意,思之念之,怎不令人悲伤难禁?

莫名地,李峤的诗句句戳中玄宗的心。有什么比失去更难令人承受?江山多娇,他却不再是英雄,曾经的翩翩惊鸿,都化作了剑阁寒雨晚来风。

朱弦已为佳人绝,对繁华的感伤是因为曾经拥有,若是从来都不曾执有,亦就无所谓失落了。曾经年少英姿、豪雄一世的他,如今只是衰迈的老人,面对年华的流逝、盛世的倾颓,已然有心无力。

一朝绝了那欲穷千里之心,声声叹,黯然沉默。日子仿佛已经步入虚空。良辰美景频频闪现,却无法挽回。

离开,只需要一个转身;怀念,却用尽了余生。

再也不会有人轻唤"三郎",再也不会有万国来朝。没有什么会金石永固。他曾拥有的绝代佳人,他曾缔造的盛世繁华……消散后,都化作飞尘。

纷纷扰扰,他不能舍弃的回忆,渐渐风化为陈年旧事,成了诗人笔下永恒的灵感,成了街坊里巷的唏嘘笑谈。

"白头宫女在,闲坐说玄宗",那只是闲话罢了。谁又能理会当事人的情天恨海,刻骨铭心?

虽然诗作被玄宗再三叹赏,但在世的时候,李峤还是官名大于诗名的。他后来位列国公，在两唐的传书中，属于名臣一类。他和苏味道是老乡，都是二十岁左右中了进士，都做过凤阁鸾台平章事（相当于宰相），亦都曾依附"二张"，与他们过从甚密。"文章四友"的人品历来为人诟病，李峤算是比较好的。

李峤早年监军边陲，曾独闯僚人居住的山洞劝降，可谓有胆有识，有勇有谋。再有，他年轻时为官清正，敢于同酷吏对抗。来俊臣曾捏造罪名诬告狄仁杰，好在武后对狄公尚有一念之仁，令李峤与大理少卿张德裕、侍御史刘宪复核此案。

当时来俊臣气焰正盛，张、刘二人不敢得罪他，凡事唯唯诺诺。李峤却说："岂有知其枉滥而不为申明哉！"劝服了张、刘二人，一起写奏章替狄仁杰翻案，从而保全了狄公的性命。

除却一度与"二张"过从甚密，导致清名受损之外，李峤并未做多少见不得人的事。他官位高，寿命也长，从高宗时代一直活到了玄宗时代。李峤写过一些咏物的小诗，比如咏风、咏月，都不知名，其中有一首令我印象深刻：

圆魄上寒空，皆言四海同。
安知千里外，不有雨兼风。

——《中秋月二首》（其二）

仰首望月，居安思危，望月之人忧念意味深长，说不上是担忧，还是惦念。当人们习惯了"但愿人长久,千里共婵娟"的祝福笔调,读到李峤的这首小诗,会别有一番滋味在心头。

对我这样的后世人来说,历史的过程和结局都不再是秘密。它们一目了然得令人心痛,我能够联想到更多……从初唐想到盛唐,"安知千里外,不有雨兼风"总让我想起盛世之后的风雨飘摇。

好物不坚牢,盛世难长久,我是为这个而暗自感怀。

【几度花开忆洛城】

"洛阳"这个词,和长安一样,似乎有着特别的魔力,落到诗词里,不但不会局限,反而更加风情万种。唐朝人大多没有"反认他乡是故乡"的仓皇局迫之感,无论是不是洛阳人,都自觉自动把洛阳当成生命中最眷恋的地方之一,写起洛阳来,一往情深。

我记得那年初到洛阳,车向龙门东山驶去,夜色掩盖了那些难看尴尬的现代化建筑,我便一心一意地回到我念想中的九朝古都去。

细雨清寒的早上,去看龙门石窟,那些唐代雕像有别于北魏的秀骨清相，似乎离人间烟火更近些，看上去十分丰腴，又很恬美安然。北魏以瘦为美，大唐以丰润为美，古代的时尚也是风水轮流转。像我这样的瘦子，在唐朝做女人是没市场的，绝对很难嫁，只能做男人，娶个胖姑娘回家。

我想起，武则天游龙门时，命百官赋诗，宋之问以《龙门应制》夺魁，生生从东方虬手中赢走了锦袍的事。武则天是很爱洛阳的。洛阳是她的发迹地，再加上早年在长安她有不少政治宿敌，处死了萧淑妃和王皇后，难免有阴影。她总是做噩梦，待着并不舒坦，后来干脆常驻洛阳，在上阳宫一待五十年。后来宰相张柬之发动政变，拥立中宗复位，将国号改回唐。

那时武则天已经八十二岁了，对一切变动淡然处之，不久病逝于上阳宫中，结束了一代女帝辉煌传奇的一生。

洛阳被称为东都，在武则天掌权期间成为实际上的政治中心。武则天以周代唐之后，事事有意与李唐王朝区别。李唐崇信道教，武周就推崇佛教。龙门石窟中最精美、规模最大的雕塑，都是武则天掏钱赞助修的。据说那尊著名的卢舍那佛就是参照武则天的相貌雕刻的。雍容华贵，睿智慈祥，看上去真的很美。

因住在东山宾馆，我去了香积寺和白园。登山远望，不由得感慨白居易会生活，晚年隐居洛阳，真会挑地方。白居易写洛阳的诗太多，留着慢慢说。

洛阳牡丹甲天下，其中更以大慈恩寺最知名。遥想大唐当年全民追捧牡丹的盛况,比今人要狂热多了,"一丛深色花,十户中人赋",这是白居易的诗,说的是,一株深色的牡丹,抵得上十户中等人家的税赋。当时最名贵的牡丹品种是"姚黄"和"魏紫"。"姚黄"花开的时候,看花的人,挤得连墙头上都趴满站满了。"魏紫"也不遑多让,看一次要付几十个铜钱,跟买门票似的,算算人数,还真是一笔不菲的收入呢!

为了吸引信众,当年很多寺庙的僧人都是养花高手,各有各的种花诀窍,犹如武林秘籍一样秘不示人,白马寺自然也不例外。

我去的时候,不是牡丹的季节,也不是节假日,千年古刹,游客稀少,侥幸尚存清幽之趣。我坐在寺中饮一杯粗茶,看风吹花落,听檐外细雨。

想起那句"年年岁岁花相似,岁岁年年人不同",刘希夷那首《代悲白头翁》就这样在我的脑海中流连了好几天。

循着诗歌,我走进当时的洛阳。

看见,街坊纵横,宫阙巍峨。少女花前立,诗人月下吟。游子筹划着出游,离人向往着归来。年轻的生命憧憬着辉煌,年老的生命回味着传奇。

【世事如花开又落】

　　据《唐才子传》记载，刘希夷是宋之问的外甥，甥舅两人年纪差不多，刘希夷是当时有名的美男子，但不幸早逝。大约是宋之问的名声太差，人们就传是他索诗不成，暗杀了这个年轻有才的少年诗人，反正多个黑锅也是背。

　　到底有没有这件事，其实难以定论。可以肯定的是，刘希夷这首诗，并不是一经流传就被公认为佳作的。他的歌行，少用对句和典故，诗意也不晦涩，这样继承古诗传统的作品，在当时是不流行的，被认为肤浅俚俗，有乖风雅。直到天宝年间，丽正殿学士孙翌编了一部《正声集》,将这首诗选入,并评价为最好的作品,刘希夷这首诗才流传开来。

> 洛阳城东桃李花,飞来飞去落谁家?
> 洛阳女儿好颜色,行逢落花长叹息。
> 今年花落颜色改,明年花开复谁在?
> 已见松柏摧为薪,更闻桑田变成海。
> 古人无复洛城东,今人还对落花风。
> 年年岁岁花相似,岁岁年年人不同。
> 寄言全盛红颜子,应怜半死白头翁。
> 此翁白头真可怜,伊昔红颜美少年。
> 公子王孙芳树下,清歌妙舞落花前。
> 光禄池台开锦绣,将军楼阁画神仙。
> 一朝卧病无相识,三春行乐在谁边?
> 宛转蛾眉能几时,须臾鹤发乱如丝。
> 但看古来歌舞地,惟有黄昏鸟雀悲。
> ——《代悲白头翁》

这首歌行虽然长,却一点也不难读,我特意做了分行,大家可以看得更清楚。他从洛阳少女起笔,写到少年成老翁,关于青春易逝、富贵无常的感慨不言而喻。全诗以"寄言全盛红颜子,应怜半死白头翁"转折,从对少女的怜惜,转入对病弱老翁的感伤。又仿佛,是半死老翁看到这些风华正茂的少女,所触发的感慨。

美丽的东西总是让人联想起死亡和短暂。

老翁回忆起自己年轻时,也是俊美风流的少年一枚。也曾贪恋风月,也曾阅尽繁华,而今垂垂老矣,老病缠身,不再有人邀请他了,回想起往日风流,只剩晓风残月,唏嘘一叹。

从前在筵席上歌舞的姑娘,过不了几年也会满头白发。曾经是多少风流人物宴饮作乐的地方,到后来,都成了荒芜之地。红颜白发,盛衰交替,从不可免……只有鸟雀在黄昏时喧噪,像是在哀悼什么。

可不知怎的,我读这首诗总会想到卢照邻,想他老来病卧在床,大概也是这种心思,只怕还要沉痛些。

世事如花开又落,唯有失去之后,才懂得珍惜,觉得留不住了,才会不安惶恐。这首诗,特别适合风流浪荡的人看,算是一篇警世之作。

虽然诗人们会很清醒地点破人生的真相,但我们不要被他们短暂的英明给唬住了。多数时候,他们也逃不开红尘,也不想逃开红尘,而是选择及时行乐,奉行难得糊涂的原则——就像刘希夷,活着的时候,喝酒狎妓一样不少,没见他清心寡欲过。

他少年登第,生得仪表堂堂,又会写诗,又会喝酒,还弹得一手好琵琶,不知多少少女视他为梦中情人、如意郎君呢!

传说，刘希夷写这首诗时，写到"今年花落颜色改，明年花开复谁在"已隐约觉得不祥，本想弃而不用，随后又写出"年年岁岁花相似，岁岁年年人不同"两句，实在不忍舍弃，索性就都保留下来，祥还是不祥，也就听天由命了。

他后来果然早逝，为这首诗平添了几丝宿命般的凄美，后人也乐意附会。然而"诗谶"之说，毕竟无稽。比短命诗人更多的，是很多诗人，骂骂咧咧一辈子，写了许多伤春悲秋的句子，许多句子都不祥，照样活得活蹦乱跳。

刘希夷的这首诗，后来有很多人模仿、剽窃。直到清朝，曹公写《红楼梦》，代林黛玉写《葬花吟》还忍不住偷了意，又仿了好几句去。最离谱是一个叫贾曾的人，写了一首《有所思》，完全就是《代悲白头翁》的缩略版：

> 洛阳城东桃李花，飞来飞去落谁家。
> 闺阁女儿惜颜色，坐见落花长叹息。
> 今年花落颜色改，明年花开复谁在。
> 已见松柏催为新，更闻桑田变成海。
> 古人无复洛城东，今人还对落花风。
> 年年岁岁花相似，岁岁年年人不同。
>
> ——《有所思》

【世事如花开又落】

贾先生倒是厉害,将宋之问想做没做成的事给做了,把"年年岁岁花相似,岁岁年年人不同"直接据为己有。

我注意了一下,现在网上流传的版本里,有把这首剽窃之作和原作混淆的(差别实在是太小了),读的时候一定要留心。

刘希夷有一首《故园置酒》,比《代悲白头翁》更见他诗酒风流的性情。诗云:

> 酒熟人须饮,春还鬓已秋。
> 愿逢千日醉,得缓百年忧。
> 旧里多青草,新知尽白头。
> 风前灯易灭,川上月难留。
> 辛辛周姬旦,栖栖鲁孔丘。
> 平生能几日,不及且遨游。

——《故园置酒》

这首诗借醉言真,自抒心怀。"旧里多青草,新知尽白头。风前灯易灭,川上月难留",细品其意,竟比《代悲白头翁》更沉慨苍凉,肖似那诗僧悟道之语。

少年慧智如此,也难怪天不假年。

"年年岁岁花相似,岁岁年年人不同"的委婉能叫人感怀沉思,而"平生能几日,不及且遨游",这等通达,才是我心悦的姿态。

如那黄粱未熟，人事已非。既然人生不满百，常怀千岁忧，既然千闪万避小心翼翼，都免不了人生忧患，既然人生苦短，苦多欢少，不如乘兴遨游这红尘人世，将生死忧患高高提起，轻轻放下，谋一个率性随意，自在无拘。

我生在世，不求身寿如龟，松鹤延年——但求清风明月，无负我怀。

人生的厚度，和长度没有必然关系。

【亦有红颜非薄命】

如果撇开红颜易老、荣华易衰这些老生常谈的伤感之情不谈,在盛唐年间,做一个衣食无忧的贵女,倒是很不错的人生经历。王维曾有一首歌行,写洛阳贵女的生活,名为《洛阳女儿行》,可与刘希夷的《代悲白头翁》互看。

洛阳女儿对门居,才可容颜十五余。
良人玉勒乘骢马,侍女金盘脍鲤鱼。
画阁朱楼尽相望,红桃绿柳垂檐向。

罗帷送上七香车,宝扇迎归九华帐。
狂夫富贵在青春,意气骄奢剧季伦。
自怜碧玉亲教舞,不惜珊瑚持与人。
春窗曙灭九微火,九微片片飞花琐。
戏罢曾无理曲时,妆成祗是熏香坐。
城中相识尽繁华,日夜经过赵李家。
谁怜越女颜如玉,贫贱江头自浣纱。

——《洛阳女儿行》

《洛阳女儿行》描述了一个妙龄少女,容颜姣好,家境优越。嫁给了同样家世的人家,可谓门当户对。

婚后夫妇感情和睦,二人郎情妾意,过着相当富贵奢华的生活。每天宴请歌舞,赏赐下人都相当阔绰,相交之人皆是权贵、大户人家。好日子仿佛春光万里任人享,这样的生活,应该是穿越女们梦寐以求的标配了。

和许多人所想的不同,王维作此诗,意不在闺怨,也不是讥讽富贵——他同样出身世族,富贵对他而言,是天经地义、与生俱来的环境,谈不上什么特别的羡慕或讽刺。

如果非要说什么寓意,此诗意在感叹同人不同命。

有这样得天独厚的贵女,就有劳苦的贫女,虽然一样容颜如玉,但谁顾得上怜惜呢?就像西施,如果不遇上范蠡,不被献给吴国,亦只是寻常江边的浣纱女罢了。

写闺愁的,亦有很多,王昌龄的《闺怨》历来令人称赏:

闺中少妇不知愁,春日凝妆上翠楼。
忽见陌头杨柳色,悔教夫婿觅封侯。

——《闺怨》

将这首绝句看作《洛阳女儿行》的续篇番外,或许更符合人们正常的阴暗的小心理:没理由她的人生那么完美,总得有点缺憾吧!缺憾来了!缺憾就是闺怨,闺愁。

锦衣玉食的少妇亦有不为人知的痛苦。她的丈夫离开她,从军出征去了。她看见陌上花发,春色正好,想起韶华易逝,忍不住担忧后悔起来……

我叫你日子过得那么好,衣食无忧的,还不知足,还让你夫君去建功立业,现在春光烂漫,独守空闺,后悔了吧!对于多数生得不太好,长得不太好,嫁得又不太好的女人来说,能够自我安慰一下的,无非是这样了。

但你承认吗?这世上,真的有这种人,轻易拥有你渴求的一切。她福慧双修(他智勇双全),她才貌双全(他品貌俱佳),最可恨的是,她(他)出身优越,居然还不薄命,人生既平顺又美满。这种人无论男女,都是上天的宠儿。你可以羡慕,却无须嫉妒。

每个人都期待自己的人生独一无二，命运却呈现太多的重复。有相似的花，也有相似的人，还有相似的剧情，在人间上演，剧中的主角，不过是换了衣衫，改了容颜。唯有春花无悔，年年岁岁，谢了又开。

在表面诸多的不一样下，潜藏着始终惊人的一致。历史和人生，以及我们对生命的认知，从未有过本质的出离，就这样辗转在轮回之中千年。

如春梦乍醒，意犹未尽，是习气太重，无力自拔。

凡俗之人即使偶开慧眼，也挣不脱那层迷网。大多数人并不相信真实，只愿相信自己希望得到的是真实的。

人总是有颠扑不破的痴心，为爱恨苦，为名利煎，所以为人总是半梦半醒，时苦时甜。

当然，如果不求解脱，甘心沉沦三途之苦，那这样颠倒梦想自欺欺人的人生，也还是有滋有味。

【感君意气与君别】

  大难临头时,他们也算生死与共,互不相负,是这世上难得的一对真心人。

  只可惜男的名声略差。这段关系又太像(其实就是)土豪包养小妾,所以一直没有多少人传颂他们的爱情。要歌颂也都掉转笔头歌颂女的坚贞、红颜薄命、富贵难长久,等等。

  如杜牧那首《金谷园》:"繁华事散逐香尘,流水无情草自春。日暮东风怨啼鸟,落花犹似堕楼人。"

  你猜得不错,我说的,是中国历史上最著名的富豪石崇和他的爱姬绿珠。

如果没有那么强的批判意识，把故事放在它发生的背景年代去看，这一段关系的发生，这份感情的成立，实在是再正常不过。

绿珠确实是石崇从广西买回的侍妾，身价是十斛珍珠。这买卖关系并不是古人在意的重点，即使被谥为女性自我意识觉醒的古典代表人物——林黛玉，作《五美吟》，吟叹绿珠之事时，亦只是感慨这两人缘分纠缠，情归一处的坚贞："瓦砾明珠一例抛，何曾石尉重娇娆？都缘顽福前生造，更有同归慰寂寥。"

可见，感情洁癖如林黛玉，亦不认为石崇买了绿珠就是对感情的玷污。实事求是地说，在等级门第、社交关系森严封闭的当时，除了买卖关系，贫女绿珠几乎不可能有其他途径进入富豪石崇的生活。

后世的穷酸文人，总爱念叨这十斛珍珠价值几何，以证明绿珠身价很高。然而，对于石崇来说，这不是九牛一毛，这连毛都算不上。作为一个精明的商人，他确实是赚到了。他得到了一个识情解意、能歌善舞的绝色美女，更得到了一个忠贞不贰的爱人。

在歌舞升平的年月里，他们的感情看起来是那么寻常和庸俗。主人宠爱着自己的侍妾，侍妾姿容绝世，曲意承欢，在众多年轻美貌的侍妾中脱颖而出，得到了多一点点的关注和宠爱。

绿珠不是穿越女，她不会觉得委屈、不平等，即使心头偶尔有涟漪，很快也会习以为常。她就像大观园里的丫鬟们，能够从贫苦的环境中脱离出来，过着锦衣玉食的生活，这对她们而言，已经是了不得的造化。

假如不是后来的变故，我想绿珠都不曾，也不敢，确认自己在这个男人心中的位置。

说石崇是个土豪，其实是侮辱了他。石崇所做的所有烧钱斗富的事，仔细看起来，无一不是行为艺术。

他本身是很有品位和艺术追求的富豪，他喜欢绿珠，不仅喜欢她的美貌、善解人意，还欣赏她善歌舞、擅吹笛的艺术才华，不像现在的土豪，诉求简单粗暴。石崇和绿珠互为知音，我想这也是绿珠在他心中有别于其他姬妾的原因。

他在洛阳建了别馆，名为"金谷园"，和当时的名士陆云、陆机、左思、刘琨、潘岳等二十四人结为文友，诗赋唱和，经常雅集，号称"金谷二十四友"。"金谷园宴"也成为西晋知名度最高的文化雅集，不逊于后来东晋王羲之他们搞的兰亭雅集。

金谷园究竟有多繁华，今人已不可知。但按照古人的审美情趣和石崇历来炫富的风格来推断，园中必是世间所有无不尽有，凡其所有无不极尽奢华。

石崇是个连家里的厕所和台阶上的苔藓都要用珠宝来雕饰的完美主义者，穷奢极欲堪比迪拜富豪的主儿，对于他用来显摆待客的会所，他一定不会吝啬。除却这些珍美的宝物，他的美姬绿珠也是他屡屡要拿出来炫耀的。

翩若惊鸿，如洛神出世；艳光照人，若明妃归来。玉楼歌彻，梅下吹笛，几曲断肠，几番魂销。美人如花隔云端，相见如在九重天——就这样，才色双绝的绿珠被石崇打造成世上很多男人求之不得的限量版奢侈品。

本来日子也就是这样了，穷奢极欲，醉生梦死……他和她没有觉得不好，也没有什么节俭反省的想法。哪怕是风云剧变，石崇所依附的外戚权臣贾谧被诛杀，对头开始得势掌权，他们都未曾清醒意识到危险已然迫近。这没有危机意识、不食人间烟火的一对。

"八王之乱"那一场血雨腥风的余波终于袭来，刮进了金谷园。石崇失势，被赵王司马伦的亲信孙秀所逼，让他交出绿珠。石崇交出数十位美貌的姬妾说，任君挑选。孙秀派来的人说，我们只要绿珠。

石崇说，绿珠是我心头所爱，恕难从命。

使者说，你今非昔比了，还是识相点好。

接下来石崇的表现我很欣赏。按说绿珠是他花钱买来的，他要是真的不在意她，当个玩物，送了也就送了。但此时石崇表现出和昔日"望尘而拜"完全不一样的态度，坚决不给。如果他惧祸把绿珠献出去了，那也说得过去——当然那就没什么好说的了。

新晋权贵孙秀面对落魄权贵石崇的不合作态度，怒了，罗织罪名，鼓动赵王杀他——其实不用罗织，石崇从来不是善男信女，杀人越货，贪赃枉法，坏事一样没少干。要找他的茬，非常容易。

大难临头，石崇对绿珠叹道，这一切都是因你而起啊！他这么说，是不想绿珠归于孙秀。

绿珠明白他的心思，哭着说，我愿为君侯而死。说罢从高楼跃下，坠楼而亡。石崇不久也被诛杀。

触动我的，是这对男女，在生死关头，表现出来的坚定不移。绿珠坠楼的决定或许是理所当然，石崇的表现却是出人意料的惊天大逆转，扭转了之前全部的庸俗。

石崇心里应该清楚，即便没有绿珠的事做由头，他的好日子也到头了，报应只是早晚而已。面对这样的处境，人贪生怕死的本性会占上风，即使知道结局已定，还是有很多人，选择苟且偷生，拖一天是一天。

面对可能的生机，他拒绝了。不用绿珠去交换，不用女人去乞怜讨好，这是我最尊重石崇的地方。

这一对物质男女，在生命最重要的时刻，放弃了原本贪恋在意的一切，抛却了世间浮华，不再迷失，不再犹豫，不再恐惧。

即使一无所有，即使死亡迫在眉睫，用我最真的心去面对，我心底的答案是：我不想失去你。

我不能。除非我死了，我不愿失去你。

【未见深情可相许】

　　类似绿珠与石崇的故事,在历史上其实不止一次地上演。只不过,多数都湮没在笔记小说、闲谈野史里,化作街头巷尾、茶余饭后的几声唏嘘,不那么广为人知罢了。

　　我小时候听京剧,看到这出戏,还以为是后人以石崇和绿珠的故事为原型改编的,后来才知道,在唐代,真的发生过类似的故事。震惊之余只能叹一声,日光之下,岂有新事。

　　这一次,男主角变成了一个小官乔知之,而女主角是个婢女(侍妾),名唤窈娘。

这乔知之是个补阙小官,家中有个很宠爱的婢女,能歌善舞擅诗文,面容娟丽,身姿也很窈窕,乔知之很喜欢她,唤她作窈娘。

估计乔知之平素没少跟友人显摆家里的美娇娘,一帮文人凑凑趣,写写赞美的诗文,窈娘的名声就这样传播开来。

名气大了未必是好事,难免被人觊觎。武则天的另一位侄儿,同样权势熏天的魏王武承嗣,听闻了窈娘的名声,派人跟乔知之索取。想当年,以石崇之豪富权势尚不能护得绿珠周全,何况今日一个小小的文官?乔知之又岂如石崇性烈,只能委委屈屈将窈娘交出。

发生在别人身上的事叫故事,发生在自己身上就成了事故。

这个胆小怕事的穷酸文人越想越不甘心,写了一首诗,买通武承嗣家的家奴,悄悄将诗递给了窈娘,诗就是《绿珠篇》:

石家金谷重新声,明珠十斛买娉婷。
此日可怜君自许,此时可喜得人情。
君家闺阁未曾观,常将歌舞借人看。
意气雄豪非分理,骄矜势力横相干。
辞君去君终不忍,徒劳掩袂伤铅粉。
百年离别在高楼,一旦红颜为君尽。

——《绿珠篇》

通晓诗文的窈娘拿到诗后，伤心不已。她读懂了乔知之的暗示，对他尚未忘情，又知此生再难有相见的机会，悲痛之下，将这首诗放在身上，投井殉情。

武承嗣发现了诗，并没有被这段感情感动，检讨自己。盛怒的他挞死家奴，又罗织罪名处死了乔知之。

虽然这是个悲剧的故事，但我很难为乔知之感伤，他和窈娘的经历给我的触动，与石崇和绿珠绝不可同日而语。

说穿了，这不过是个豪强纨绔强抢民女，而民女的丈夫胆小怕事，束手无策，只能写诗给民女暗诉相思，贞洁民女得信之后悲愤殉情的破烂故事。

乔知之很像我历来看不上的那些文弱书生、穷酸文人，戏曲画本里的张生、赵象之流，偷香窃玉时甜言蜜语，山盟海誓，稍有风吹草动，就惊慌失措，脚底抹油，溜之大吉。

在难以挽回的境地下，他写给窈娘的诗，强烈地暗示了窈娘应该以绿珠做榜样，在屈辱和自杀之间做出选择。如果他真的为窈娘着想，写的诗不应该有这么明显的暗示倾向。

或许他没有我想的这么差，只是事有凑巧，想起石崇和绿珠的旧事，单纯地借古讽今，感怀人事，然而无论怎么说，窈娘的死和他都有莫大的关系。他无力保护她，无法像石崇一样地坚定，却期待窈娘为他保持贞洁，不是不自私的。

患难相守，生死相随，上穷碧落下黄泉都可以，我陪你。但要互不相负,互相珍重,这是我一直坚持的态度。

身为女子,如果痴心非有不可,那么起码,不要轻易交到那些经不起波折考验,首先闪人说放弃的小男人手中。

如果不幸遇到了,能放弃就果断放弃吧,不要眷恋,不要不舍,你转身离去。唯一应该做的,就是过得比他好!

从未深情,谈何辜负?哪有什么忘不掉?不过是时辰未到。

乔知之的诗作,除却凄婉的《绿珠篇》,还有一首《倡女行》在当时是相当著名的,很香艳,很开放,我初初读到时,心说唐代真心豪放。

　　石榴酒,葡萄浆。
　　兰桂芳,茱萸香。
　　愿君驻金鞍,暂此共年芳。
　　愿君解罗襦,一醉同匡床。
　　文君正新寡,结念在歌倡。
　　昨宵绮帐迎韩寿,今朝罗袖引潘郎。
　　莫吹羌笛惊邻里,不用琵琶喧洞房。
　　且歌新夜曲,莫弄楚明光。
　　此曲怨且艳,哀音断人肠。

——《倡女行》

诗中有几个特别熟悉的典故，卓文君与司马相如是不用多说的，这两人在汉代是故事，到了唐代就成了传奇，闻弦歌而知雅意，寡居白富美看上了经济适用男，就焕发激情鼓动人家私奔了，转回头再讹老爹一笔。这事做的，行云流水，干脆利落！

卓文君佳人有胆，司马相如才子有福，他们都做了许多人想做不敢做的事。一个成了偶像，一个成了典范，合在一起便成了传奇。

我估计司马相如的心情，跟那首《私奔》唱的差不多，大家可以听听感受一下。

另一个幸运儿是韩寿，看着稍微眼生一点，其实也是个熟人，是"窃玉偷香"这个典故中的幸福男主角。

韩寿和潘岳一样，是西晋著名的美男子，他就是石崇所依附的贾谧的父亲，这里要简单介绍一下。

魏晋交替之际，贾充助司马氏篡位代曹，又与司马氏结为儿女姻亲，一时荣宠无匹。贾充将大女儿，就是著名的丑妇"悍后"贾南风，嫁给了"何不食肉糜"的傻皇帝晋惠帝，他的小女儿贾午（这姐妹俩的名字都很男性化），偶然间看到了来府中议事的、贾充的幕僚韩寿，一见倾心。

和潘岳一样，韩寿属于那种帅到让人一眼看过去就走不动道的帅哥，贾家的家风比较彪悍，小姑娘决定主动出击，追求幸福。

像崔莺莺身边有红娘，贾午身边也有帮她成其好事的婢女。婢女伶牙俐齿，将贾午形容得姿容绝世、艳美无双，听得韩寿心向往之。韩寿也是大胆,应约而来,反正也是熟门熟路,逾墙而入,身手伶俐,完全不像张生、赵象之流的孱弱书生,爬墙还要人递梯子。

大约贾午比贾南风长得要好很多,幽会之后,韩寿也挺喜欢贾午,两个人如鱼得水。贾午将一种极为名贵的奇香赠予情郎,据说香气附在衣服上,经月不散。

这香气泄露了艳情,贾充知道这种香皇帝只赐予了他和另一个大臣,再回想小女儿最近的行径,猜也猜到她和韩寿有私情。好在韩寿出身贵族,门第相当,贾充平日也很喜欢器重他,索性成人之美,就坡下驴,将贾午许配给了韩寿。韩寿和贾午生的儿子,叫韩谧,后来因为外祖父贾充无子,这个孩子被过继给贾家,改名叫贾谧。

幸亏魏晋时代道学观念不强盛,"窃玉偷香"才得以成为后来文人津津乐道的香艳典故,此事如果发生在宋明时代,这样的男女非被浸猪笼,当作奸夫淫妇处死,以正视听不可。贾充不是个好人,这件事却处理得开明。

回到《倡女行》这首诗。在这些缤纷典故之下,乔知之的诗表现出了一种无节制的纵欲,"愿君解罗襦,一醉同匡床","昨宵绮帐迎韩寿,今朝罗袖引潘郎"——这种放荡纵欲即使在唐朝也是不多见的。

我一点也不道学,但我真的不喜欢这种表达。在表面的绮艳之下,深藏着无处不在的空虚,这种美是没有力度的。

尤其是我意识到,太平无事时,他似乎热衷赞美纵欲和放荡,遇到变故了,他又希望他的侍妾为他守节,我就更觉得可笑。

相比而言,韩寿都比他强太多。

自私和懦弱,潜伏在人的本性里,或许我们难以根除,无法回避,但总要学着担当,有面对承担的勇气。

一个没有担当的男人,何必为他要死要活。

【别后相思空一水】

乔知之和陈子昂、沈佺期都是朋友,尤其是乔知之和陈子昂都是被武家人所害。乔知之死于魏王武承嗣之手,陈子昂间接死于息国公武攸宜之手,如果再算上当年被梁王武三思投入大牢的卢照邻,武则天的侄儿们真是"专业"祸害诗人。

沈佺期有一首名作,名为《独不见》,又名《古意呈补阙乔知之》,就着乔知之的事,也可以说一说。

卢家少妇郁金堂,海燕双栖玳瑁梁。

九月寒砧催木叶,十年征戍忆辽阳。

白狼河北音书断,丹凤城南秋夜长。

谁谓含愁独不见,更教明月照流黄。

——《古意呈补阙乔知之》

先说诗名,和"员外"一样,"补阙"是官名,从七品上的一个小官,乔知之的职责和杜甫的"拾遗"差不多,都是给皇帝提意见的。设此官职的意义在于提醒大臣要勇于给皇帝进谏找茬。

"官卑责重"更容易激发大家当官的责任心。谏不谏在你,这个也没有绩效考核,都是凭自己良心。

"补阙"也好,"拾遗"也好,都是容易得罪人的官职,还容易被人当枪使,属于高危职业。谏得好一举成名,朝野咸知;谏得不好,随时倒霉。

像杜甫这种始终怀揣着一颗忠君爱民之心,要"致君尧舜上,再使风俗淳"的人,还没在肃宗朝站稳脚跟,就忙着谏谏谏。谏到肃宗怒了,一纸"墨制"打发他回家。当然也有很多佞臣——位居三公,身居相位,身为御史,也一样是装聋作哑,曲意奉承。人和人总是不同的。

在武后朝,权臣当道。武后改朝换代后又极为在意,刻意压制底下的舆论,不允许不合意的声音出现,像乔知之这样的芝麻小官基本没什么用武之地。

你看,他有现成的优势,然而自己心爱的女人被人抢了,他都不敢利用工作之便,打报告弹劾这个事,胆小窝囊到什么地步?

"卢家少妇"是指代富贵之家,成双的燕子令思妇想起丈夫不在身边。"独不见"是乐府题,用来暗指思妇吟唱或听到的歌曲。"流黄"是黄色的绢,指代思妇欲寄出的寒衣。

沈佺期的诗才绝对要好过宋之问,他的很多乐府诗都写得情致委婉,辞境皆佳。这首《独不见》是他乐府诗的代表作,已经具备七律的格局。音律和谐,端严大气,华美之中深情含蓄。

这首诗画面感很强,单独读起来,只是一篇典雅的、写少妇思夫的诗篇,言辞足够美丽,情感足够动人,结合乔知之的经历读起来,却别有一番思量。如宇文所安所说,唐代很多名诗往往如此,传记和轶事的背景使诗歌变得有趣而动人。没有这些记载,这些诗只表示单纯的感伤。

沈佺期的这首诗,应是写在窈娘被强夺之前,是普通的唱和之作,袭用了乐府旧题,没有什么暗示的意思,只是我想,乔知之和窈娘分离之后,再想起这首诗,会不会另有感触在心。

"别后相思空一水,重来回首已三生"。咫尺天涯,他的窈娘,已成了别家藏娇的少妇,而他,就似这塞北征人,山长水远,不能相见。"谁谓含愁独不见,更教明月照流黄",就像思妇不知往何处寄寒衣,我亦不知如何才能找回你。你会思念我么?这思念又以何为凭?

渺小如尘的我们,面对风波,才惊觉自己一无是处。离散之后,束手无策。

【榜下捉婿得才郎】

随着《武媚娘传奇》热播,大家似乎对唐朝,对女帝又兴起了新一轮的兴趣。

宫闱中莺歌燕舞,女人们用尽心机,你来我往,朝堂上的男人也不遑多让,火树银花,煞是热闹。我想起武周时期的几位非著名诗人,他们的诗和轶事,或许可以让这满屏春色,多几分沉慨回味。

排名第一位的是郭震。我对他的兴趣,是小时候看闲书,读到的故事。话说郭震是个少年英才,美风姿,有才学,十八岁就中了进士。他及第之后行情看涨,成了大唐名媛圈的抢手货。

看好新科进士,招其为婿,未婚的劝其结婚,已婚的劝其离婚再娶,这就是著名的"榜下捉婿"。

当朝宰相张嘉贞也想招他为婿,郭震知道张家有五个女儿,就问,大人,你想把哪个女儿许给我?张宰相很开明,认为姻缘天定,干脆采用"撞天婚"的方式,这样哪个女儿都怨不了自己。他在家中竖起屏风,牵出五条丝线,让五个女儿各持一条,立于屏风之后,让郭震牵丝择妻。结果郭震运气很好,抽中最美的那位,据说婚后夫妻感情很好。

故而我八卦地觉得,郭震许多艳美旖旎,让人脸红心跳,堪比《花间集》的句子,像"帷横双翡翠,被卷两鸳鸯","罗衣羞自解,绮帐待君开"等等,都是有真实感情和生活基础的。

郭震择妻的故事,记载于《开元天宝遗事》中,《开元天宝遗事》是五代时人辑录的唐代名人轶事集,并不是段段都作得真,我有时候纯粹当《故事会》看。

这个故事,也有被附会在李林甫(玄宗朝的著名奸相)身上的。李林甫是个阴险恶毒、口蜜腹剑的人,一生不知坑过多少人(杜甫就被他坑到落第),唯一值得称道的是,对儿女的婚事十分开明。

说起好运气,又怎能不提唐朝的开国皇帝,唐高祖李渊。李渊的妻子窦皇后出身高贵,是北周武帝姐姐,长公主的女儿。据说窦皇后自幼人品贵重,相貌也贵不可言,家人都对她寄予厚望,认为她必嫁贵夫。

到了她适婚的年纪，窦皇后的父亲窦毅在屏风上画了两只孔雀，凡是来求亲的王孙公子，每人发两支箭，一箭射中孔雀眼睛的，才可以中选。这就是说，除了人品学识风仪要过得了初试之外，还要武艺过人，要文武兼备才可以。

结果，大多数来求亲的人都铩羽而归，李渊一到，唰唰两箭，分别射中孔雀的双眼。窦家择得佳婿，李渊也高高兴兴地娶了贵女回去，这就是著名的"雀屏中选"的典故。后来李渊果然当了皇帝，窦姑娘成了皇后，生了李世民他们兄弟几个，真是唐代的英雄母亲哪！

唐朝人对婚姻的开明态度是很值得赞许的，虽然大体上门当户对少不了，但男女婚嫁相对自由，基本尊重个人选择，不单达官贵人们不以再娶再嫁为异，平民百姓亦是如此。某些先进的部分，简直比现代还要让人叹服。

最为人传颂的，是敦煌曲子词上流传下来的"放妻协议"（离婚证书）上写的话："凡为夫妇之因，前世三生结缘，始配今生为夫妇。若结缘不合，比是怨家，故来相对；即以二心不同，难归一意，快会及诸亲，各还本道。愿妻娘子相离之后，重梳婵鬓，美扫峨眉，巧呈窈窕之姿，选聘高官之主。解怨释结，更莫相憎。一别两宽，各生欢喜。"

这份离婚协议，不涉财产分割、权益分配，一点都不俗气，不剑拔弩张。虽然是以男人的口吻来表达，但真是写得情味深长，丈夫祝福妻子"重梳婵鬓，美扫峨眉，巧呈窈窕之姿，选聘高官之主"，意思是你离了我肯定能嫁得更好。

大多数情况下,男人自己也肯定不会闲着荒着。其中"解怨释结,更莫相憎。一别两宽,各生欢喜"的话,更是让人印象深刻,拍案叫绝。

我后来在劝慰失恋、失婚的朋友时,常想起这几句话,想起唐人的潇洒。虽然感情中的伤害在所难免,但错总不是一个人的,真到了分崩离析、恩断义绝的时候,再计算计较、怨怼互憎都没什么意思,倒不如微笑放手,保持应有的风度。

你有你的,海阔天空;我有我的,天高云淡。谁离了谁,注定过得差?

接着再说郭震。早年间,偶然我读到一首很喜欢的诗:"江水春沉沉,上有双竹林。竹叶坏水色,郎亦坏人心。"这首诗明丽晓畅,很有南朝乐府的情味,叫人一读就难以忘怀。我去查了一下,发现是郭震的诗,从此对他印象深刻,好感大生。

比他的诗更有意思的是,郭震这个人。他进士及第之后,颇有点无法无天的味道。当县尉时,竟敢私铸银钱,女皇武则天听闻之后,召他问罪。

大约郭震长得实在不错,女皇眼前一亮,心生欢喜,有意法外施恩,就让他献诗。

其实古今中外都是看脸的,颜值,真是很好用的东西!某"小鲜肉"吸毒被抓,Fans在网上留言,诸如什么"年轻,谁没有犯过错呢",

"××,我们永远支持你"……话是不错,可我就汗了,他要是长得丑,Fans还这么义无反顾么?

反观那些颜值不够,犯了错被迅速遗忘和嫌弃的,真是同人不同命啊……果然是长得好看的话,更容易被原谅,被这个世界温柔相待呢!

郭震是广东人常说的"醒目仔",女皇大人有心放水,机警如他,自然心领神会,把握住这稍纵即逝的机会,趁机献了一首《宝剑篇》:

> 君不见昆吾铁冶飞炎烟,红光紫气俱赫然。
> 良工锻炼经几年,铸得宝剑名龙泉。
> 龙泉颜色如霜雪,良工咨嗟叹奇绝。
> 琉璃匣里吐莲花,错镂金环映明月。
> 正逢天下无风尘,幸得周防君子身。
> 精光黯黯青蛇色,文章片片绿龟鳞。
> 非直结交游侠子,亦尝亲近英雄人。
> 何言中路遭弃捐,零落漂沦古狱边。
> 虽复尘埋无所用,犹能夜夜气冲天。
>
> ——《宝剑篇》

十八岁就及第的人心理素质果然不一般,这首诗以宝剑自喻,文采流丽,气势惊人。女皇大人一读之下,怒气消解,大为称赏,不但轻轻饶过他，而且渐渐委以重任。郭震因祸得福，从此官运亨通，他后来成为武周朝的名臣，不能不说是和女皇大人的特别青睐有关。

当然女皇大人的眼光大部分时候都不错。郭震不是绣花枕头，只会舞文弄墨。他文武全才，安定边陲立下赫赫战功，官至兵部尚书，最后封代国公，可谓荣极一时。

除了《宝剑篇》之外，郭震尚有许多好诗，虽然埋没在唐诗中，不到普罗大众耳熟能详、脍炙人口的程度，用"清佳"二字来形容，绝不为过。他在政治上十分有为，诗歌天赋亦十分突出，宇文所安先生甚至认为"现存的几首诗，都可以看作盛唐最优秀作品的先声"。

他有一首咏莲花的诗："脸腻香熏似有情，世间何物比轻盈。湘妃雨后来池看，碧玉盘中弄水晶。"

这首咏莲花的诗，即使让大观园里的一众闺秀来写，亦不过如此了。我必须承认我少年时太不深刻，偏爱那些旖旎的诗作。好在郭震还有些咏物寓理的诗，拉高了我的品味。

我最早记忆深刻的说理诗，不是宋人写的，而是郭震写的。譬如这首《云》：

聚散虚空去复还，野人闲处倚筇看。
不知身是无根物，蔽月遮星作万端。

——《云》

云向来是高洁之物,此处却被比作蔽月遮星的无根之物。这样的说法颇见新意,别具一格。这首诗是讽喻诗,意在讽刺那些一时得意、兴风作浪的人。

武后朝确实不乏这样的人,祸乱纲纪,为祸一时,历朝历代都从不缺少这种人。也因此,这首诗所蕴含的深意,超过了它所讽刺的某些特定的人和事,有了普遍的讽世意味。

我其实不能断定,这样的诗,是郭震有感而发,还是兴之所至,随手写就。这也无从细考。以他的生平和性格来看,郭震不太像写得出这种诗的人,不过中国古代的士人(诗人)是甚为奇特的物种,他们的人和诗,有时是可以分开来看的。

还有几首很出色的咏物诗,大约写于郭震未发迹之时,诗意新巧,颇能引动那些失意之人的意会和共鸣。

秋风凛凛月依依,飞过高梧影里时。
暗处若教同众类,世间争得有人知。

——《萤》

愁杀离家未达人,一声声到枕前闻。
苦吟莫向朱门里,满耳笙歌不听君。

——《蛩》

纵无汲引味清澄,冷浸寒空月一轮。
凿处若教当要路,为君常济往来人。

——《野井》

《萤》写萤火虽微,却不同于俗虫,就算潜身暗处,亦终会被人发现。《蚕》虽稍显冷落,却有自重之意。《野井》写野井所处的位置偏僻,纵有清澄好水也少人问津,因此若想为人所用,必须有很好的机会(位于要路)。

这些诗虽有怀才不遇之叹,却如《宝剑篇》中"虽复尘埋无所用,犹能夜夜气冲天"一样,犹有慷慨自负之意,不同于晚唐才子的凄冷,亦有别于后世读书人的絮叨自怜。

郭震在武周时期青云直上,荣极一时,到唐玄宗当政的时候,却荣光不再。玄宗在骊山下讲武(即军事演习),以郭震旗下兵士军容不整为由,将他罢官流放新州。不久郭震就郁郁而终。

他在贬谪之后写道:

俗吏三年何足论,每将荣辱在朝昏。
才微易向风尘老,身贱难酬知己恩。
御苑残莺啼落日,黄山细雨湿归轩。
回望汉家丞相府,昨来谁得扫重门。

——《寄刘校书》

这首诗的风骨已接近于最优秀的盛唐诗。郭震对自己一生的成败得失看得很清楚,他知道一朝天子一朝臣,他的时代过去了。

以"俗吏"自认,倒叫我见出他的不俗。"才微易向风尘老,身贱难酬知己恩"两句,是自贬,却也不乏谈笑从容的气度。

回望长安,宫阙朝天,那是功名和野心缠斗不休的地方,那是半生搁置奋斗的地方。

要离去总是心有不舍,可是,新的时代要到来,一定会有人退场,有人离去。

【天涯思君不可忘】

　　唐人爱说"开元盛世",一如宋人爱说"宣和风流",令人眷恋又惋惜的两个盛世,宿命般地,都断送于两个特别具有艺术气质的帝王手中。像无数朵繁花沉坠,再开已是百年后。

　　似乎是注定的,所有具有艺术家特质的君王都不是好的掌舵人,即使善始也未能善终。

　　齐梁时代那些你方唱罢我登场的纨绔之君自不必提,近至隋唐,前有隋炀帝,后有李隆基,都是天赋过人、能作能造的主。再后来,还有一个赫赫有名的宋徽宗,无一不是手捧着盛世基业,断送了锦绣江山。一路看得让人心急心焦，到大结局时再肝肠寸断。

可是我还是不忍心，开始就说破这红尘幻象。如斯壮美的大唐盛世，千年往返，又有几回？就算是梦，亦愿梦得久一些。

还是从开元名相张九龄的一首《望月怀远》说起吧。说起《望月怀远》，却叫我想起去年在欧洲的那一次旅行。

去年在欧洲旅行，我对巴黎无感，尤为厌倦香街，厌倦旺多姆广场的名店鳞次栉比。我也会去逛，但除了购物之外并没有多留一刻的意思。全世界的浮华都如出一辙，连气味都类似，无论是纽约、巴黎，还是迪拜……法国或许是更具表演气质的浪漫欧洲，而德国，是更生活化的欧洲，理性的、从容而温存的存在。到了北欧，甚或会更内敛沉郁一些。找时间还是要去得远些。

我突然意识到自己可能堕入某种中产阶级的庸常心态，开始明确崇尚理性，向往安定。即使有刺激和冒险也必须控制在可知的风险之内。

从法兰克福到海德堡，再到巴登巴登，德国给我的印象都极好。到来的时候正是周末，街巷中人影少见，街边的店铺也多半掩门谢客，城市干净规整却不显荒凉，有种异常从容的气度。

落雨的小镇，在街边的咖啡店坐下，只为避雨。却意外看到整个城堡的灯亮起，灿美如童话世界。走过的路人，姿态自在而优雅。欧洲的城市给人的感觉是，人是城市的主人，而不是相反。

那是北京时间凌晨两点，看着天边的一轮清月，尘虑尽消，觉得时日静好。这时候想起张九龄的《望月怀远》，隔着茫茫时空、欧亚大陆，突然间对这首诗的体味深切了许多，情意像眼前星光，在心中盈盈荡荡。

> 海上生明月，天涯共此时。
> 情人怨遥夜，竟夕起相思。
> 灭烛怜光满，披衣觉露滋。
> 不堪盈手赠，还寝梦佳期。
>
> ——《望月怀远》

许多古诗，读来浅易，含义却深，年少时未能深解意趣，不是注释和讲解不够，是阅历和境界不到的缘故。中年人写的诗，少年人期望着一次读懂，无疑是奢望。

张潮云："少年读书，如隙中窥月；中年读书，如庭中望月；老年读书，如台上玩月。皆以阅历之浅深，为所得之浅深耳。"

读诗早有个好处，我现在三十岁，想起这些旧诗就已经隔了二十余年，有足够的时间去回味。如品陈年佳酿，不敢说窥得堂奥，起码比以往多了几分细微的体悟，不同于少时停驻于字面上的想象和理解，才悟得张潮所说读书境界之妙。一言蔽之，是急不得的。

我要感谢这一次次离乡去国的旅行，偶尔的必然的分离，才令我读得懂诗，看得见自己。

在遥远的异国,思念着远方的亲人、爱人,因思念而觉得夜长难挨。天上那一轮月,满得就像一颗欲坠的泪。我在想你的时候,也就敢抬头看看这冰凉的月色。

长夜辗转,是屋内的烛光太亮,叫人难以入眠。索性熄灭烛火,起身欣赏清光,月华溶溶泻入,有柔肠暗转、安满静谧的美。披衣步出门庭,立于阶前,时间久了,露华沾衣,寒意沁人。

我似乎什么都没想,那思念自有主张,一层层地覆过来。

天空尚未醒来,而我在等待。

天涯思君不可忘,我不能对你明言这满心的情意,就像我不能将这完满的月光寄赠予你。此时此刻,天各一方,唯愿你我万里同心,思归一处。

月色温柔清凉,有此佳景而不能同赏,你知我不是不遗憾的。愿稍后能在梦中与你相遇,能有片刻相会的佳期。

《望月怀远》这首诗,动人的情味,实在含蓄,其含情委婉,实非少年人能够体味。它所具备的美感,很像苏轼所称许的士大夫诗词的格调和情趣。是写月夜怀人,却比单纯的思念更加丰满。它的意旨似是写相思,却比男女之思更加清远。

那月是月,又似是心中所念之人。是以光华所照,都要起心追随,不能相忘。那怨是思,并不是真怨。"不堪盈手赠"一句化用自西晋陆机的"照之有余辉,揽之不盈手"(拟古诗《明月何皎皎》),简洁而有新意。

我并不喜欢将许多情意深长的诗作,看作"香草美人"式的比兴寄寓之作,一来未免古板,二来缺乏情致,然而,若单纯将《望月怀远》看作相思之作,又着实是低看了张九龄。

"海上生明月,天涯共此时"意态高华,雄浑阔大,令人一读难忘。这一联已成俗语,可见历代流传之广,每年中秋节都看到满大街用这诗句做广告,虽然人同此心,亦不免看得腻烦。而我敢断言的是,对于这首诗的作者张九龄,人们了解得并不那么多。

张九龄是从初唐到盛唐过渡期的重要诗人,是众所周知的玄宗朝名臣。他是玄宗朝宰相张说的门生,亦是位列于张说、姚崇、宋璟之后的,玄宗朝最后一位名相。在他之后,奸相李林甫把持朝政,言路阻塞,动乱渐显。将张九龄的罢相看作是开元盛世由盛转衰的重要节点,大致是不错的。

尤为值得一说的是,张九龄是韶州曲江(今属广东韶关)人,岭南这地方,在唐代是流放重罪之臣的首选之地,可见其荒蛮闭塞。张九龄不但是第一个中进士的广东人,更是第一个担任宰相的岭南人,在当时引起的轰动可想而知,张九龄亦因此有"自古南天第一人"的美称。

张九龄于公元702年通过进士考试,而赏识他诗歌的,正是沈佺期。张九龄在父亲死后守丧三年,得以避过中宗登基后的政治清洗,在其后的几年,他一直担任中级官员,仕途随着老师张说的浮沉而波动,张说死后,张九龄稳步升迁,至公元734年就任宰相。

与其他几位名相一样,张九龄任相时任官唯贤,颇有贤名,孟浩然、王维、杜甫,都曾写诗赞颂他。张九龄的身边,聚集了大批的文士,其中不乏当时最著名的诗人。

王维曾写诗向他求职,获得成功。王维的诗这样写道:"侧闻大君子,安问党与仇。所不卖公器,动为苍生谋。"这首诗写得十分朴素庄严,充满了对张丞相的信任和推崇。张九龄因此也给予他不错的职位。

顺便"八卦"一句,王维及第那年,那个原先内定的状元,后来被王维PK掉的倒霉孩子,叫张九皋,他是张九龄的弟弟。从这个角度说,张九龄的心胸绝对符合王维夸赞的,"所不卖公器,动为苍生谋"。

张九皋自从被王维PK下去之后,他在诗歌上的建树就无人提及了。直到很多很多年后,他的后代中出现了一位写曲子的,名叫张养浩,人称"散曲状元"——虽然不是真正的状元,但也算用另一种认可弥补了祖先的遗憾。

张九龄是一个混合了初唐和盛唐风格的诗人,他有《感遇》诗十二首,历来都与陈子昂的三十八首《感遇》诗相提并论。张九龄的《感遇》和个人诗都受陈子昂影响甚深,都是道德寓言或者表达贤人失志的主题。论者言,张九龄的《感遇》意近《离骚》,而陈子昂的《感遇》则出于《庄子》,缠绵超旷,各有所至。

单纯从读诗的感受上来说,我更倾向张九龄,总体来说,他的

《感遇》诗比陈子昂的好读多了。五言诗在朴直之外更趋于浑然天成的流丽,可看作初唐诗步入盛唐后的一种进步吧!

和其他几位贤相一样,张九龄真正掌权的时间并不长,后来外贬为荆州长史。他为人刚直清正,且深具慧眼,看出唐朝全盛之时,存在很多积弊,所以居安思危,一力革新。最难得是他早早断言安禄山必反,劝玄宗早做防范,这份洞察力,实非寻常人可比,可惜玄宗不听。

他死后不久,安史之乱爆发,玄宗仓皇奔蜀,因追思张九龄的卓见而痛悔不已,遣使至曲江祭拜张九龄。

月出东斗,西落乌啼,如世间盛衰交错。盛唐的海上明月终有隐没凋残之时,张九龄诗中那种清旷浩大的气象,亦不免被烽烟杀气所搅乱。

想当初盛世风华,到后来支离破碎,不是不令人怀念、惋惜的。

情人之间短暂离散,犹有佳梦可期。盛世一朝倾覆,却是覆水难收。

浮生流离,有情无缘,梦亦如断简残章,无处投寄。

就像宋徽宗在靖康之难中,被金人所俘之后所叹的:"天遥地远,万水千山,知他故宫何处,怎不思量,除梦里,有时曾去。无据,和梦也,新来不做。"

【羡君潇散慕君怀】

在北京的冬夜,这样雾霾深重的时节,突然想起江南的春天。

实则我未必觉得江南的春天有多浪漫,生在江南的人都知道,那淫雨绵绵、阴寒入骨的日子有多长,春天多雨,冬天酷寒,冷得欲哭无泪。

我是受了多年的折磨,逃到北方才解脱,豁然觉得天青地阔,居然还有这么干脆的春天,虽然短,但胜在爽快,反而叫人留恋。

只是偶然翻到王湾的《次北固山下》,忽然被那句"海日生残夜,江春入旧年"打动。想这雾霾深重的冬日,要多几次清朗的天气,才有新年的气象。

对我而言,"海日生残夜,江春入旧年"是一句再眼熟不过的旧句,常写成新春的对联贴在门上——低头抬头,十户门上倒有五户有它。

少时懵懂,亦未亲眼见过海上(江上)的日出,难解其中意境,只能大概猜到意思,实在难有什么感受。后来在海边看日出,才觉得真是气象阔大又明媚的句子。

实话说,这样纯写景的句子,解读起来,比那些有情节有故事的诗句要难得多。美景当前,感受不尽相同,很难说得人人认可。如果说,这诗的作者本身又不甚知名,那么讲它的好处就更难了些。

落笔盛唐,用"海日生残夜,江春入旧年"来起笔,符合我心中所想。开元年间,宰相张说曾亲手将这两句诗题写于政事堂,"每示能文,令为楷式",让文人学士学习。直至晚唐,诗人郑谷还说"何如海日生残夜,一句能令万古传",言语之间,对王湾这一联推崇羡慕不已。

如施蛰存先生所说,王湾的诗名,全靠这一联,垂于不朽。但王湾并不是只有这点可说,他最吸引我的,是他心性豁达,对功名毫不恋栈。他让我想起那句著名的西谚"善生活者,故隐其名"(Bene qui latuit, bene vixit)。

王湾是开元年间的诗人,洛阳人,字号不详,大约是当时王姓家族的远支子弟。他二十岁不到就中了进士,才学可谓出类拔萃。

唐朝有"三十老明经，五十少进士"的说法，意思是说，三十岁考上明经科（明经主要考对典籍的熟悉程度，只要认真背书，考取难度不高）就算老的了，五十岁考上进士还算是恰同学少年——由此可见考进士之难。

唐代有人考到七八十岁才中进士，贺知章也是四十岁才中的进士，可见王湾算极为罕见的那一类神童了。

《唐诗纪事》说他登先天（唐玄宗早年的年号）进士，开元初为荥阳主簿。因才学渊博被马怀素选去校正秘阁群书。校对典籍，功劳不小，因功转任洛阳尉，最后他飘然远去，官职还是这个。

县尉是不高的官职，很多诗人都对任县尉这种职位表示了尴尬和不满，最有名的，当属诗人高适在未得志之前那句名言："拜迎官长心欲碎，鞭挞黎庶令人悲。"

在王湾的诗中少见这种不满。一来是因为他遗作较少，后人难窥全貌；二来可能也与他的心性有关，不是特别在意官职大小的人，也就少了许多"才高位卑"的痛苦周折。

真放下比假得到好！他在仕途上升期，弃官而去，隐匿于山水之间，不知所踪，才是真正的闲云野鹤，不恋红尘。

我想起灵澈禅师那句讽世甚深的诗："相逢尽道休官好，林下何曾见一人？"这是讽刺世上那些眷恋红尘，留恋官场，言行不一，自相矛盾的人。

历来俗人易贪，才子易痴，身负所学者大多贪望功名，不死不休。王维已经算活得清静通透的了,来来去去尚有一点尘缘未尽。

后来人洞悉前因后果,世事轮回,看来当然理所当然,在当时却不是那么清楚明白。王湾抛弃的是人人习以为常的人生规范,他这么做,并不是因为他活得潦倒,心灰意冷。相反,他拥有比大多数人更好的机会,即使不飞黄腾达,也能衣食无忧,但他清楚,这并不是他要的。

一个人,能够看到另一种生活方式有更重大的意义,勇敢地去践行,生活在自己喜欢的状态中,淡泊宁静,与世无争,这才是真正的个性!

所以说,王湾的潇散磊落比他的才华更难得!比世上大多数红尘颠倒自命不凡的人都难得。

【且共春光从容去】

王湾存诗不多,十余首而已,其他诗也一般,多是酬答之作。与张若虚一样,是凭一首诗就可以名传后世的人。这首《次北固山下》,在当时就是众口相传的佳作。

客路青山外,行舟绿水前。
潮平两岸阔,风正一帆悬。
海日生残夜,江春入旧年。

【且共春光从容去】

乡书何处达,归雁洛阳边。

——《次北固山下》

次,是停留的意思。北固山,在今天的江苏镇江市。

我写黄仲则的时候漫游江浙,曾去到北固山。当时大脑短路,没有想起王湾的这首名作,只想着回到黄仲则当年漫游吴越的情境中去。黄仲则的《登北固楼》这样写道:

振衣直上最高楼,吴楚青苍一望收。
此地山形常北顾,千年江水自东流。
乾坤莽莽鱼龙气,今古惜惜花月愁。
不尽狂澜走沧海,一拳天与压潮头。

——《登北固楼》

这诗真是不错!作为清朝最好的诗人,黄仲则的诗常有神接唐人的气象,令人心胸豁朗。这首《登北固楼》是他在北固山游历时所作,放在历代怀古的诗作中亦不见失色。如今想起这首诗,却突然醒悟,气象虽似,处境、心境有微妙不同,终究还是不同。

王湾作为中原人士,广义上的北方人,以游客的身份,往来于吴楚山水之间,其实更易生出离愁,但他的诗流露出松弛的、享受的状态。

人在江南，神驰故里，即使有思归之意，亦不是因为窘迫。而黄仲则是真正意义上的江南人士，在家乡附近漫游，却常有羁泊飘零之意。

"不尽狂澜走沧海，一拳天与压潮头"内藏紧张和对抗的意味。诗意再磅礴，也掩盖不了内心的失意。

《次北固山下》以诗入画。"客路青山外，行舟绿水前。潮平两岸阔，风正一帆悬。"写江南春色、江景，细腻大气，叫人读了心里欢喜，如逢青山，如见绿水，有春色相迎，绿意染衣。

这是个春天的夜晚，潮平显江阔，风顺使舟顺；这是个美好的夜晚，美好，是一切都刚刚好。

如果说，"潮平两岸阔，风正一帆悬"还仅仅是兴之所至的精确描述，不足以展现盛唐的气象，那么下一句"海日生残夜，江春入旧年"就真的完美到令人叫绝了。"生"和"入"字用得精绝，无可挑剔。

"生"字也还寻常，如张九龄就有名句"海上生明月"，"入"字却不是轻易可以想到。殷璠说这两句是"诗人已来，少有此句"，不是谬赞。

在这里，王湾用了倒叙的写法，这一年立春或许在腊月，可他并不说"腊月里已有春意"，而说"春意进入了旧年"。写时序交替，生机勃勃，都不刻意用力，好像是随口道来，却是那样精妙，一字不可易。

扬帆行船，缓行江上。曙光熹微的残夜，江上涌出一轮红日，破浪而出，气势惊人，旧年还未过完，江岸已见春意。时光在迅疾之中显得从容，身边的一切都暗藏着新鲜生机。这种不徐不疾的感觉，是人能感受到的最舒服的状态。

明代胡应麟认为"海日"一联形容景物妙入毫颠，可以作为初唐和盛唐诗歌的分水岭，此言大致不差。

在开元盛世，做一个有为有闲的文人，是人生大幸。从中原漫游到江南，王湾所感受到的，是江南的春意，盛世的从容。"乡书何处达，归雁洛阳边"，年少英气之人，在岁暮腊尽之时，虽然思念家人，有念归之心，却无伤感之意。

把酒祝东风，且共从容，此种心境绝不同于离乱之时"烽火连三月，家书抵万金"的惶恐，亦不同于飘零之人"一年将尽夜，万里未归人"的凄楚。

是时天地安然，繁华无尽，心气高昂，正可纵情遨游，懒计归程，这便是人所共赞的"盛唐气象"。

《次北固山下》旧题为《江南意》，诗句也略有差别。

南国多新意，东行伺早天。
潮平两岸失，风正一帆悬。
海日生残夜，江春入旧年。
从来观气象，惟向此中偏。

——《江南意》

初稿《江南意》与改定本《次北固山下》相比,最精彩的一联没变,诗意侧重却不同。《江南意》是以北方人的角度看江南的风光,所以觉得有新意。第一句"南国多新意"和最后一句"惟向此中偏"都是此意。《江南意》更像是"旅游诗",一篇以诗写成的平铺直叙的游记,除却那一联,诗意没有什么特别。

且看,他游兴正浓,趁大清早就开船东下,看到春江日出,感受到春意萌动,这些寻常的景色,在当时的北方人看来,是饶有新意的,所以他很高兴,忍不住赞叹,觉得有意思。在唐人的语境中,"偏"不是不正的意思,而是别致新颖的意思。

同样喜欢到江南旅游的孟浩然是最能体会这种快乐的,他说"挂席东南望,青山水国遥",又说"舟行自无闷,况值晴景豁",和王湾的诗,相映成趣。

以炼字而论,"失"不如"阔"生动,潮平两岸阔,感觉到的是开阔。"失"字缺乏美感,让人错觉是潮水泛滥成灾了。综合看来,当是《次北固山下》诗意更胜一筹,想来这也是王湾最后改定的原因。

总有些言语,如飞花触水,惊鸿一瞥间就让你心生涟漪,亦如有些人,人海中四目相投,就让你心中欢喜,知晓前缘已定。

欣逢盛世,就嬉游人间,安然度日。真的身当乱世,风吹浪卷,惊惶亦无用,心底还是要有大信,知道会有"海日生残夜,江春入旧年"的好辰光。因为短暂,所以珍惜。

【且喜无情成解脱】

《次北固山下》令我想起北固山,想起辛弃疾的名作《南乡子·登京口北固亭有怀》,因此又生出一篇闲笔,随性谈谈这些尘封的前人旧事。

何处望神州?满眼风光北固楼。千古兴亡多少事?悠悠,不尽长江滚滚流。

年少万兜鍪,坐断东南战未休。天下英雄谁敌手?曹刘,生子当如孙仲谋。

——《南乡子·登京口北固亭有怀》

青山如笔，江水如墨。冥冥中，一定有一只看不见的手，书写着沧桑，划定了胜负浮沉。人间的疏痕淡墨，都融入了不动声色的历史中。

写这首词的时候，辛弃疾身在镇江，正期待担忧着南宋北伐的大业。而后，南宋北伐失败，与金议和的过程中，辛弃疾去世了。

处在烽火流离的年代，辛弃疾的心境与王湾是决然不同的。残宋半壁江山，又怎敌得过大唐全盛之世？

他想只手补天裂，都无灵石可炼。只有登临怀古，遥想三国，遥念孙刘曹。

那是英雄出没，传奇辈出的年代。孙权年纪轻轻就坐镇江东，指挥千军万马，建功立业。这番成就，即使在当时，也是凤毛麟角，所以雄才大略如曹操才有"生子当如孙仲谋"之叹。

是男人都有如此念想，何况辛稼轩亦非常人，他少年时已立志抗金，一腔热血，势要收复故土。也曾挑灯看剑，率区区五十人夜袭敌营，活捉叛徒，震惊当时，是文武双全、举世瞩目的传奇。

在他心中未必不以孙仲谋自比，奈何时不我予，几番起落，最终还是壮志难酬。他在赋闲时自叹"却将万字平戎策，换得东家种树书"，读来不是不悲的。是时不我予，报国无门。这般身不由己、痴心错付的坎坷，又不同于孙权。

当他登临怀古，难免会沉醉于对历史的美化和浪漫幻想，为繁盛与衰败、今昔的对比而深深感慨。

在虚幻的境地里,诗万首,酒千觞,笑谈古今,几曾着眼看王侯;在现实的处境中却一次次低头,奢望君王赐予机会和权力。

"故令边将储虎臣,为君谈笑靖胡尘","安得壮士挽天河,净洗甲兵长不用"。多数时候,理想都会倾覆,成了一厢情愿的不甘,化作字里行间的唏嘘、说书人口中的闲话。

北固山是一座与三国历史勾连不绝的山,三国时属于孙权的势力范围。在民间传说中,刘备与东吴结盟,京剧中刘备被吴国太和乔国老看上,和孙尚香定亲的甘露寺也在这座山上。

这孙姓女子,在历史上并不叫尚香。她的名字,早无人关心,是在三国的故事里,她才叫孙尚香。

这名字,怕是有花落枝尚香的意思。

站在北固山上,看青山隐隐,江水滔滔,我突然想起这个在历史中一闪而过的女人,一股浓重的悲悯从心头涌起。不管民间传说中如何粉饰,都掩盖不了它惨淡的本质。这终究是一场短暂的,不欢而散的,以悲剧告终的婚姻。时隔不久,刘备归蜀,孙尚香留吴,她的丈夫不但弃她而去,更命人夺走了她的骨肉。

我历来对刘备这种"仁义"之士无感,对他的风花雪月更不感兴趣。厚黑如刘备,一生惯于见缝插针,谋求自己的一亩三分地,几曾将心思放在儿女情长上?

于他而言,孙尚香只是一段无关宏旨的插曲,人生中一段装模作样的艳遇。他对她,不但不如曹操死前嘱咐铜雀台诸伎分香卖履,甚至不如吕布对貂蝉。蜀吴联姻,说好听是合作,说不好听,开始就是算计,两国之间因利而合,利尽则散。和亲的孙尚香连筹码都算不上,至多只是一个好听些的由头,实在不必附会成爱情。

有人成就,就有人牺牲。在群雄割据、烽烟四起的年代,一个女人所谓的终生幸福,是可以理所当然被弃置的——即使她是一国的公主。

这种处境下的女人的婚姻,与家庭相关,与身份有关,与荣耀相关,与局势有关,唯独与爱无关。身不由己,心不由己。那个即将到来的他,是不是良人,无关紧要。人都说,家国天下,到头来,还是天下国家。

这样的女人有很多,无论是不太被人提及的孙尚香,还是赫赫有名的王昭君或者是文成公主。她们和亲之后的真实际遇都十分凄凉,有苦自知。只不过,她们的苦被后人刻意淡忘、美化罢了。

老夫少妻的搭配除非是姻缘天定,要不就是别有所图。孙尚香不见得看得上半老的刘皇叔,她眼光既高,出身又好,两个哥哥都是一时俊彦、当世豪杰,又如何看得上空负仁义之名,时时惶惶如丧家犬的刘皇叔?即使是在三国的故事里,人们也要安排她在成亲之夜刀难试探一下刘皇叔才罢休。

这样想来,孙尚香能及时摆脱一个不爱她的男人,亦算是不幸中的大幸了。

【且喜无情成解脱】

　　她是吴国的公主，独自留在吴国，即使处境略尴尬孤苦，亦比随刘备去了蜀国好。犯不着做小伏低，叫人觉得别有用心，付出了真心，耗费了青春，还被人千防万防，也省得来日两方敌对，她夹在中间，左右为难。"且喜无情成解脱，欲追前事已冥蒙"。

　　不如不见，不如不念。好在不爱，未曾深爱，还来得及抽身，不会挣扎，不必纠结。有些感情，得到未必是幸福，失去也未必是遗憾。一个人，固然寂寞。两个不相爱的人，在一起，更寂寞。

　　流水迢迢送君去，青山隐隐我归来。盼不到永远，守不住永恒，时过境迁，热望已冷。这短暂交错的因缘，只当是无常的示现。

　　你的世界，与我无关。不曾拥有的，亦就不必费心去惦记了。

【雏凤清于老凤声】

偶然间,想起张旭的诗——没错,就是那个以狂草称世的,人称"草圣"的张旭。他的狂草我是真心看不懂,他的诗却让我每每有意外之喜。或许是他多数的激情已借由书法抒发了,他的诗,有种出人意料的平静和安然。

读他的诗,有点像林逋,在狂放不羁、逍遥化外的外表之下,诗歌是那么明丽,流露那么一点点尘缘未尽的缱绻,一点点就够了。

"隐隐飞桥隔野烟,石矶西畔问渔船。桃花尽日随流水,洞在清溪何处边。"——这首《桃花溪》,诗境明丽清幽,历来知名。我在写

《世有桃花》时就有提到。有人欲寻梦想中的桃源之境,问路于渔夫,渔夫指点说,你看那桃花逐水而去,你随着这桃花溪一路寻找吧!我也不能确定桃源的入口在何处。

这诗的主题并不新鲜,妙在只作描述,有情有景,回味起来却是有问有答的感觉,诗人表达态度上的收敛,恰恰能给予读者更多的留白和想象。

除却《桃花溪》,《唐诗鉴赏辞典》还选了他的《山行留客》,亦是名作:

山光物态弄春晖,莫为轻阴便拟归。
纵使晴明无雨色,入云深处亦沾衣。

——《山行留客》

许多古诗都有天然的画意,《山行留客》亦如水墨画般意味深长,这首诗写有人的无人之境。是云深不知处的高远,是沾衣欲湿、尽兴而返的洒然。

运用平白的语言,来表达深远的意境是需要功力的,真正的高手不会惺惺作态,故作高深。

春山低隐,山色空蒙,不要因为害怕落雨就急着赶回去,走到山的深处,云雾深重,也会沾湿衣履。

要有非常清淡的心思、自在的心态,才能随遇而安,且行且赏一路风光。可惜我们现在,连放假旅游都急着计算行程,还没出门就想好返程的时间,行色匆匆,是很难如此随意随性的,只能在古人诗中憧憬体味一下类似的心境了。

张旭存世的诗作不多,六七首而已,多数的诗,就像这首《桃花溪》一样,辞清句丽,没什么烟火气,又不是故作的清高,读来很是舒服。

张旭这个人,在当时就是赫赫有名的名士,与贺知章、张若虚、包融合称"吴中四士"。与贺知章、李白等人并称"饮中八仙"。值得一提的是,他的母亲陆氏,是初唐名臣、书法家虞世南的外孙女,所以张旭的书法好,除却天分,应该也能找到一丝家学渊源。

他那曾外祖虞世南也是个很有趣的人,值得花些笔墨来说。早在南朝(陈朝)时代,出身世族,少年早慧的虞世南就以文采受到当时的文坛泰斗徐陵和江总的青睐。这两位,都是宫体诗的大家,擅长写绮丽旖旎的诗歌。

是后来,随着初唐诗人有意识的复古,加上整体的文化趣味变了,宫廷诗才备受指摘。实际上在南朝至隋(包括初唐),很长的一段时间里,宫廷诗都是文学的主流。即使在太宗朝,唐太宗本人和重臣们私底下都是宫体诗的拥趸,有事没事都要作几首。

陈亡之后,虞世南和哥哥虞世基同入隋朝为官,兄弟二人皆才学高妙,名声响亮。时人谓之"二虞",以媲美于入晋之陆机、陆云兄弟。虞世基原本也算正直有志气,后来见隋炀帝刚愎自用,不听人言,于是审时度势,改变态度逢迎他。

虞世基是聪明人,治世无方,逢迎有道,很快成为炀帝最信任的大臣之一,官至内史侍郎,专典机密,行宰相职务,生活豪奢,类于王侯。抛却士人的操守和在历史上的名声不说,虞世基这种人在多数情况下都不会活得太差。而虞世南不愿逢迎炀帝,在隋朝时仅任秘书郎,一心治学,编纂了著名的类书《北堂书钞》。

有意思的是,兄弟俩虽然志趣不同,行事各异,却也兄友弟恭,安然相处。有位极人臣的哥哥护着,虞世南在隋朝的日子并不难过。宇文化及后来在江都发动兵变,要处死虞世基,虞世南还曾请求代兄而死。虽未成功,兄弟情义却丝毫不假。可共富贵,亦可共患难,虞氏兄弟亦算难得了。

因有清名在身,到了为太宗服务的时候,虞世南已经是一位声名赫赫的老诗人了。

公元621年,李世民还是秦王的时候,就深知人才的重要性,大手笔一举搜罗了十八位当代一流的文人学士,成立了文学馆,人称"秦府十八学士"。

这十八人各有所长,比如孔颖达是儒学大家,姚思廉是历史学家。房玄龄、杜如晦是谋臣,擅长出谋划策,从事治理国家等业务——这些人在李世民即位前后,所起的作用不小,个中玄机,大家自己体味下。

现代人不太记得"秦府十八学士"这个文学偶像天团了(除了其

中知名度较高的几位），这并不奇怪，因为早在初唐过渡到贞观年间的时候，风光一时的十八学士就渐渐被后进取代。或抑郁而终（杜如晦）；或兢兢业业，如履薄冰（房玄龄）；或被李世民冷落，默默辞官（李守素）；或转而去做学术（孔颖达）。还有一些，本来就不显眼，现在更必须低调，活得比较醒目愉快的，大约只有虞世南。

现代人比较熟悉虞世南的身份是书法家，实际上他是当时首屈一指的文士，诗才在十八学士中首屈一指，是存诗最多的人。

据说，虞世南与李世民有较为融洽的私人友谊，当他逝世时，太宗这样评价："虞世南于我，犹一体也。"虽然帝王之言不能信太多（魏徵死后，唐太宗曾发表了一段流传千古的感慨，真是闻者伤心，见者流泪，但是，过不久就把人家的墓碑给掀了，虽然……过不久又给人家立起来了……），但是大体关系应该还是不错的吧！

做一个能"纳谏"的明君真心不是说说那么容易，李世民身边围绕着一堆有事没事给他找茬的小伙伴。比如，他兴之所至学作了宫体诗（大概是主题不够严肃，风格不够雅正），叫虞世南和诗一首，虞世南就给他上书说，您不能这么干，您这大作一出，天下人纷纷效仿，以后要纠正这风气就难了。李世民尴尬一笑，说，我跟你逗着玩的，试探你一下。赶紧又作了一篇诗歌，以述兴亡，以正风气。

这段轶事真不是我瞎掰，请看下面这一段记载："帝尝作宫体诗，使虞世南赓和。世南曰：'圣作诚工，然体非雅正。上有所好，下必有甚。臣恐此诗一传，天下风靡，不敢奉诏。'帝曰：'朕试卿耳。'

【雏凤清于老凤声】

后帝为诗一篇,述古兴亡。"

虞世南同太宗唱和时,常不自觉地以老师的态度自居,比起北方关陇贵族(土豪军阀,能打仗)出身的李世民,他有着南方世族文化传承者天然的优越感。这一定在很大程度上考验了李世民的耐心。

平心而论啊,虞世南也不是时时刻刻那么没眼色兼道貌岸然的,不然太宗早烦死他了,怎么还能愉快地玩耍呢?很多时候,他都巧妙地教李世民写诗,他们君臣之间的唱和,其实更像是教学的习作。

比如太宗看到竹子,有感而发写道:

贞条障曲砌,翠叶负寒霜。
拂牖分龙影,临池待凤翔。

——《赋得临池竹》

这诗写得真心一般,遣词造句太生硬,诗意也没有什么出彩的地方,可怜虞世南又不能直说写得烂,只好委婉地奉和一首,做出巧妙的示范,教教皇帝徒儿:这个文学创作啊,应该是这么回事:

葱翠梢云质,垂彩映清池。
波泛含风影,流摇防露枝。

> 龙鳞漾嶰谷,凤翅拂涟漪。
> 欲识凌冬性,唯有岁寒知。
>
> ——《赋得临池竹应制》

虞老师的教学方法,喜爱诗歌的同学也可以学习下。他首先让李世民懂得,必须扣紧"临池竹"这一题目来创作:"葱翠捎云质,垂彩映清池。"其次是咏物诗要有相对出色的描述:"波泛含风影,流摇防露枝。"再次,是如何比拟,深入引进龙和凤的联系(不能直白地写出"临池待凤翔"),同时又要切合水中竹影的主题:"龙鳞漾嶰谷,凤翅拂涟漪。"最后他含蓄地指出太宗诗中的明显错误——必须等到冬天才谈竹子的耐寒:"欲识凌冬性,唯有岁寒知。"只有当竹子受到考验时,才能赞美它的耐寒的品质。

除了教写诗,还要教书法,收个皇帝当徒儿,虞老师真心不容易。撇开这些无趣的、陪皇帝作的诗不谈,虞世南的乐府诗还是很值得欣赏的。

以诗歌而论,人们容易记得特别出色的盛唐诗人,容易忽略那些处在转折期,给予后人某些传承启发的诗人。

作为前辈,虞世南应该担当得起这种赞誉。他虽然是出自宫廷的诗人,但显然,他创作乐府诗和边塞诗的篇幅要远远大于宫体诗,成就也远远超过宫体诗。

虞世南的《饮马长城窟》,曾被王维化用。他的原诗是:

【雏凤清于老凤声】

> 驰马渡河干，流深马渡难。
> 前逢锦车使，都护在楼兰。
> 轻骑犹衔勒，疑兵尚解鞍。
> 温池下绝涧，栈道接危峦。
> 拓地勋未赏，亡城律讵宽。
> 有月关犹暗，经春陇尚寒。
> 云昏无复影，冰合不闻湍。
> 怀君不可遇，聊持报一餐。
>
> ——《饮马长城窟》

一二三，仔细看！有没有觉得似曾相识？这首诗的前四句——"驰马渡河干，流深马渡难。前逢锦车使，都护在楼兰"，被王维化用在《使至塞上》里："单车欲问边，属国过居延……萧关逢候骑，都护在燕然。"

他还有一首诗《蝉》，意境格调被骆宾王学去，用在《在狱咏蝉》里，前面已经说到过。

总的来说，虞世南的好诗颇有几首，和张旭的诗一样，值得回味。人家是名臣，不但书法好，诗歌也好得很——这种全才什么的最气人了。

【不寄云间一纸书】

  初唐书法大家像盛唐的诗人一样群星璀璨,光耀后世。但挑剔的人们觉得欧阳询、虞世南、褚遂良、柳公权等大家尚不算尽善尽美,唯有张旭毫无争议。据说颜真卿曾两度辞官,专心拜张旭为师。

  比起他长伴宫廷、身居庙堂的曾外祖父,张旭要活得更洒脱自在,更有名士之风。几乎所有的唐人记载里,都提到张旭性格豪放,不拘小节,豪放到什么程度呢?他常喝得大醉,奔走呼号,然后落笔成书,有时以发蘸墨,一挥而就,字迹如烟云飘杳。

  唐宋之时,戴冠束发仍为重要的礼节,一般情况下,脱下帽子,露出顶发都是失礼的行为,但世人爱其书,不以礼法拘之,赠以"张颠"的雅号。

才高八斗,眼高于顶,嘴很刻薄,又深具品鉴能力的韩愈大人在《送高闲上人序》中曾不惜笔墨,不遗余力地盛赞张旭道:"往时张旭善草书,不治他技……必于草书焉发之。观于物,见山水崖谷,鸟兽虫鱼,草木之花实,日月列星,风雨水火,雷霆霹雳,歌舞战斗,天地事物之变,可喜可愕,一寓于书。故旭之书,变动犹鬼神,不可端倪,以此终其身而名后世。"

传说张旭曾见公主车驾与担夫争道,又见歌女舞剑而悟书法之妙(此歌女代指公孙大娘,唐玄宗年间宫廷第一舞剑高手)。可见果然是到了炉火纯青的至臻境界的话,参造化,悟玄机,天地万物,一切皆可为我师,为我所用。

开元年间,率真狂诞的天才成为流行的偶像,张旭就是其中之一,"诗圣"杜甫是"草圣"张旭的忠实粉丝(李白貌似更粉另一位草书大家怀素一些),称赞张旭草书"悲风生微绡,万里起古色。锵锵鸣玉动,落落群松直"。

杜甫在《观公孙大娘弟子舞剑器行并序》里提到张旭:"昔者吴人张旭,善草书书帖,数常于邺县见公孙大娘舞西河剑器,自此草书长进,豪荡感激,即公孙可知矣!"

他在《饮中八仙歌》里写了八个超级能喝酒的大腕,写到张旭时说:"张旭三杯草圣传,脱帽露顶王公前,挥毫落纸如云烟。"

杜甫年纪小，成名晚，其实没有多少机会和张旭交往，很多关于张旭的事都是听说，但作为一个有文采的粉丝，还是有能耐描绘得犹如亲眼所见一般声情并茂，热情洋溢。

和张旭同时代的才子李颀倒是写了一首《赠张旭》云："张公性嗜酒，豁达无所营。皓首穷草隶，时称太湖精。露顶据胡床，长叫三五声。兴来洒素壁，挥笔如流星……"这简直就是一幅人物素描，活灵活现地写出了"张颠"的情态。

一点也不老成持重，像只猴子般活泼，豁达不拘礼法，醉心于艺术，张旭真是个非常率性可爱的人！

顺便再来聊几句唐朝的酒。

唐代还没有蒸馏酒，酒的度数很低，十一二度，喝起来跟甜酒酿差不多，所以这帮人才敢号称自己能喝。换作现代动辄四十多度的高度白酒，这帮人早不省人事了，哪还写得了诗？是到了宋代才有蒸馏酒，即使是武松在景阳冈喝的"三碗不过冈"，那种店家自酿的酒度数也比唐朝人喝的高得多。

现在的西安黄稠酒，滋味依旧有古风，要不是肚子容量小，我也能一次喝个好几斤，绝不吹牛！

假如真如杜甫形容的，三杯落肚就开始有醉意，张旭的酒量其实也很一般啦！"三杯倒"的他胜在醉后可爱，喜欢乘兴乱写乱画，每一幅字都是价值连城的艺术品。怪不得大家愿意跟他喝酒，一桌菜、一壶酒换一幅字（有时还不止一幅），简直太合算了。

张旭是吴中(苏州)人,曾在常熟任县尉。常熟城内至今还有一条街名"醉尉街",就是因张旭而得名。民间传说还有他洗笔砚的池塘"洗砚池"。旧时,常熟城内还曾建有"草圣祠",祠内的一副楹联:"书道入神明,落纸云烟,今古竞传八法;酒狂称草圣,满堂风雨,岁时宜奠三杯"——可知世人对他推崇备至,如何地念念不忘。

"吴中四士"中除却包融在现代的名气稍逊(包融在当时也是文坛宗主),贺知章和张若虚都是众所周知的。贺知章为人随和爽朗,和气可爱,和李白初次见面,就解下金龟当酒。张若虚则是个低调得不能再低调的人,除了一首《春江花月夜》基本什么也没留下。读他的《春江花月夜》觉得这个人心中大有乾坤,是个高人。

能和李白、贺知章、张若虚成为好友,张旭这个人想来不差。我其实最爱他那首并不那么著名的《春草》:

春草青青万里余,边城落日见离居。
情知海上三年别,不寄云间一纸书。

——《春草》

自《楚辞·招隐士》里写"王孙游兮不归,春草生兮萋萋"以来,春草就与离情牵扯不断。王维的名句"明年春草绿,王孙归不归"是直接化用楚辞原句。化拗口的楚辞为诗,已得寻常口语的冲淡之妙,到了李煜手里,"离恨恰如春草,更行更远还生",化诗为词,更有曲婉深长的韵致。

只要人间有离别,离情就永远不会退场。写离情的诗词那样多,张旭这首仍是叫我眼前一亮的。"万里""边城""海上""云间",这些词,历来是用在边塞诗里的,都是极为高远辽阔的笔调。这首诗犹如他的狂草,俊逸高远。

我常在脑中想象这首诗用狂草来写是何等漂亮!情深而不颓丧,这是他的独到之处,也是盛唐诗最动人的气韵。我常将此诗当作边塞诗来读,但它分明又多了一份动人心魄的缱绻情思,"情知海上三年别,不寄云间一纸书",读来戳痛心肠。

诗中人似有怨,又无怨。不信彼此无情,不再刻意需要誓言,那如山似海的深情都已镌刻到了骨头里。

我在意的,只是离别日久,音信日稀。

你知道吗?思念的滋味,如同喝下一杯冰水,然后,在血液里化为热泪。我从边城的风声中醒来,睡意嶙峋。落日已临,眼前戈壁茫茫,暗夜荒荒,马蹄踏碎残梦,青草无痕,青鸟绝迹。你是我心头扣紧的弓弦,一拨就痛。不能想,不能忘。未知何日能重逢?

所有的语言都消散在胸口,思念太深重,不知从何落笔。

若教眼底无离恨,不信人间有白头。你我之间山长水远,鸿雁无凭,相思直如春草,风吹又生,年复一年……

生死可以释然,看破;相思却不能淡然,放下。

【豪华落尽见真淳】

在唐诗中,有篇不得不提的诗是《春江花月夜》;在唐代的诗人中,有个不得不提的人是贺知章。

看起来有点逻辑混乱,不是么?然而,我有我的道理。《春江花月夜》是扬州才子张若虚的名篇,人称"孤篇横绝,压倒盛唐"。可关于张若虚的记载那么少,少得好像他这个人是凭空虚构的一般,与他过从甚密的,大约只有同称为"吴中四士"的贺知章了。所以说张若虚,不能不说贺知章。

说张若虚,是因为他诗好;说贺知章,是因为他人好,老顽童一枚,福气很大。中国人所羡慕的,福寿双全、一生平顺、才华出众、名满天下,他都占全了。

贺知章的诗,最为脍炙人口的是《咏柳》和《回乡偶书》二首,而这几首,都是他老来所作。

碧玉妆成一树高,万条垂下绿丝绦。
不知细叶谁裁出,二月春风似剪刀。

——《咏柳》

少小离家老大回,乡音无改鬓毛衰。
儿童相见不相识,笑问客从何处来。

——《回乡偶书》(其一)

离别家乡岁月多,近来人事半消磨。
惟有门前镜湖水,春风不改旧时波。

——《回乡偶书》(其二)

这三首诗都一目了然,童稚可解,没什么好解读的。贺知章的诗,颇似宋人情味。在盛唐诗人中他或许算不上一流,但他这个人却是一流的。

唐代的一众诗人中,贺知章可能是人生最圆满的人。他出生在杭州萧山，后来随家人迁居到绍兴。在绍兴现在还有纪念他的祠堂。绍兴是浙江乃至江南的文化名城，王羲之等一众东晋名流在那里雅集，留下著名的《兰亭集序》。

贺知章出生的时候，贞观之治刚刚过去十年，唐高宗和武后当政。他进士及第的时候，正逢开元盛世，安史之乱爆发前十年，他已经告老还乡并且寿终正寝。他活了将近九十岁，一生横跨贞观永徽和开元天宝两大盛世。这九十年不单是唐朝的黄金时代，也是中国历史最风华正茂的九十年。

早年他和大部分的士子一样攻读诗书，中了进士，好像还是绍兴历史记载的第一位状元。当了官之后，贺知章所任的都是些清贵之职，丝毫没有耽误他潇洒自在。

幸运如贺知章不但没有被后来的安史之乱波及，反而因为他过去担任太子宾客时侍读的皇太子李亨在安史之乱中即位为肃宗，获得了礼部尚书的追赠。他一生可谓风光霁月，占尽佳缘。

有些人幸运，会惹人讨厌，但贺知章不会。

他生性旷达豪放，又诙谐可亲，人缘颇佳。在唐人的各种排行榜上，贺知章都榜上有名。他与李白、张旭等一起被评为"饮中八仙"，亦与孟浩然、王维同列"仙宗十友"。

除却诗文不错，贺知章更是当时著名的书法家，尤擅草隶，"当世称重，好事者供其笺翰，每纸不过数十字，共传宝之"。和张旭一样，他喝醉了书法更为高妙，所以他的粉丝们天天捧着好酒追在他屁股后面。每次他醉后偶书,身后都抢得头破血流。

他的风仪风度为时人所倾慕,以"风流清淡"许之。工部尚书陆象先是贺知章的族亲,特别喜欢他,曾说:"贺兄言论倜傥,真可谓风流高士。吾与弟子离阔,都不思之,一日不见贺兄,则鄙吝生矣。"

贺知章是性情中人,他不爱摆官架子,平易近人,善于奖掖后进,是他读了《蜀道难》之后,赞李白为"谪仙人",使李白一夜名动京师,顺利打入长安的上流社会。

他认可李白,即与其结为忘年交,解下金龟当酒,传为一时佳话。贺知章是李白生命中的贵人,他努力为李白"延誉"(扩大名声),并将其引荐给唐玄宗。

有些名士风流,做作得令人生厌,譬如《世说新语》里记载的那些个魏晋名士,有时纯粹是为了姿态而姿态,终不是真名士自风流。

晚年的贺知章活得更加洒脱,像个老顽童。他自号"四明狂客"和"秘书外监"("秘书监"才是他老人家的正职,自称"秘书外监"意思是不管事),与里巷百姓交好。

他虽率性随意,却不失大臣之体,唐玄宗还亲自为他撰写操行评语。天宝三年,贺知章自觉老病,上疏求度为道士,舍本乡宅为观,求周宫湖数顷为放生池。玄宗许之,特赐他鉴湖一曲。临行时,玄宗请他入宫,以御制诗赠之,又命皇太子率百官为之饯行。

元好问论诗,有"豪华落尽见真淳"一句,这句话用来形容许多人都勉强,用在贺知章身上却很恰当,因他的人就是这样高贵。

想来玄宗是真心爱重这位老顽童,贺知章告老还乡时,他特意加封贺知章之子为朝散大夫兼本郡司马,主要职责就是侍候好他这个长寿又活泼、萌萌哒的老爹。我其实钟爱"唯有门前镜湖水,春风不改旧时波"一联甚久,与之相应的,还有岑参那两句:"庭树不知人去尽,春来还发旧时花。"

人们都说,熟悉的地方没有风景,对贺知章而言却不是这样。从离乡到返乡差不多隔了五十年,少小离乡老大回,再熟悉的风景落入眼中也变得陌生,更何况故人渐稀,能够春容不改的,唯有青山绿水了。当年老的诗人,回归故里,凝视着门前这一湖碧水,看杨柳在春风中摇摆,耳畔传来儿童的笑语。他在想什么?我不知道。

我只知道,人生至好是已无闲事萦心怀。此时的他,正如苏轼《行香子》(述怀)中所期待的:"几时归去,作个闲人。对一张琴、一壶酒、一溪云。"

人生到此,还有什么缺憾吗?没有了,一切都是自在自然。

【孤篇横绝压盛唐】

绕了这么远,说过了贺知章,总归还是要回来说说张若虚的。

张若虚是扬州人,做过兖州兵曹。兖州是今天的山东济宁,兵曹则大概相当于今天的武装部长,主要工作是征兵。这个小官,好像也没见他当得多好,干过什么,所以大家也就是随便一提(不提好像显得知识不够)。

只是我每次想到他这个官职就想笑,一个武装部长,写这么好的诗,真是……真是不科学啊!

这首名作,似乎是在唐以后才备受关注的,唐代的诸多诗词选

【孤篇横绝压盛唐】

本里，都不见踪影。最早收录张若虚《春江花月夜》的选本，是宋人郭茂倩的《乐府诗集》，内有《春江花月夜》同题诗五家七首，张若虚只是其中之一。

《春江花月夜》是乐府旧题，前面提到隋炀帝和陈后主都写过。只不过张若虚这首名声太响，写的又是极为切题的春江花月夜，很容易让人以为是他首创。

> 春江潮水连海平，海上明月共潮生。
> 滟滟随波千万里，何处春江无月明？
> 江流宛转绕芳甸，月照花林皆似霰。
> 空里流霜不觉飞，汀上白沙看不见。
> 江天一色无纤尘，皎皎空中孤月轮。
> 江畔何人初见月？江月何年初照人？
> 人生代代无穷已，江月年年只相似。
> 不知江月待何人，但见长江送流水。
> 白云一片去悠悠，青枫浦上不胜愁。
> 谁家今夜扁舟子？何处相思明月楼？
> 可怜楼上月裴回，应照离人妆镜台。
> 玉户帘中卷不去，捣衣砧上拂还来。
> 此时相望不相闻，愿逐月华流照君。
> 鸿雁长飞光不度，鱼龙潜跃水成文。

昨夜闲潭梦落花,可怜春半不还家。
江水流春去欲尽,江潭落月复西斜。
斜月沉沉藏海雾,碣石潇湘无限路。
不知乘月几人归?落月摇情满江树。

——《春江花月夜》

毫不夸张地说,这首诗是有些长,小时候背得我咬牙切齿(名作最恨长的)。但一旦理解了它的意思之后,就觉得好接受了,因它内在自成逻辑。

要想理解中国古人(尤其是诗人)的思维方式、时空观念,恐怕是不能从理性入手的,得从美学切入,那么《春江花月夜》就是不容错过的典范之作。

这首诗一共三十六句,每四句一换韵。每四句说一个内容,一共九个层次。这九个层次又被统摄在望月/问月(短暂/永恒)的大主题下。

这九个层次,分别是:一、写月亮升起来;二、写月光照耀四周;三、写古往今来;四、写四面八方;五、写远行;六、写离人;七、写思念离人;八、写离人不回来;九、写月亮落下去。

按照蒋勋的说法,这九个层次,分别对应的深层的含义是:一、生命的状态;二、空白的状态;三、时空意识;四、宇宙意识;五、对虚拟性的肯定;六、转换女性的角度;七、对女性角度的肯定;八、更

大意义的归属;九、交响乐的结尾。(引自《蒋勋说唐诗》)

以西方人的逻辑来看中国的古诗,会觉得太跳跃,不知所云。同样,似我这样熟悉了古典诗歌语感的人,去读西方人的诗,亦会觉得如隔靴搔痒。

有些诗可以解释,有些诗只能体会。一如有些事能被分享,有些不能分享。我读它这么多年,却一直不能解释,好像每一种方式的表达都不完美,都会破坏诗意。它表达了空间的无限和时间的永恒。

张若虚用月光营造了一个纤尘不染、空灵澄澈的世界,这个世界灵动丰富,无时无刻不处在变化之中。在这个世界中,春、江、花、月、人,都拥有各自的灵魂和秘密。有时候,这些灵魂和秘密眼看就要被捕捉到,却总是被它们灵巧地逃开……

我不能说,我读懂了这首诗,我只能说,我感受到了这首诗。它会偶尔地,不时地,出现在我的生命中,出现在某些美妙或忧伤的时刻。它与我的情绪之间有微妙的牵引,等到某些时候产生共鸣。

如果说,贺知章晚年回乡的诗作,似一支清丽悦耳的乡间小调,入耳即明,那么张若虚这首《春江花月夜》就简直华丽恢宏到如交响乐一般了,非要到一定年纪才能欣赏。

这首诗实在很妙,因为它每一句都很经典,没有一句废话。最为难得的是,每一句放在别的诗里都是提纲挈领,让人眼前一亮的好句子,张若虚却奢侈地将它们组成了一首诗。说他"孤篇横绝,压倒盛唐"真不是妄语，张若虚一篇定江山，后来的咏月诗词，鲜有能出其轨范者。

"江畔何人初见月？江月何年初照人？"——是关于时间的永恒之问。他不求解，因为他自有答案："人生代代无穷已，江月年年只相似。"

日如父，月如母。天地间，一定会有一双永恒的眼睛，在注视着人间的变化。这双眼是亘古常言，玄之又玄的"道"吗？

月光就似那双眼睛，既崇高又冷漠，既美丽又残忍，既温柔又冷静。远自太古以来，冷眼热望着一切，凡俗的事情，变化太快，而有一些，又似乎一成不变。这悲喜重重的人世，在人看来，是漫长的一生，在月亮看来，不过是须臾一瞬。缘起缘灭，旦夕离合。镜花水月，亦幻亦真。

"此时相望不相闻，愿逐月华流照君"几乎涵盖了所有咏月思人的意境，连后来苏东坡的"但愿人长久，千里共婵娟"，亦没能脱出它的情思。这么多年了，从我背下《春江花月夜》开始，从它存在于我的记忆开始，这首诗就一直是变化的，常看常新，一如我们看待这世界的角度，和那始终存在的孤独。

中国人是讳言孤独的，仿佛孤独是可耻的事情。我小时候也是这样认为，我害怕被人发现我是孤独的孩子，所以假装和他们一样开心，无忧无虑。可后来我才知道，孤独是与生俱来的事情，它或深或浅地潜伏在我们的生命中。

想拥有繁花错落的热闹,必须先学会欣赏寥落清冷的美妙。

孤独的内里,不是孤苦,而是自在——所以我后来每次读《春江花月夜》,都很感恩,是张若虚用如诗如画的语言吟诵着生命的孤独,让我们照见自身,知晓悲欢离合,如阴晴圆缺,在所难免。

偶尔地,有所思,有所念,有所伤,有所痛,并不会阻碍什么。每一重境地里都有不一样的美,只不过,有些美是圆满,有些美是残缺。

现在的我不求事事顺心遂意,但求一颗心无惧无畏,四时如春。

看人间繁花开谢,得人世清旷从容。人生如大江明月永恒,生命如春花江雾亦散。永恒的好,是可以长存,叫人敬畏。短暂的美,是富于变化,值得珍惜,留恋。

时间就像大江川流不息,空间就是月光照耀之地,心有多大,天地就有多宽。

我们活不过日月星辰,活不过山川河流,甚至活不过一株植物,一栋建筑。无论人活得多久,对比自然,存在都是短暂的。不必惊忧,无须遗憾,未完成的事情,就留给以后好了。

【君本山野一放翁】

　　孟浩然和王维,是盛唐诗人中气韵独特、不容错过的两位,我所不能忘怀的,是他们的自在。对于诗,诗人们隐藏的态度并不一样。有人热衷表达,希望借诗来抵达某个目的,有着隐秘的动机。有些人写诗是没有目的的,孟浩然和王维属于没有目的那一类,因为无求,所以自在。

　　从谢灵运做永嘉太守时,四处游山玩水,开辟了别具一格的山水诗流派开始,到盛唐王维、孟浩然再注灵韵,为其定型之后,山水诗和田园诗就逐渐合二为一,成为古典文化中不可或缺的精华。

【君本山野—放翁】

王、孟二人,亦当之无愧地,比肩陶渊明和谢灵运,成为山水田园诗代表诗人。从诗作的广泛影响力而言,他们是远远超越前者的。

初读之下,王维和孟浩然的隐逸诗都纤秾有度,繁简有致。如果一定要区别的话,人说孟浩然的诗是"有我之境",王维的诗是"无我之境"。就如六祖慧能和神秀,其实是各臻其妙。

虽是"无我之境",但王维的诗比孟浩然更有清朗明媚的感觉。王维是早年间受过宫廷诗训练的诗人,而孟浩然从未受过类似的技巧训练,他的诗因此显得更为刚健朴直。

山水田园,对现代的中国人来说,真似是前朝梦忆了。既然说起,就不得不稍微花些笔墨说一说,古代的隐士,以及城市和乡野之间的关系,这些都是很有关系的前情提要。

郁达夫有个很精辟的论断,他说,中国古代的城市兼有城市和乡野的风貌。城市和乡村之间诸多元素交相混杂。如孟浩然诗:

故人具鸡黍,邀我至田家。
绿树村边合,青山郭外斜。
开轩面场圃,把酒话桑麻。
待到重阳日,还来就菊花。

——《过故人庄》

"绿树村边合,青山郭外斜",人和自然是格外容易亲近的,沃野平畴，鸡犬相闻。你要是愿意，自家的后院就是后山。

海子说，面朝大海，春暖花开，可是，面朝大海，正常都是波涛拍岸，不容易看到春暖花开，换个方向面朝大山，才能看到春暖花开。别急，我知道海子诗的意思，只不过嘴欠调侃一句。

再有，古代交通不便，出门除了少数时候可以乘船、坐车（牛车居多，马车少）、骑马（平民骑驴）之外，大多数时候要靠步行，风餐露宿，辛苦不堪，所以才有"在家日日好，出门时时难"的感慨。

古人说，读万卷书，行万里路，也是不得已。在这个过程中，人想不亲近自然都难。官员赴任如此，士子考试如此，访亲探友如此，山水佳境成了旅人在孤寂长途中慰藉心灵的不可或缺的佳友良伴，是以落笔写来，笔笔皆有情意。

现代人想亲近自然，那是要特意计划出门去探访的，所到之处还往往人满为患，乘兴而来，败兴而归是常有的事。

生态环境已不同往日，远离了山水田园，这一类的诗作式微是必然的。古人说，读山水文章，是为"卧游"，而今我们真的只能"卧游"了。

古代的城市和乡野不似现代这么截然分明，也没有户籍制度作为身份的限制。这似乎能够说明，为什么那么多隐士可以在二者之间来去自如，人也不以为异。到了今日，美国人比尔·波特想完成内心的童话，找一些他预想中的中国隐士，只能到深山老林去考古挖掘了。

> 君本山野
> ——放翁

更可悲的是,他找到的这些人,要不就是潜心向道一意修行之人,要不就是孤绝不问世事之人,他们是主动隔绝现世文化干扰,或是被现世文化舍弃的人。

这两种人,毫无疑问,都是真正的隐士,是我尊重钦敬的人。然而,从隐逸的角度来看,他们与古代的大多数隐士幽人并不相同。

古代的大多数隐逸之人,在姿态上一时或一世选择了与主流文化不一样的生活方式,在思想和影响上,却无一刻远离当时的时势,换言之,他们是紧跟时代,深明奥义的。不然诸葛亮如何面对刘皇叔的面试侃侃而谈,做隆中对。谢安亦不可能隐居东山,遥控着时局。

因为选择了隐逸,拥有了超然物外的态度,隐士们甚至可以更为主动和深远地影响到主流文化。举凡谢安、陶渊明、孟浩然、王维、白居易、林逋等,莫不如此。这种进退从容,来去自如,是我认为古代隐士比现代隐士更幸福的原因。

许多诗人,在求仕不成之时,聊做隐逸之举(李白就经常这么干)。一来怡情养性,等待时机;二来以退为进,积攒名气,这也是人之常情。所以当这一情形蔚然成风时,人们讽之为"终南捷径",也就心照不宣了。

其实只要得偿所愿,无所谓好坏之分。

孟浩然曾从襄阳北上,入长安求仕,那首著名的《临洞庭湖赠张丞相》,正是他写给张九龄的求仕之作。

八月湖水平,涵虚混太清。

气蒸云梦泽,波撼岳阳城。

欲济无舟楫,端居耻圣明。

坐观垂钓者,徒有羡鱼情。

——《临洞庭湖赠张丞相》

以诗求仕,渴望获得赏识,在唐时是风尚,不是什么丢人的事,不这么做才是非主流。淡泊如孟浩然亦如此行事,只不过言辞较为婉转。

这首诗前两联写洞庭湖波澜壮阔之景,后面才娓娓道来求仕之意。"欲济无舟楫,端居耻圣明。坐观垂钓者,徒有羡鱼情"——我想渡河却苦于找不到船与桨,圣明时代闲居无用深感羞愧。闲坐观看别人临河垂钓,只能白白羡慕别人有所收获。

这样的折转虽稍显生硬,有损诗意,却不失风人之致。眼看着盛世红火,有才有识之士都摩拳擦掌,想着有所作为,孟浩然亦有入世之心,忍不住顺应潮流去干谒,但他终究不是名利心热的人,这是他与那些走"终南捷径"的假隐士最大的不同。

孟夫子这首诗,以前两联气象雄浑阔大著称于世,才气精华全在此。即使省却了后面两联,也无愧其知名度(我是习惯将它"腰斩"来读的)。

张九龄倒不是小气忌才不愿帮孟浩然,他有帮孟浩然"延誉",后来他贬官至荆州,还召孟浩然入幕府,待之可谓不薄。

只可惜孟夫子的仕途运气着实有些差。早早诗名在外,口碑甚佳,在文人圈里人缘也不差,按说早该有个一官半职——不务正业,聊以怡情也好。他却连王维给他弄到直接面圣(面试)的机会,都生生浪费掉了……

话说,当年他去官署探访王维,刚好唐玄宗圣驾光临,一介布衣孟夫子紧张之下,躲了起来(据说是床底下),然后……居然被唐玄宗发现了。唐玄宗当天心情大概不错,也没怪他失仪之罪,反而问他有何诗作,这就相当于大老板亲自面试,顺利过关的话,其他就好说了。

结果,孟夫子紧张激动之下,发挥失常,吟出了那首《岁暮归南山》。这是首好诗,但真心不是一首应景的诗,抒发的是他原先落第之后自怜自伤的抑郁之情,颇有怀才不遇、不求仕进之愤。其他倒好说,就中"不才明主弃,多病故人疏"一句听得玄宗不高兴了,心说这"圣代无隐者,英灵尽来归"的大好时代,朕正量才任用,求贤若渴呢!你说这扫兴的话是怨谁呢?

我估计当时王维在旁边也是干着急,捏了一把冷汗,大哥,你有那么多佳作,偏偏挑这一首!叫我说你什么好……

然后,就没有然后了……

在皇帝面前吟这首诗,足见得孟浩然之野气(山野之气),不谙世情，也足以证明他从心理上就不是一个求仕之人，这"不合时宜"分明是他的可贵之处。就像宋仁宗发落柳永的一句"且去填词"，断送了柳大才子的仕途，唐玄宗的一个不高兴，一句"卿不求仕，而朕未尝弃卿，奈何诬我"，也间接宣告了孟夫子仕途的完结。

其实我觉得这样很好。当官是个高危职业，不是每个人都适合。孟浩然做个不愁吃喝逍遥自在的隐士，写写那些"语淡而味终不薄"的诗句，名满天下安闲度日，未尝不是福气。朝堂上不过是少了一位官员，山野间却多了一位风流高士。

孟浩然落第之后，王维写了一首诗安慰他："杜门不欲出，久与世情疏。以此为良策，劝君归旧庐。醉歌田舍酒，笑读古人书。好是一生事，无劳献《子虚》。"

王维是旁观者清，看得通透的。宦海险恶，连张九龄这样出身于官宦世家，后来位极人臣、名重一时的仕途得力者，到后来都不免被口蜜腹剑的李林甫谗言所谮，单纯野气如孟夫子，还是不要过来蹚浑水的好。

【惟有幽人自来去】

　　孟夫子的诗不是没有关怀天下之志,亦不是全然没有仕途失意的失落和忧伤,如《与诸子登岘山》所云:

　　　　人事有代谢,往来成古今。
　　　　江山留胜迹,我辈复登临。
　　　　水落鱼梁浅,天寒梦泽深。
　　　　羊公碑尚在,读罢泪沾襟。

——《与诸子登岘山》

古时的襄阳是个隐居风气很盛的地方,有一本书叫《襄阳耆旧传》,专门记载了许多终生未仕,隐居于襄阳的高士。

在他的故乡,有许多过往著名人物留下的"胜迹",有三国时著名隐士庞德公隐居的"鱼梁",有古楚国的"云梦大泽",还有后人为纪念魏晋时,荆州的优秀地方官羊祜所立的碑文。

在那首《留别王维》中,他这样感慨道:

寂寂竟何待,朝朝空自归。

欲寻芳草去,惜与故人违。

当路谁相假,知音世所稀。

只应守寂寞,还掩故园扉。

——《留别王维》

这两首诗的寂寞和伤感是显而易见的,他骨子里还是有俗世中人的炽热肝肠,好在孟夫子性格冲淡,这样的意旨换个人来写肯定怨气冲天,剑拔弩张了,他却能表现出风人之致,伤而不怨,这是非常难得的风度。我想,这也是李白为什么爱重、推崇他的原因。

在李白写给他的赞美诗中,孟浩然被构建成一个完美的隐士典范:"吾爱孟夫子,风流天下闻。红颜弃轩冕,白首卧松云。醉月频中圣,迷花不事君。高山安可仰,徒此揖清芬。"

孟浩然是盛唐诗人最年长的一位,比王维和李白大十多岁。与其说,与孟浩然同时代的诗人,推崇的是他的诗,不如说,他们喜爱他诗歌中流露出的疏野放旷的个性和放诞的风度。

他有一首诗,题为《秋登万山寄张五》,意态高华,表达了隐者的怡悦。

> 北山白云里,隐者自怡悦。
> 相望始登高,心随雁飞灭。
> 愁因薄暮起,兴是清秋发。
> 时见归村人,平沙渡头歇。
> 天边树若荠,江畔舟如月。
> 何当载酒来,共醉重阳节。
>
> ——《秋登万山寄张五》

万山毗邻襄阳,他登上万山向北望,见山峦隐匿在云雾中,秋雁起落于天空。这样的景致令他觉得愉悦,心随着雁群飞向更辽远的天空,因这清秋到临兴致勃发。重阳将至,只盼好友可以相聚,把酒言欢。

"北山白云里,隐者自怡悦。相望始登高,心随雁飞灭"启发了李白后来的《独坐敬亭山》:"众鸟高飞尽,孤云独去闲。相看两不厌,只有敬亭山。"而"天边树若荠,江畔舟如月"一联亦是视角独特,意境清佳。

隐藏在隐士标签后的孟浩然是一个自在而真诚的人。他虽然向往朝廷的官职，却未到得不到就忧愁的程度；他喜欢隐逸的生活，却未到弃绝尘俗独来独往的程度；他热爱家乡，偶尔也要出去走一走，逛一逛。

他是一位热情的旅行家，一位喜欢热闹和宴饮的乡绅，一位高雅的诗人以及失败的求仕者。他欣赏京城的文化圈子，喜欢东南的美好风光，而他最喜欢的，是在临近襄阳的庄园里过着僻静而闲适的生活。他是一位好客的地主、出色的导游，喜欢接待远道而来的好友，陪伴他们游览本地的历史名胜。这些角色对孟浩然来说都是相宜的。

他本可以在家乡襄阳安闲度日，可盛唐毕竟是个引人入胜的时代，连他都免不了蠢蠢欲动。他曾三次北行赴京师，寻求官职和扶持。第一次是在公元718年，玄宗驻驾东都洛阳，孟浩然也来到此地，估计是想献诗献赋，但是没下文；后来他又两度赴长安。后一次还参加了进士考试，可惜落第。

值得高兴的是，他因而结识了王维、王昌龄和张九龄。据说他以"微云淡河汉，疏雨滴梧桐"一联，令王维和张九龄为之倾倒。

在此之后或是其他不确定的时间，孟浩然漫游了江南一带，写出了一系列脍炙人口的优秀诗篇。

移舟泊烟渚,日暮客愁新。

野旷天低树,江清月近人。

——《宿建德江》

孟夫子的《宿建德江》,亦是我极为喜欢的一首五绝。"野旷天低树,江清月近人"是我看画时常想起的两句,总觉得这两句诗在宋元之后的画作中层出不穷,每见俱有新意。

到我自己出外旅行,撞见夜暮寒江、月色清绝的景色,心中总升起一股仿佛潜伏已久的悲凉,那片刻的灵犀,跳脱出来,以旁观者的角度看这个素日被风尘蒙蔽的自己。

张九龄被贬作荆州长史以后,邀请孟浩然作为他的幕僚。荆州在襄阳之南,距离并不远,但孟夫子似乎对这一职位并不太感兴趣,礼节性地短暂停留之后,他回到襄阳,直到去世。

遇到挫折,孟夫子每每总能及时地自我调整过来,清醒地认识到自己还是安心做个隐士好。正如他在《夜归鹿门歌》中所叹:"人随沙岸向江村,余亦乘舟归鹿门……岩扉松径长寂寥,惟有幽人自来去。"

在孟浩然的诗中,他最自然的反应是"返家",而非寻常俗套的领悟,表示看穿世俗虚荣,誓言隐居。这种真诚不造作的姿态,是他的隐逸诗突破前人桎梏的一个内在原因。

他大半生都在当隐士,当隐士当出了名。偶尔见山下气象万千,尘心动了,去长安试了两下,不行也就算了,回到襄阳依旧过自在日子,也没有人笑话他。

再比如王维,年轻时标准一浊世翩翩佳公子,连见多识广阅人无数的岐王和玉真公主都对他推崇备至,可谓出尽风头,中年时经历了安史之乱,突然对官场仕途灰了心,买下宋之问的辋川别业,隐居其间,吟诗作画,也没有人责怪他光拿俸禄不干活,尸位素餐。

这恰是我欣赏的。一个真正宽容的时代,物质的丰裕尚在其次,对人选择的宽容才最重要——允许人选择不一样的生活,活出不一样的精彩(即使是潦倒落魄,只要自得其乐就好)。纵然人人如此,不代表我要如此。

不必全部人都为了学业、工作、家庭,升职加薪、生儿育女、养老送终而奋斗终生;也不必动辄祭出各种规矩道理压人,好像到了适婚年龄不结婚,不要孩子,不攒钱买房,就是入了邪教,一干亲朋好友都打着"为你好"的旗号来循循善诱,谆谆教诲,要你"迷途知返"。

从某种程度上说,我们真是越活越没有勇气,越来越不自在。

我现在是越来越羡慕古代的隐士。儿时读《春晓》,哪里晓得真正的好处,不过是照本宣科,死记硬背罢了。

顺带吐个槽,俺们读书时都是起得比鸡早,睡得比狗晚,在硬邦邦的凳子上一坐一整天(冬天冷到生冻疮啊),平日里想睡个懒觉都没机会,对"春眠不觉晓"这样高级的快乐虽然心向往之,也无从领略啊!

要到了现在,有了自己可以支配的时间和心境——日长无事,才可以偶尔神接古人,意会一下"夜来风雨声,花落知多少"的闲悠心境。

那天和闺密喝茶,聊起青春,我说我抵死不愿回到那悲催的童年,少年也不要。做不完的作业,考不完的试,冬天早起上学简直是酷刑,要个零花钱还得表现好,喜欢个人还得偷偷摸摸。哪像现在,正当盛年,花容月貌,无拘无束,我挣我花,我不结婚,你也拿我没办法。

我们已经长大,却还没老去,当下正是最好的时光,更要珍惜的,是这来之不易的自由。

【已无俗事萦心怀】

如果唐代有《时尚先生》，用王维当封面的那几期肯定大卖。

时尚是什么？时尚是贩卖梦想。王维这个人，他的才华风度和家世，他过往的经历和后来选择的生活方式，无疑都是大众所向往和津津乐道的。大众需要这样一个偶像来支撑自己寒碜无趣的生活。

纵然以最严苛的标准筛选，王维亦堪称中国古代士大夫这个阶层最典型的代表。他的风度上承魏晋，下开宋明。

从出身来说，他父族是太原王氏，母族是博陵崔氏，都是声名卓著的大家族，享有崇高的威望和地位，连李唐皇室都要对他们忌惮一二。这是后来出身平民阶层的文人不可比的。武后朝以后，门阀世家渐趋没落，想比都没得比。

唐代所有世家大族中，尤以"五姓七望"最为尊贵。五姓是：崔、卢、李、郑、王。即博陵崔氏、清河崔氏、范阳卢氏、陇西李氏、赵郡李氏、荥阳郑氏和太原王氏。五姓之中，崔姓和李姓都分别有两支最显贵，故而又称"五姓七望"。

由此可知，王维的家庭背景是盛唐诗人里最深厚的，这也是他年轻时在诸王府受到欢迎，迅速获得声名的重要原因。

从个人禀赋来看，他姿容俊朗，才艺双绝，精通诗、书、画、乐，十足的全才。他是最早成名的盛唐诗人，年纪轻轻就成为一代宗师，影响了大批盛唐以后的诗人。在政治上王维忠于正统，宁可服食哑药伪装残疾，也不归从叛军。

他执身端素，除了早年和玉真公主那段似有若无的小绯闻，后来几乎与"八卦"二字绝缘。晚年他又参禅悟理，学庄信道，远离尘俗，真正做到了清心寡欲。凡此种种，莫不是"士"这个阶层极力推举和标榜的。

与孟夫子一以贯之的隐逸生涯不同，王维是中年之后才决定远离世俗。他自言"强欲从君无那老，将因卧病解朝衣"。"无那"是无奈的意思，这么说只是自谦，他其实一点也没有老弱病残，只是不想在官场上劳心劳力了。

奇妙的是,他的诗风,也随之一改早年的精巧,远离了激昂或妩媚,变得朴素、空灵、澄澈起来。

不能简单地看待王维的归隐。作为大家族的成员,他同时放弃的还有世家子弟的家族义务,这一义务在他归隐之后,被他的弟弟王缙承担。

王维隐居之后日子过得颇为闲适,完全不用为生计发愁。因此你在他的诗里可以看到他没事出门去爬山、远足,去林间松下弹琴赏月,吟诗作画。

仕宦的诱惑和对隐逸生活的向往,是传统文学中一个悠久的主题。但只有到了盛唐,对弃官的企羡,才成为上流社会文人生活的普遍主题。

高度文明的社会有一个重要的特征,那就是已经获得财富和权力的人,放弃了曾经热切追求的一切,向往着平淡隽永的生活。

因此,王维提前退休养老,绝对是健康生活的表率,名士风度的典范。最为难得的是,每个阶段的选择都是他顺势而为,随缘任化,绝没有造作之意。

回归到自然之中,是诗人主动的选择。在孟浩然的诗中,回归之后的人,仍是热闹的参与者;而王维的诗中,环境是热闹的,生机盎然,人却成为观察者,趋于更为彻底的无为和清净。

我看到一些少不更事的年轻人或者半世寒微的文人,一本正经地解读王维就有说不出的难受。"仓廪实而知礼节,衣食足而知荣辱",这句话再实诚不过。自身还未经人事,或者生活状态、思想境界根本达不到,困缚在生存层面的人,解读王维,尤其是他后期那些渗透禅意的诗作,实在是太难了!勉强去说也是人云亦云,如镜花水月,落不到实处。

诸如:"空山不见人,但闻人语响。返景入深林,复照青苔上"(《鹿柴》);"木末芙蓉花,山中发红萼。涧户寂无人,纷纷开且落"(《辛夷坞》);"人闲桂花落,夜静春山空。月出惊山鸟,时鸣春涧中"(《鸟鸣涧》);"秋山敛余照,飞鸟逐前侣。彩翠时分明,夕岚无处所"(《木兰柴》)这些诗,虽然读来浅显,如诗如画,内藏的奥义却深。

好吧!你就是敲我几棍子,我也不相信这种意境是每天挤公交地铁上班,一年到头不敢给自己放假的人能够全然理解的——注意,是理解,不是读懂字面的意思。

对于古诗意,大多数时候我们都只是向往,望文生义,是这份期待带给我们美好的感觉。然而,字面上的理解,终不及亲身领会来得深刻。悖论是,一旦真正领会了,又觉得"此中有真意,欲辩已忘言"。

我更不相信王维诗中的"空寂"妙意是那些满身铜臭、努力钻营的专家学者可以领会的。

这不是文化歧视,我只是说实话。说出实情,通常都略显唐突尴尬。

与许多诗人惊忧岁月的流逝不同,在王维的诗中从未出现对老去的不安。如果说，优雅不仅仅是一种姿态，而是内心的沉着淡定，那么他绝对是个真正优雅的人。

在王维的晚年，他日益成为一个虔诚的佛教徒。许多诗都带着佛经寓言诗的意味，那首《登辩觉寺》是我每次去到杭州法云安缦都会想起的：

> 竹径连初地，莲峰出化城。
> 窗中三楚尽，林上九江平。
> 软草承趺坐，长松响梵声。
> 空居法云外，观世得无生。
>
> ——《登辩觉寺》

在佛经中，"化城"是一座幻化而出的美妙城池，供修行人短暂休憩的驿站，后面还有更长远的跋涉，更值得停留的地方。

在参禅人的眼中，清幽的竹林，峻拔的山峰，包括诵经的声音，一切都是化境。他的心灵飘扬在松林和云层之上，参悟着佛法的奥义，连这短暂领悟的寂灭欢喜，也是心的幻化所得，并不是究竟。

这首诗给我的感觉，就是禅诗，无法更进一步做解释，只能体味。所以，他的这些诗，我不多说，只是记得。

上面列举的几首诗，还属于有情有景，有迹可循的，王维后来的一些诗，甚至放弃了他早年擅长的诗歌技巧，简直就是禅语。诸如：

"……松风吹解带,山月照弹琴。君问穷通理,渔歌入浦深"(《酬张少府》);"……泉声咽危石,日色冷青松。薄暮空潭曲,安禅制毒龙"(《过香积寺》);"……我心素已闲,清川澹如此。请留盘石上,垂钓将已矣"(《青溪》)。

这些诗呈现出朴素自然的风貌,不假雕饰的特点和谜一样丰富的含义,浑然一体。

前面写到初唐时,有一位著名的诗僧寒山,其实是应该写到的,但我实在没把握写。寒山的名作《杳杳寒山道》:"杳杳寒山道,落落冷涧滨。啾啾常有鸟,寂寂更无人。淅淅风吹面,纷纷雪积身。朝朝不见日,岁岁不知春。"当中意境类似于王维作于辋川的诗。

禅诗,是我一直喜欢,却不敢轻易去谈的一个门类,面对禅诗,我常有束手无策的感觉。你以为正确的,都是不对的;你以为不对的,其实又是对的。禅宗"无念为宗,无相为体,无住为本"的思想,与中观"远离四边八戏论""单破不立"是一脉相承、趣旨相同的。

禅宗道"不立文字",是因为世间有文字表达不尽的奥义。我发现,即使是那些才智高绝的古代文人,他们关于佛法的思考和辩论也只是绕着一些最基本的概念在打转,佛法最精髓的"空性智"并不为多少人所了解,而这恰好是佛法的真谛。

俗常所论的"空无",容易让人误会佛法是消极的。其实,空不是一切都消失了,不存在,而是关于一切的执着消失了,不存在。因为不再被执着所拘,因而获得更深广的智慧。从孤独走向寂静、空无的过程无法用语言准确表达——面对这样的诗，不是不能解，而是不愿解。

勉强去说，就算词语堆砌得再漂亮，心里也知道是曲解了禅的真意。每每想起这种诗的意境，我只能用张若虚的名句"空里流霜不觉飞，汀上白沙看不见"来形容。

王维自言"宿世谬词客，前身应画师"，如果点评王维，苏东坡肯定能胜任，在所有关于王维的点评里，亦只有他切中要义："味摩诘之诗，诗中有画；观摩诘之画，画中有诗。"子瞻也是天资绝代，风度惹人怀想，他儒佛兼修，并且也是天性豁达，穷通物理，这样的人解王维是当得"知音"二字的。

如你我等俗人，还是算了吧。不要东施效颦，要说，也只能扬长避短，说一说他早年那些烟火气尚存的诗。

孟浩然死后，王维作一首《哭孟浩然》："故人不可见，汉水日东流。借问襄阳老，江山空蔡州。"这首悲切的诗和那首著名的《汉江临眺》："楚塞三湘接，荆门九派通。江流天地外，山色有无中。郡邑浮前浦，波澜动远空。襄阳好风日，留醉与山翁。"是作于同时。

开元二十八年（公元740年），王昌龄至襄阳，与老友孟浩然一番畅饮欢聚，送掉了孟夫子的老命。王维于当年以殿中侍御史，知南选，将赴广西。开元二十九年（公元741年）春，王维到襄阳时孟浩然已死，王维作诗哭悼，"襄阳好风日，留醉与山翁"隐隐有追悼孟浩然的意思。

说起来，王、孟二人是知交好友，孟浩然和李白亦一见如故，在盛唐诗人的朋友圈，他们有这么多相联系的人脉，王维和李白却好像刻意互相回避，没什么来往，我只能说他们性格不同，频道不同。

又或许，世家子弟王维对李白这种商人子弟干谒出身的人，不是那么看得上吧！远自蜀地而来的李白，心高气傲，也有意与王维所代表的京城诗人区别。

李白后来名动京师，风头一时无两。与早年的王维相似，他们都曾走玉真公主的门路，"前任"看"现任"，"旧爱"看"新欢"，有些别扭尴尬是必然的……

王维的另一些名作，不适合在这篇里谈到，故而从略，后续会谈到。

【我有旧约未曾践】

　　小时候,我特别喜欢背七绝,四句二十八字,朗朗上口,是我最钟爱的诗体。王昌龄最擅七绝,在我心中地位自然不一般。第一个爱上的诗人,或许比第一次爱上的人更令人难忘。

　　"绝句"本自南北朝五言四句的乐府短歌演变而成,以出现的时间而言,五绝早,七绝稍晚,初唐时虽有一些七绝,但数量不多,未引起关注,亦未定型。天宝开元年间,绝句盛行,王昌龄被誉为"七绝圣手",有"诗家天子"的盛誉。

　　唐以后,有好事者从唐人七绝诗作中筛出了七首"极品",王昌龄独占了两首,其中《出塞》被誉为唐人七绝的压卷之作。

刚好,我最早背的七绝就是王昌龄的《出塞》:"秦时明月汉时关,万里长征人未还。但使龙城飞将在,不教胡马度阴山。"

那是外公跟我讲飞将军李广的故事时,教我背的诗。同时学会的,还有那首北朝民歌:"敕勒川,阴山下,天似穹庐,笼盖四野。天苍苍,野茫茫,风吹草低见牛羊。"

外公总是这样的,喜欢在讲故事的时候,顺带让我背些诗词,再讲一些历史故事。那时我不觉得这样有多棒,到年纪大些的时候,发现自己比同龄人读书容易了许多,而且对很多故事有似曾相识的感觉时,才知道自己幸运地遇上一位好老师。

因为背得早,自然记得牢。《出塞》属于"重剑无锋,大巧不工"的路数,初读不觉得什么,一旦记牢之后,每一次回味都觉得容纳万有,气象万千。

"秦时明月汉时关,万里长征人未还"令人回味叹服,怎么会有人,将时空转换得那么自然,把历史和沧桑写得那么精简?而所发的感慨,又那么深刻自然。

后来我知道了,王昌龄喜欢运用虚拟的手法,他甚至无师自通超前地运用一种被叫作"平行蒙太奇"的电影手法,将典型的场景并置,令人印象深刻。如他的《青楼曲》(其一):

白马金鞍从武皇,旌旗十万宿长杨。

> 楼头小妇鸣筝坐，遥见飞尘入建章。
>
> ——《青楼曲》（其一）

请不要误会，"青楼"一词，在汉唐时，亦指贵戚高门的居所，并非后世声色淫乱的地方。《青楼曲》（其一），同时展现了两个场景。一个是长安的街市上，旌旗猎猎，烟尘滚滚，大军凯旋，一位白马金鞍的将军，在人群中格外引人瞩目。

另一个是远离杂沓人群的一处高楼上，有位少妇端坐弹筝，看起来，她是那么优雅娴静，连筝声都没有被楼外的热闹喧嚣惊动。稍微有些特别的是，她目送着那得胜归来的将军率领他的军队飞驰入宫，直到烟尘消失，都没有收回目光。

王昌龄在第二首《青楼曲》里揭晓了答案，这英武不凡的将军是她的夫婿。这就是著名的"金章紫绶千余骑，夫婿朝回初拜侯"，展现了一位唐朝贵妇的生活片段。

王昌龄的诗作主要以边塞、闺情宫怨和送别为主。他长于抒情，善于刻画典型的场景，以寥寥数笔引发某种情绪，勾画出人物，以精练的语言表现丰富的感情内涵，情味浑厚深长。

> 大漠风尘日色昏，红旗半卷出辕门。
> 前军夜战洮河北，已报生擒吐谷浑。
>
> ——《从军行》（其五）

【我有旧约未曾践】

　　这一首诗是去往甘南的时候想起的——因为喜欢大唐,热爱西藏,我特地去学习了与两者有关的历史。大唐与吐蕃(今西藏)的关系,实不像教科书里传颂的那样白头到老,相安无事。哪有陪点嫁妆送几位"公主"过去,就从此休兵罢战的道理?

　　咱们游牧民族那是很好动的,有唐一代,大唐和吐蕃,打打合合二百多年。好一时,坏一时,是很自然的。唐代宗广德年间,安史之乱未平的年月里,吐蕃还趁乱攻陷过长安……

　　就连被青史赞颂的文成公主,也是边打仗边讨回来的,颇费了一番周折。贞观八年(公元634年),松赞干布有意与唐朝修好,两年后的贞观十年(公元636年),松赞干布遣使去求亲,唐太宗一开始没看上这野蛮女婿。此时唐朝正和吐蕃的藩属国吐谷浑开战,松赞干布就势开打,率领二十万大军进攻四川松州,最终被唐朝大将侯君集所败,史称"松州之战"。

　　松赞干布一边打战一边求亲,打胜了就谈条件,打败了就赶紧道歉求和。又过了四年,著名的贞观十四年(公元640年),松赞干布遣禄东赞带上五千两黄金和大量珍宝到长安求亲,唐太宗为了边境安宁,想想还是答应了。把自己的远房侄女,江夏王李道宗的女儿册封为文成公主。贞观十五年(公元641年),文成公主由唐蕃古道入藏。文成公主和亲还是有效的,大约从贞观十四年(公元640年)到龙朔二年(公元662年),双方没有发生战争。

写过"可怜无定河边骨,犹是春闺梦里人"感伤征战惨烈的诗人陈陶,还写过"自从贵主和亲后,一半胡风似汉家"(都出自《陇西行》),似乎是在感慨终于消停太平了,"一半胡风似汉家"是从长远的文化交流影响来说的。

实则这和平也没有维持多久,大家不过是打仗打累了,借着和亲的由头歇几年。

这些年频频去西藏和新疆,在茫茫无人区晓行夜宿,有时天色未明就出发,颇有些马不停蹄的味道。起得特别早时,就能看见残星点点,天边一轮清月,照得山如水墨。云翳深浓,月色凄冷,叫我兴起了悲凉思古之意,不断想起边塞诗,尤以王昌龄的边塞诗念叨得最多。因为下面这首边塞诗,我甚至开了个饭店叫"一品楼兰"。

青海长云暗雪山,孤城遥望玉门关。

黄沙百战穿金甲,不破楼兰终不还。

——《从军行》(其四)

浴血奋战,厮杀不断,一年一年,刀剑无眼,箭镞多少次穿透了铠甲,身上有多少伤痕已无法计算,只知道,那遥远的楼兰是必须要攻克的地方。

日月高悬,羌笛嘶哑,无数人抛洒热血,生死相持,万里长征,未知此生还能否有回返故里的侥幸。

值得深思的是"不破楼兰终不还",这句悲壮的话,到底是赞赏将士们对于帝王的效忠,誓死要完成使命,还是感慨他们的惨烈,不完成使命就很难再返回家乡的悲剧性命运,实在是很难定论。

是梦吧,梦中有甘甜也有苦涩,一直在延续;是现实吧,现实有辉煌也有无助,无法被断绝。兵戈起,征伐动,无论胜败,都没有真正的胜者。

冷绝孤寒的青藏高原上,时间的流逝仿佛失去了意义,这里有古战场,曾经有无数向死而生的人在这里,相依为命,苦中作乐。我是在那一路上,定下心思要写边塞诗的。青海湖、玉门关、天山、楼兰……千载历史,万古沧桑,总有写不尽道不完的故事。

总觉得,前世的我(或许不止一世),是一个男人。征战过沙场,见多了白骨累累无人收。失败了,痛苦不堪。胜利了,亦不见得不快乐。

心中翻涌的倦怠和无奈,是镌刻在灵魂里深刻又模糊的记忆。又酸,又涩,又悲,又痛。

是厌倦了沙场,却未厌倦边塞。那是肉身搁置,心魂纠缠多年的地方,不死不休。所以隔世再去,亦觉得亲切异常。而边塞诗,沉慨苍凉,是我心头不能割舍之爱。

我终是要以文字去践这个约的。

【一片冰心在玉壶】

　　王昌龄,字少伯,是山西太原人,他应该和太原王氏有着某种关系(可能是远支庶族),也有说他是京兆人,如果这一记载也是正确的,那么可能是王昌龄家这一支后来迁徙落户于长安附近。

　　与王维不同,他早年家境较为贫寒,人近中年才得中进士,仕途不大顺畅,起起落落任了几任小官,诗却豪迈放逸,半点穷酸气也没有,是我欣赏的。他的性子,大约是他自述的那样:"伏剑行千里,微躯敢一言。曾为大梁客,不负信陵恩。"

　　盛唐的这些诗人,无论真实的际遇怎样,他们的诗,都给人一种

一片冰心在玉壶

洒脱积极,不甘被庸常折堕的感受,读他们的诗,叫我想起古龙笔下的那些慷慨磊落的侠客,喝最烈的酒,恋最美的人,侠肝诗胆,快意平生。

一生不计长短,即使转瞬即逝,都要光耀一时。即使不幸福,不美满,也要兴致勃勃地活着。

盛唐名家中,王昌龄无疑是写七绝最出色的,用"矫若游龙,翩若惊鸿"来赞他并不为过。我总诧异他边塞诗写得好也就罢了,偏偏写闺情、宫怨还是叫人击节赞叹。

说来,历史上那些寻常女子、倾世红颜,若没有这些生花妙笔为之作诗著传,不知会失色几分?若没有王昌龄的闺怨,我们会忘记唐朝的贫女和贵女都一样,在深闺中叹息着,担忧着远方的征戍之人。

花月无声饮人恨,一朝离别,生死难安,年深日久,心上总有岁月的刻痕。

"更吹羌笛关山月,无那金闺万里愁"。得胜归来或永不归来的人,心心念念,都有不能遗忘的人。

即使不考虑战争的正义与否,亦不得不认,战争的残酷,是刀光剑影,阴谋诡计,胜负难分,生死只在方寸。败了,固然失意潦倒;胜了,亦不见得值得欢喜。

还有那困守于深宫的女子,一入宫门,双翼被折。从此后,人世浮沉,身不由己。除了期冀那一点薄如冰雪、岌岌可危的恩宠,还能有什么别的想头?

> 昨夜风开露井桃,未央前殿月轮高。
> 平阳歌舞新承宠,帘外春寒赐锦袍。
>
> ——《春宫曲》

且不要被这繁华迷了眼。红颜未老恩先断,凄然如班婕妤,是常有的事;盛宠如杨妃,亦不免马嵬坡前,素帛绕颈,替君王赎了那六军不发的罪。

帝王家,不归路;帝王冢,葬红颜。纵有半世恩宠,亦不免一世寒凉。

"熏笼玉枕无颜色,卧听南宫清漏长"。深宫如囚牢,岂容你一颗平常心过活,妄想着厮守到地久天长?

说过了女子,那男子是否幸运几分?掩卷长思,我不能断言。

不算那么多意气激昂的边塞诗,不算那么多替女子代言的诗,王昌龄自明心意的诗,最著名的大约就是《芙蓉楼送辛渐》(二首):

> 寒雨连江夜入吴,平明送客楚山孤。
> 洛阳亲友如相问,一片冰心在玉壶。
>
> ——《芙蓉楼送辛渐》(其一)

丹阳城南秋海阴，丹阳城北楚云深。

高楼送客不能醉，寂寂寒江明月心。

——《芙蓉楼送辛渐》（其二）

《旧唐书》本传说王昌龄"不护细行，屡见贬斥"，仕途不顺，屡遭贬谪是肯定的了。

他先是被贬为江宁（今南京江宁）丞，做江宁县丞的时候，是他作诗的全盛时期，因此当时人称他为王江宁。此时他已与岑参相识，岑参作诗《送王大昌龄赴江宁》，自有一番同情感伤。

因着王昌龄这首名诗，我每次回到南京都不胜唏嘘。当然，让我不胜唏嘘的诗有很多，以后再慢慢说。

天宝年间，他再被贬，这次贬得更远，到了龙标（今湖南怀化洪江市）去担任县尉。他最后的官职是龙标尉，所以世人又称其为"王龙标"。

在湖南，王昌龄竟然清贫到了自己带个老仆捡枯枝烧饭的地步，他有首诗《寄穆侍御出幽州》说道："一从恩谴度潇湘，塞北江南万里长。莫道蓟门书信少，雁飞犹得到衡阳。"

好在他政声不错，诗名更著，经常有人在路上跪着向他求诗，所得聊可补贴日用。

与他一见如故的李白听闻他被贬，作《闻王昌龄左迁龙标遥有此寄》寄赠，诗云："杨花落尽子规啼，闻道龙标过五溪。我寄愁心与明月，随君直到夜郎西。"

古人尊右卑左,将降职贬谪称为左迁。有理由相信,李白谙熟王昌龄的诗,有意无意间,他这首诗的诗意和王昌龄写给他人的诸多送别诗遥遥相应。

此时李白自身亦在四处奔波之中,对王昌龄的际遇自然心有戚戚。李白的七绝俊逸,王昌龄的七绝灵秀,两人有异曲同工之妙,足可媲美。

盛唐这一拨诗人,交游甚是紧密,且没有什么文人相轻的臭毛病,你升官了,我替你高兴,你落魄了,我替你担忧。大多数关系融洽得很,从他们彼此之间频繁的酬答诗可以看出来。

王昌龄这两首诗,历来是送别的名句,"一片冰心在玉壶"一句,实在知名得不能再知名了。连带着"辛渐"这个人和"芙蓉楼"的所在也被人考证个不休。

我倒想起初唐骆宾王亦有一首《送别》,当中诗意,和王昌龄颇为相似,只是不及王诗知名罢了。

寒更承夜永,凉夕向秋澄。
离心何以赠,自有玉壶冰。

——《送别》

五绝精简,七绝隽永,情味的差异,借由这两首诗,可以明显地体味出来。"离心何以赠,自有玉壶冰"亦是情深的句子,却不及"一

一片冰心在玉壶

片冰心在玉壶"缱绻，易于传唱。

不知道为什么，骆宾王的诗，总给人一种冷冷的、疏离的感觉，即使是在他最深情和痛苦的诗作里。

有一种人，似乎天生欠缺自如地表达情感的能力，他们的表达，亦很难引起旁人的共鸣。

"玉壶冰"这个典故，因王昌龄而知名，却非他的原创。早在六朝时，鲍照的《代白头吟》就有"清如玉壶冰"之句。鲍照也是牛人，他的诗作影响了许多唐代诗人。

在唐代，这个典故非常流行，并不生僻。王维第一次应试时就写下《清如玉壶冰》一诗，其中有"玉壶何用好，偏许素冰居"；开元名相姚崇写过《冰壶诫》，劝诫官员廉洁奉公，有"故内怀冰清，外涵玉润，此君子冰壶之德也"之语；杜甫《湖中送敬十使君适广陵》云"气缠霜匣满，冰置玉壶多"；李商隐《别薛岩宾》亦云"清规无以况，且用玉壶冰"……

王昌龄用此典，意在让好友放心，告诉亲友，自己虽因"不护细行"（不拘小节）而丢官，却没有失去君子之德。

我的情意，我的心，就像盛在玉壶里的冰，干净而澄澈。

只是我后来，想起"高楼送客不能醉，寂寂寒江明月心"两句，总想起他一生坎坷，如月沉寒江。

他最终的结局，是我不忍多回忆的——安史之乱中，王昌龄为照顾家人，私离贬所，辗转流落至江淮，被濠州刺史闾丘晓所杀。

闾丘晓这个人，亦是进士出身，我还记得他写过一首《夜渡江》：

"舟人自相报,落日下芳潭。夜火连淮市,春风满客帆。水穷沧海畔,路尽小山南。且喜乡园近,言荣意未甘。"——单看这诗,并不是那么差。这首还乡之作,清新流丽,若掩去名字,放入盛唐名家集中,也许还会被人传颂,津津乐道。

闾丘晓之所以在历史上留下名来,完全是因为两件事,谋杀王昌龄和不救睢阳之围。杀王昌龄是忌才,不救睢阳之围是贪生怕死,两样都罪无可恕。身为手握重兵的朝廷命官,此时不去诛灭安禄山、史思明之类的叛逆,却来杀害一个手无寸铁的诗人,实在令人愤怒。

安史之乱起,宰相张镐统军河南,命闾丘晓发兵协助解宋州之围,闾丘晓迟疑不定,贻误军机,张镐要治他的罪,下令将其杖毙。临刑之际,闾丘晓乞饶,说家有亲老需要奉养,张镐冷冷地问,那王昌龄的亲老谁来奉养?闾丘晓无言以对,只得伏法。

从张镐拒绝赦免闾丘晓可以看出,王昌龄遇害,早已传遍天下,引起共愤,否则,张镐不会以此来驳斥闾丘晓求生的哀告。

世上这么多诗人,唯有他被尊为"诗家天子",可知他的诗,确有令天下人臣服的魅力。可惜,他在诗中纵横捭阖,指点江山,在现实中却无力自保,无法自辩。

我钟爱的"诗家天子"王昌龄,居然不明不白地命丧于小人之手,这是我最伤心的事。

其实王昌龄的死,另有一些隐情。

【寂寂寒江明月心】

前面说到王昌龄之死,另有一些隐情,这里接着说。这些隐情,并不算闲话,借此可以说说那些与王昌龄交好的诗人,李白、高适、杜甫等在安史之乱中各自的际遇和变化。

我们都知道,王昌龄最终的官位是龙标尉。照此说来,安史之乱发生时,他应该身在湖南才是。可他却流落到江淮,这是令人疑惑的事。

须知私离贬所是大罪,初唐时宋之问就曾私离岭南贬所,潜逃回长安,惶惶如丧家之犬,最后是出卖了好心收留他的朋友,才得以免罪——那到底是什么原因,令王昌龄不惜冒险离开湖南,最后命丧江淮呢?

我觉得,当时王昌龄可能觉得天下大乱,自顾不暇的朝廷似乎没有精力再来顾及他们这些贬官罪臣,所以下决心离开龙标。

其实如果单从避难的角度考虑,兵荒马乱之际,越是偏僻的地方,越是安全,他最稳妥的选择就是留在龙标。

即使他不愿留在龙标,最佳选择也应该是北上到四川,再前往灵武投靠朝廷,此乃忠义之举,杜甫就是逃离长安后千辛万苦赶到灵武而受到朝廷嘉奖,封了个小官。

王昌龄没有这么做,从他最后流落江淮来看,他的出走路线显然是从水路进入洞庭湖,然后沿江东下,最后北上到濠州。

从路线和时间上来看,他想要去投奔的是永王李璘。唐肃宗李亨(太子)在灵武即位之后,唐玄宗的爱子永王不甘示弱,在被逼退位的玄宗授意下,自立门户,此时正招募四方之士,像王昌龄这样被朝廷贬谪的官员,正是永王着意笼络的对象。

我们知道,永王李璘的幕府里还有一个不得不提的人——李白。

李白和王昌龄关系甚好,假设王昌龄知道李白在永王幕府,前去投奔也在情理之中。李白是心向玄宗的人,不满肃宗擅自即位,是他投向永王的一个原因。

如果不去投靠永王,王昌龄还有一条出路,那就是追随高适,奔向灵武，如此依然是站在朝廷一方，可以稍微抵消擅离贬所的罪过。

从他的选择来看，王昌龄显然是倾向玄宗的人，也是喜欢冒险的人，他的不护细行，做事欠周全，跟李白更投契。两个人都是名副其实的热血老男孩。

且慢，结果比这个更出人意料。王昌龄固然没有去找高适，追随肃宗，却也没能正式进入永王幕府。不知是他脚程太慢，还是永王实在太菜，差不多王昌龄赶到江淮时，永王大业已经烟消云散，自立门户不过一两个月，就被清理门户了。

永王本人在逃亡途中被杀，本想着跟着永王大展拳脚的李白，也被贬夜郎，两年后遇到大赦才回来。那首《早发白帝城》就是描述他老人家遇赦后激动飞扬的心情。

原先的计划被打乱，王昌龄变得很尴尬，此时想回头去找高适，已经不可能——一来是路途遥远，二来是许多事情很难说清。他只能继续颠沛流离，在江淮间寻找安身之处。这时他想起一位值得信赖的好友，姓郭，在濠州担任司仓，于是他去了濠州，希望得到这位朋友的庇护。

曾经，王昌龄有一首诗《送郭司仓》，是写给这位朋友的，诗云："映门淮水绿，留骑主人心。明月随良椽，春潮夜夜深。"

他说，春夜的淮水碧波荡漾，波光都映在门上，如今夜离别心绪难定，我十分不舍你的离去。你即将像明月一样高升，我对你的思念就像春潮一样不能平息。

从诗中可以看出，王昌龄和这位郭姓友人感情很好，落难之际想到去投奔也是正常。万万没有想到的是，他竟然会被濠州刺史闾丘晓所杀，殒命于此。估计他的好友相救不及，也是万般痛悔的。

人生就像弈棋，一步失误，全盘皆输，这是令人悲哀之事；何况人生还不如弈棋，不可能再来一局，也不容悔棋。

假如当初他没有离开龙标，两年后就会迎来大赦，以李白"从逆"之罪都能获得赦免，王昌龄应该不会太惨。

可惜的是，很多事都没有如果，只有后果和结果。安史之乱的发生，改变的不仅仅是局势，不仅仅是那些普通和不普通的人的命运，还有曾经的那些好友之间的关系。

时移世易。追随永王的李白和追随唐肃宗的高适，在政治上已经分属两个阵营，高适要全力剿灭的就是永王。就是在唐肃宗的朝廷里，心向玄宗的杜甫和效忠新帝的高适之间，关系也变得微妙起来。

"醉舞梁园夜，行歌泗水春"，李白、高适、杜甫曾在一起游山玩水，畅谈诗文。回想当年，盛世风华，人当盛年，指点江山，激扬文字，何等快意！日后却因为世事变化而疏淡起来。这番变故，岂不正如老杜所感叹的"明日隔山岳，世事两茫茫"？

高适镇蜀时，杜甫正流落梓州，宁可忍饥挨饿，也不愿去成都找他，大约是道不同不相为谋吧。在子美同学这样执拗的人看来，风骨气节，是死也不能放低的。

后来吐蕃攻陷陇右,直逼长安。蜀郡西北的松州、维州、保州被包围,相继陷落,杜甫写过《警急》《王命》等几首诗表达自己的看法,认为高适打仗不行。

虽然政见不合,高适还是接济过杜甫的,他曾写过一首《人日寄杜二拾遗》:

> 人日题诗寄草堂,遥怜故人思故乡。
> 柳条弄色不忍见,梅花满枝空断肠。
> 身在南藩无所预,心怀百忧复千虑。
> 今年人日空相忆,明年人日知何处。
> 一卧东山三十春,岂知书剑老风尘。
> 龙钟还忝二千石,愧尔东西南北人。
>
> ——《人日寄杜二拾遗》

人日是正月初七日,可见这是高适在过年时写给杜甫的诗,此时他已身居高位,而杜甫流寓成都。若他真的忘却旧谊,大可不必多此一举,他诗中尽是别后唏嘘,对昔日好友的风流云散,不是没有感伤的。

经年之后,旧怨已消。杜甫想起故人——滴水之恩,还是点滴在心。

【一生自是悠悠者】

与其他几位诗人在安史之乱中的潦倒失意不同,高适属于中年发迹,大气晚成型。安史之乱是他人生的重大转机。因讨伐永王李璘有功,高适受到重用,先后就任淮南节度使、彭州刺史、剑南节度使等重职,最后封渤海县侯,是盛唐诗人中官位最高的。

即使军事能力一般,高适仍不失为盛唐诗人中能文能武、有勇有谋的人。大多数诗人只能纸上谈兵,譬如我们亲爱的诗仙大人——李白。李十二同学是典型的天才白痴型,眼高手低,高谈阔论可以,实际出手肯定是一塌糊涂——看他追随永王李璘的经历就知道了。

杜甫也不行，子美同学只能做战地记者，以诗歌号召大家努力抗敌，或是揭露一下战争给民众所带来的痛苦和残酷，批判政府的不作为，以他的文笔和深刻，获个唐代的"普利策新闻奖"那是妥妥地实至名归。

岑参最适合的，还是他熟悉的，随军做文书工作。他做个参谋勉强可以，指挥战局是肯定不行的。

不必因曾经的好友分道扬镳而唏嘘，影响了我们对诗的品读。此乃时势所趋，人在江湖，身不由己，并不妨碍我们欣赏诗文，公正地评价一个人——就像司马光、苏东坡和王安石政见不同，却依然能够互相欣赏。

上阵迎敌，下马赋诗，古代士人所期许的文武双全，高适是当之无愧的。他出身于曾赫赫有名，后来日趋没落的世族"渤海高氏"，虽然到了高适这一代，已经落魄到要自己种地，但高适为人有游侠气，豪迈狂狷，胸中自有豪气千钧，落笔惊风雨，诗的神韵和气概并不输于李白。

那首最著名的《别董大》（其一），作于他未发迹时，却已能见出他环视宇内、磊落不俗的心胸：

十里黄云白日曛，北风吹雁雪纷纷。
莫愁前路无知己，天下谁人不识君。

——《别董大》（其一）

诸如其他写赠友人，自抒情怀的诗，高适也写得很好，如"圣代即今多雨露，暂时分手莫踌躇"，又如"不知天下士，犹作布衣看""大笑向文士，一经何足穷。古人昧此道，往往成老翁"等语，足见他胸中自有丘壑，绝非池中物。

"乍可狂歌草泽中，宁堪作吏风尘下"，即使没有来日的发迹，此人亦不可小觑。

高适以边塞诗知名，与岑参并称"高岑"，又与王昌龄、王之涣、岑参并称"边塞四诗人"。人赞"雄浑悲壮"。传说他是中年才开始学诗，旦夕之间，已成名家，可见天才就是天才。

若以为高适仅仅是边塞诗写得好，那真是小瞧他了，他有一些乐府歌行和七绝亦写得相当出彩，如《听张立本女吟》："危冠广袖楚宫妆，独步闲庭逐夜凉。自把玉簪敲砌竹，清歌一曲月如霜。"情致深婉，情思清绝，实不输于王昌龄的七绝。

高适作诗不为诗法所拘，习惯直抒胸臆，少用比兴的手法，用词简净古直，没有过多的雕饰，论者说他虽乏小巧，终有大才，是相当中肯的。

与同样擅写边塞诗，却没有任何证据显示他曾亲临边塞的王昌龄不同（王昌龄最远到过离长安三百多公里的秦州，那里虽然也属于边塞，却不是他诗中频繁描述的中亚区域），高适曾数度深入军中塞外。

和岑参一样，他是有军旅生活经验的诗人，亲历过战争的惨烈，目睹过千里黄云、朔风卷雪的塞外奇景。

也因如此,他们的诗,是如此生动翔实,如高适的"虏酒千钟不醉人,胡儿十岁能骑马"、岑参的"马毛带雪汗气蒸,五花连钱旋作冰"等句,都有实在的生活经验做创作基础,不同于那些避实就虚侧重写情的诗作。

高适是有见地的人,他的名作《燕歌行》不单写出战争的残酷,更揭露军中的不公。

"校尉羽书飞瀚海,单于猎火照狼山。山川萧条极边土,胡骑凭陵杂风雨"固然是令人身临其境、传颂已久的名句,"战士军前半死生,美人帐下犹歌舞。大漠穷秋塞草衰,孤城落日斗兵稀"又何尝不是让人击节称赏、过目不忘的句子?

如果说,李白的诗是俊逸,高适的诗则因气骨高壮而令人印象深刻。我特别喜欢的两首诗,很见他的心性和气骨:

> 行子对飞蓬,金鞭指铁骢。
> 功名万里外,心事一杯中。
> 虏障燕支北,秦城太白东。
> 离魂莫惆怅,看取宝刀雄。
>
> ——《送李侍御赴安西》

> 绝域眇难跻,悠然信马蹄。

风尘惊跋涉，摇落怨暌携。

地出流沙外，天长甲子西。

少年无不可，行矣莫凄凄。

——《送裴别将之安西》

"功名万里外，心事一杯中"，"离魂莫惆怅，看取宝刀雄"，"少年无不可，行矣莫凄凄"，这些诗句，道破了大多数唐朝诗人的心意和追求，在我的理解中，为人当如此，丈夫当如此。

虽有强烈的汲取功名、施展抱负之心，亦曾在诗中屡次感慨男子不该困守书斋，皓首穷经，要谋取功名，然而高适不是心性俗气之人，他只是认为男儿大丈夫应该积极入世，有所作为。既不扭扭捏捏，也不自怨自艾——这正是盛唐的风骨。

最后录一首他早年的名作《封丘县》来作结吧，这个人连发牢骚都发得很有气度，我实在是很欣赏。

我本渔樵孟诸野，一生自是悠悠者。

乍可狂歌草泽中，宁堪作吏风尘下。

只言小邑无所为，公门百事皆有期。

拜迎官长心欲碎，鞭挞黎庶令人悲。

悲来向家问妻子，举家尽笑今如此。

生事应须南亩田，世情付与东流水。

【一生自是悠悠者】

梦想旧山安在哉,为衔君命日迟回。

乃知梅福徒为尔,转忆陶潜归去来。

——《封丘县》

我在高适的诗中,看到一种游刃有余、不被束缚的自在。

他在落魄时,不愿拜迎讨好长官,不愿鞭挞欺凌黎民百姓,思慕先贤,想着如西汉的梅福、东晋的陶潜(陶渊明)一样归隐田园。后来机缘巧合他显达了,亦是顺势而为,不曾过分骄狂。

功名富贵不是坏的东西,它们的本质是中性的,无善无恶。是视为粪土,必须要掩鼻绕道而行,还是视作衣服,必须要穿上才能见人,都悉听尊便。

唯一要警醒的,是对分寸的把握,一旦陷入执着,迷失本性,那就不美了。就像佛陀所说的,我们不需要放弃任何东西,我们需要舍弃的,只是对事物的执着。不执着,并不是不用心,不投入。

一件事,一份感情,所有的事情都一样。如果你不过分执着,你就可以驾驭它,享受它;如果陷入执迷,为它所困,患得患失,那它所带来的,必定是痛苦和束缚。

【昔年曾临凤池上】

　　那是安史之乱中的一次早朝,这次早朝和大唐以往的早朝并没有实质的不同,唯一不同的,是有四位诗人一起作诗。这四个人是:贾至、王维、杜甫和岑参。
　　除却贾至,其他三位都是赫赫有名,如雷贯耳。
　　开始是中书舍人贾至兴之所至写了一首诗,王维、杜甫、岑参一人和了一首。贾至的诗名全赖这一次唱和,才得以广泛流传。

　　　　银烛朝天紫陌长,禁城春色晓苍苍。

【昔年曾临凤池上】

千条弱柳垂青琐,百啭流莺绕建章。

剑佩声随玉墀步,衣冠身惹御炉香。

共沐恩波凤池里,朝朝染翰侍君王。

——《早朝大明宫呈两省僚友》

先不说这首诗,贾至的诗其实不错,他曾写过《春思》二首,诗云:

草色青青柳色黄,桃花历乱李花香。

东风不为吹愁去,春日偏能惹恨长。

——《春思》(其一)

红粉当垆弱柳垂,金花腊酒解酴醾。

笙歌日暮能留客,醉杀长安轻薄儿。

——《春思》(其二)

看起来有点眼熟,或许你已经模糊地感觉到了,他这两首绝句和李白的很像。巧合的是,贾至和李白确实是好朋友,交情比李白和杜甫要深得多。李白和杜甫……呃,我一直坚定地认为杜甫喜欢李白多一点。

贾至最著名的几首存诗都是七绝,而且都是作于安史之乱后,

他被贬岳州司马时。他与李白在湖南相聚时,曾写过一组组诗:

江上相逢皆旧游,湘山永望不堪愁。
明月秋风洞庭水,孤鸿落叶一扁舟。
——《初至巴陵与李十二白裴九同泛洞庭湖》(其一)

枫岸纷纷落叶多,洞庭秋水晚来波。
乘兴轻舟无近远,白云明月吊湘娥。
——《初至巴陵与李十二白裴九同泛洞庭湖》(其二)

江畔枫叶初带霜,渚边菊花亦已黄。
轻舟落日兴不尽,三湘五湖意何长。
——《初至巴陵与李十二白裴九同泛洞庭湖》(其三)

诗题中的"李十二白",请大家务必牢记!因为这就是李白同学,我每次想到这个称呼就爆笑不已。而裴九,如果我没记错,应该就是王维最好的朋友裴迪同学。所以说,盛唐诗人的朋友圈,真是剪不断理还乱啊!

除却这三首组诗,当李白要去零陵的时候,贾至还单写了一首诗赠他,很是情深义重:

> 今日相逢落叶前,洞庭秋水远连天。
> 共说金华旧游处,回看北斗欲潸然。
>
> ——《洞庭送李十二赴零陵》

我注意到,他在湖南写给其他朋友的赠别诗也同样出色,诸如:"柳絮飞时别洛阳,梅花发后到三湘。世情已逐浮云散,离恨空随江水长"(《巴陵夜别王八员外》);"畴昔丹墀与凤池,即今相见两相悲。朱崖云梦三千里,欲别俱为恸哭时"(《送南给事贬崖州》),两首都是赠别诗的佳作。

转回头再看开篇那首《早朝大明宫呈两省僚友》,就会发现,那不是贾至真正的水平。他最出色的诗篇,都出现在远离官场宫廷的情况下,当他离开京城,他的诗歌开始往最优秀的贬谪诗转向。

贾至是唐代古文名家,他所撰的册文,非常有庙堂文字所需要的典雅华瞻的气度,在当时备受推崇。出身诗礼世家,以文著称于世,他和他的父亲都曾为朝廷掌执文笔,玄宗即位时的受命册文为贾曾所撰,而玄宗传位给肃宗的册文则是出自贾至手笔。玄宗赞云:"两朝盛典出卿家父子手,可谓继美。"

贾至的原作四平八稳,富丽堂皇,没有多少诗味。他的诗才和后三位比,那确实是逊色了些许。但他官位既高,名声又响。如此风雅的颂圣凑趣之事,同僚们自然欣然从命。究竟当时有几个人和了贾至的诗,现在已不知道,最后流传下来的是三首压过原作的和作。

> 绛帻鸡人送晓筹,尚衣方进翠云裘。
> 九天阊阖开宫殿,万国衣冠拜冕旒。
> 日色才临仙掌动,香烟欲傍衮龙浮。
> 朝罢须裁五色诏,佩声归向凤池头。
> ——王维《和贾舍人早朝大明宫之作》

> 鸡鸣紫陌曙光寒,莺啭皇州春色阑。
> 金阙晓钟开万户,玉阶仙仗拥千官。
> 花迎剑佩星初落,柳拂旌旗露未干。
> 独有凤凰池上客,阳春一曲和皆难。
> ——岑参《奉和中书贾至舍人早朝大明宫》

> 五夜漏声催晓箭,九重春色醉仙桃。
> 旌旗日暖龙蛇动,宫殿风微燕雀高。
> 朝罢香烟携满袖,诗成珠玉在挥毫。
> 欲知世掌丝纶美,池上于今有凤毛。
> ——杜甫《奉和贾至舍人早朝大明宫》

三位诗人的和诗都扣住了一个"早"字,以及朝会时皇宫中肃穆盛大的气象，而且都有恭维称美贾至的意思，王维此意最淡，岑参次之，杜甫最明显。王维当时的官位是太子中允，和中书舍人同为正五品上阶。他的资格也和贾至相当，因此他不必刻意恭维贾至。岑参当时任右补阙，是从七品官；杜甫官左拾遗，是从八品官。他们还是需要恭维一下长官。

王维当官早，朝会的情景于他而言是司空见惯，所以写来谙熟于胸，最切题，描写也最为细腻翔实。我在许多讲解唐代典章制度的文章里都有看到专门举出这首诗来说。

"绛帻鸡人"是指头戴红色头巾（包裹成鸡冠状）的士兵，他们会站在朱雀门前高声报晓，警醒百官。掌管宫中衣冠的尚衣局宫人送上皇帝所穿的翠云裘。隋唐宫中设女官六尚：尚食、尚药、尚衣、尚舍、尚乘、尚辇，以掌宫掖之政。尚衣主管后宫服饰、皇帝冕服。

"九天阊阖开宫殿，万国衣冠拜冕旒"，是描写盛唐风华最让人印象深刻的句子。这两句诗，写出了大明宫宫阙万重，大唐朝海纳宇内、万国来朝的气象，给人身临其境的感觉。读此诗，好像真随着诗人步入宫阙，参与朝会。

坐落在龙首原上的大明宫，是长安城地势最高的地方，位于隋朝皇宫大兴宫（唐称太极宫）东北，始建于唐贞观八年（公元634年），原名永安宫，亦称"东内"，是李世民为退位的李渊养老所建。李渊过世后，一度停止兴建，到唐高宗龙朔二年（公元662年），高宗患风痹之症，不喜欢地势稍低潮湿阴冷的太极宫，又开始着手扩建

"东内"。

龙朔三年（公元663年），大明宫建成，高宗迁入大明宫执政。自此之后，先后有十七位唐朝皇帝在此处理朝政，是大唐帝国当之无愧的政治中心。

大明宫的正南门丹凤门东西长达二百米，门口的丹凤大街比朱雀大街还要宽。大明宫中举行大典的含元殿是比故宫三大殿还要宏伟的存在。站在含元殿俯瞰长安城，自然会升起"江山在手，万国来朝"的自豪感。

穿过重重宫门，如临霄汉，如登天界。来自各国的官员和使节拜倒在丹墀上，觐见皇帝。当时唐朝需要借助契丹、吐蕃、回纥、南蛮等国家和部落的军队来协助平定安禄山之乱，因此会有各国的可汗、君主、将帅来参与朝会。

这时，日色将将照到御座后的障扇上，香雾飘浮在龙袍上。皇帝仪容尊贵，不可逼视；官员各司其职，井然有序。朝会的气氛庄严华贵。

岑参的和诗既有奉和之作的典雅周密，又不像王维的用典繁复，读来非常流丽华美，水准是很高的。"花迎剑佩星初落，柳拂旌旗露未干"一联，意态高华，最为人称颂。

相比而言，老杜的诗气势最弱，用了一半的篇幅来奉承贾至（乃至于他父亲），即使是前半篇，诗意也平平，也许是我敏感，我总觉得读来有种受宠若惊的感觉，不是那么挥洒自如。尤其"宫殿风微燕雀高"一句,"燕雀"一词相当扎眼,稍显寒酸,结尾的奉承之语也过于仓促直白,损伤了诗意。

老实说,这是一流诗人的二流作品,老杜显然不擅长做官样文章,所以写得别扭勉强。反观他和岑参、储光羲一起游玩唱和的《同诸公登慈恩寺塔》,就写得很出彩!

不擅长这个其实挺好的,但是基于老杜后世的名声太大,宋元之后的诗评家点评到这四首诗时,对其他人尚敢直言不讳,说到老杜时却含糊其词支支吾吾。说这首诗好吧,确实勉强;说它不好吧,又生怕贬损了杜甫的诗名。这种战战兢兢的心态是蛮好玩的。

好在我不是个专业的诗评家,没那些心理顾忌,反正老杜的诗好,有目共睹,出现一两首有失水准的作品也不是什么有损威名的大事,李白不也写过"李白乘舟将欲行,忽闻岸上踏歌声。桃花潭水深千尺,不及汪伦送我情"这样的大白话口水诗么!

就诗论诗的话,王维的诗胜在细节丰富,有史料价值。岑参的诗,胜在文辞绚烂,华贵天成,最有诗味。老杜的诗,呃……就是一首和诗罢了。

不过,对于杜甫而言,这首诗还是值得纪念的。他在朝的时间很短,能够荣列如此盛大的朝会,对他而言,必然是难以舍弃的回忆。一生忠于社稷,最后竟狼狈离场,不为朝廷所用,这也是很多人为诗圣不平的原因。

【一枕清梦离恨深】

  之所以特意提到和诗这事,一来是我想借此机会回味一下唐代朝会的风华,二来是我觉得岑参诗歌华美高壮的特点,这首和诗已隐隐有所体现。

  他是常年奔走于军旅之中的人,即使写华美文字,不期然亦会流露出剑气。

  说起岑参,好像不能不提他的边塞诗,然而说起岑参,我又不想先说他的边塞诗了。

  还是先说说我记忆很深的那首《春梦》吧。豪言绮语能间作,这才是高手。许是因为岑参诗集中特地写情的诗句不多,这首诗给我留下的印象格外深刻。

> 洞房昨夜春风起,遥忆美人湘江水。
> 枕上片时春梦中,行尽江南数千里。
>
> ——《春梦》

岑参这首《春梦》和征战毫无关系(起码表面上没有),然而不知为何,这首诗总让我联想到陈陶的《陇西行》(其二):"誓扫匈奴不顾身,五千貂锦丧胡尘。可怜无定河边骨,犹是春闺梦里人。"

有些事,未曾亲历亦可以感同身受,每当我想到这些因征战而离别的男女,终此一生可能再也无法相见时,无可言说的悲哀就从我的心中泛起。

若我是离人,我也是不愿的。难相聚,苦别离。纵归来,良人已老,花容减损,再携手,又有几人能复少年心境?

这不是普通的别离,这是送你去沙场。

我没有那么勇敢慷慨大方。我自私,我懦弱,我在意的,始终是这些儿女情长微不足道的小事。生那么短,死那么长,我怕生死永诀,后会无期!

在没有你的世界里,做着关于你的梦,梦见你还会回来。怕就怕,人在,情在,回去的路已不在。难道是因为,我们花光了运气来相遇,所以陪伴才成了奢侈?

都说家国为重,社稷为先,我恨这种伟大,我宁愿渺小,渺小到可以自主。

这首诗写闺情相思,颇有"倩女离魂"一梦千里的味道,非常委婉缠绵。后来晏几道也有一阕《蝶恋花·又》,完全是一个路数:"梦入江南烟水路,行尽江南,不与离人遇。睡里消魂无说处,觉来惆怅消魂误。欲尽此情书尺素,浮雁沉鱼,终了无凭据。却倚缓弦歌别绪,断肠移破秦筝柱。"

宋词总是这样,把话都撑开来写,唯恐说得不透,虽然情深意长,但和唐人比总显得拉拉杂杂,啰啰唆唆,这确实是个缺点,读多了就发现了。

除却这首,岑参还有一首令我难以忘怀的诗,《山房春事》(其二):"梁园日暮乱飞鸦,极目萧条三两家。庭树不知人去尽,春来还发旧时花。"梁园,是西汉梁孝王所建,遗址在河南。

梁孝王曾邀请司马相如、枚乘等辞赋家在园中看花赏月吟诗,风流为一时之盛。后来风流云散,梁园也就渐渐衰败了。

这首凭吊古迹(梁园)的诗,窃以为可以和刘禹锡的《乌衣巷》相提并论。"庭树不知人去尽,春来还发旧时花"和"旧时王谢堂前燕,飞入寻常百姓家"一样,语淡味浓,让人思之念之,无尽唏嘘。

说过了言情,说过了怀古,还是要来说说边塞诗的,毕竟这才是岑参的看家本领。身为盛唐诗人中的后辈晚生,岑参的诗受到早于他而成名的李白很大的影响，诗风豪放而奇峻，天宝年间浪漫洒脱的歌行，对他影响也不小。同是写边塞诗，高适的手法其实是传统的，长于抒情，而岑参，独辟蹊径，力求新异，最擅长作挥洒自如的七言歌行。

小时候读到"北风卷地白草折，胡天八月即飞雪。忽如一夜春风来，千树万树梨花开"时非常向往。

对于生长在江南的孩子而言，看到一场鹅毛大雪是非常值得振奋的。江南的雪大多是雨夹雪，特别小气，还没落到地上就化了，好容易盼到一场豪放不羁的大雪，看到天地素白，玉树琼枝，那种美，当时还无法形容，但绝对可以激励我早点起床——何况还可以打雪仗，堆雪人，北方见怪不怪的孩子们是不会懂这种莫名其妙的兴奋的！

在岑参的笔下，边塞生活是那样丰富多彩，连那异域风情落入他的笔下，也变得摇曳生姿。"琵琶长笛曲相和，羌儿胡雏齐唱歌，浑炙犁牛烹野驼，交河美酒金叵罗"（《酒泉太守席上醉后作》），"曼脸娇娥纤复秾，轻罗金缕花葱茏。回裙转袖若飞雪，左鋋右鋋生旋风"（《田使君美人舞如莲花北鋋歌》）。这些诗句营造出一个完全不同的世界。这种异域风情，生动的美，导致我日后无比热切地奔向新疆、青海和西藏。

莫名地，我陆续读了很多的边塞诗，对这个题材仿佛有着天然的热爱。去新疆、甘肃、青海的时候，我几乎把记得的边塞诗都默默地复习了一遍，如："轮台东门送君去，去时雪满天山路。山回路转不见君，雪上空留马行处"（岑参诗）；"雪净胡天牧马还，月明羌笛戍楼间。借问梅花何处落？风吹一夜满关山"（高适诗）。这些诗句，让我在看到这些古老而熟悉的景色时，升起"我胡汉三又回来了"的自豪。

边塞诗题材相似，大多写金戈铁马，豪气干云。要细分风格并不是件特别容易的事，说多了，就成了陈词滥调，人云亦云。

不是我偷懒，有些感觉还真是只可意会，不可言传。好在文学的妙处也在此，一样的题材，不同的人写出的感觉还是迥然有别。运笔炼字，起承转合的不同，最能体察到细微不同的妙处。

这种感觉就像泡茶，同样的茶叶，即使是一样的水温和手法，不同的人，泡出的滋味就是不同，有时候，同一个人泡同一款茶，因着心境的不同，滋味也是有别的。

要想理解岑参的诗，还是要先了解一下他的生平。

与许多唐代知名的诗人一样，岑参出身于世家，他的家族属于南阳岑氏的一个分支，后来迁居到洛阳南面的嵩山地区。

自后梁以来，南阳岑氏掌握了一系列政府高位，虽不及之前提及的"五姓七望"，但也出过三位宰相，是声名显赫的家族之一。岑参的曾祖父岑文本，在太宗朝曾做过中书令，相当于宰相。伯祖岑长倩是高宗的宰相，伯父岑羲是睿宗的宰相。

到岑参出生时，他家族的这一支受政治牵连，趋于败落，虽然他的父亲曾官至刺史，但早早过世，家境大不如前，曾经的世家子弟亦必须依靠自己的才学来出人头地。

【剑气箫心一例消】

岑参早年曾入长安为皇帝献书,后来考中进士,担任兵曹参军的卑职。因为这一职位,他有了第一次出塞的机会,担任幕僚,随大将高仙芝前往安西(即新疆的库车)。高仙芝在怛罗斯城战役中轻敌惨败于大食(波斯),岑参也落魄地回到京城。正是这一次回京,他结识了杜甫和高适。

时隔不久,岑参再度返回边塞,这次是去轮台和北庭,在节度使封常清的幕府中担任判官。安史之乱爆发时,岑参身在新疆,后来赶到凤翔行在,这才有了前文的早朝和诗。

岑参曾两度出塞，久佐戎幕，前后在边疆军队中生活了六年。在西北幕府中，他写下了许多传唱后世的边塞歌行。这些诗作使得他和王昌龄、高适并列，成为最优秀的盛唐边塞诗人。

郑振铎先生说："岑参是开、天时代最富于异国情调的诗人。……唐诗人咏边塞颇多，类皆捕风捉影，他却句句从体验中来，从阅历里出。"岑参比以往的任何一位诗人更为熟悉边塞，这从他提及的地名和富有异国情调的细节描写可以看出。

假如带着唐诗去旅行的话，游览新疆，岑参的边塞诗是非选不可的。对一些向往边塞又未曾亲至的人而言，他的诗，实在是很详尽的导览，可以当作纪录片来读。如"火山突兀赤亭口，火山五月火云厚。火云满山凝未开，飞鸟千里不敢来……""轮台九月风夜吼，一川碎石大如斗，随风满地石乱走……风头如刀面如割，马毛带雪汗气蒸，五花连钱旋作冰，幕中草檄砚水凝。""虏塞兵气连云屯，战场白骨缠草根。剑河风急雪片阔，沙口石冻马蹄脱……"

抱歉，我选录的这些诗句，都不是传统上那些美丽高雅的句子，可能不符合某些人的趣味。然而它们足够真实。时隔千年，我们再去新疆、青海这些地方，遇到了极端天气，依然还是岑参描述的样子。

边塞，并不尽然是美丽浪漫——大家在阳光灿烂的草原上，喝酒跑马，吹拉弹唱，不用耕种劳作，无忧无虑地生活。必须面对和习惯的是环境的艰苦和残酷。

岑参最著名的绝句是《逢入京使》：

故园东望路漫漫，双袖龙钟泪不干。
马上相逢无纸笔，凭君传语报平安。

——《逢入京使》

即使是在今日，去到新疆、青海等地长待，也不是一般人能适应的。岑参流露的思乡之情，并不是假的。在另外一首名作《白雪歌送武判官归京》里，他用同样不舍的笔调写道："轮台东门送君去，去时雪满天山路。山回路转不见君，雪上空留马行处。"

盛唐时期，唐朝对外的战争胜多败少，从军佐幕的文人除了不胜酒力醉死之外，并没有太大的生命危险，倒是那些征战在前线的普通将士，是真正地浴血沙场。所以诗人们纷纷把眼光投注在这些真正的无名英雄身上。因为切身体会到战争的残酷，诗人们对生死的考量、生命价值的思索，也更为深刻。

不仅是边塞诗，盛唐的这些诗作，最令人叹赏的，是它的情味。写边塞诗的诗人们从来都没有高高在上地俯视着一切，做些居高临下的表达，他们都是很认真很投入地，去描写身边的一切，大到战争胜败，军士劳苦，小到胡地风俗，雪舞狂沙。一阕民歌、一支新舞都能引动情思。

在唐诗中，指点江山，一梦千年，梦醒犹未倦，是这情意胸怀让人流连。

似乎,所有的热情和感慨都可以用诗歌来承载。孔夫子说"诗可以兴,可以观,可以群,可以怨。迩之事父,远之事君,并多识于鸟兽草木之名",那是从诗歌的教化功能来说的。《诗经》那么好,却输在太古拙,与后来人不亲。宋词那么美,却伤于纤巧,一不留神就往风花雪月里去了。

唯有唐人,将诗当成呼吸一样自在地表达,诗歌的存在像空气一样自然。人世间的所有悲欢喜乐都可以呈现,而且技巧还那么高超圆融。这种盛景,在唐以前,不易出现;在唐以后,亦很难再有。

岑参从边塞返回之后,回到凤翔,被杜甫举荐,先就任右补阙,后又改任其他职务。不久宰相房琯战败被问责罢职,属于房琯的这一政治小集团被清除,杜甫黯然离开朝廷,而岑参被遣往位于长安和洛阳之间的虢州任职,一度十分压抑,写了一些忧思沉郁的诗。

他有一首诗《题虢州西楼》,是这一时期的代表作:

错料一生事,蹉跎今白头。
纵横皆失计,妻子也堪羞。
明主虽然弃,丹心亦未休。
愁来无去处,只上郡西楼。

——《题虢州西楼》

西楼,是对着长安方向的楼,岑参以战国时一度失意的纵横家自比,嘲讽了自己失意尴尬的处境。未尝改变的,是他对朝廷的忠贞之心。

这一系列的诗作,以及他后来就任嘉州刺史的诗作,虽然优秀,但都不能和他曾经的边塞诗相比。那种笔落惊风雨的奇峻气势,随着他离开边塞而渐渐消失了。

他曾经追随的高仙芝和封常清,在安史之乱中被唐玄宗错杀。唐玄宗抵御叛军屡屡失策,自毁长城,导致唐军兵败如山倒,实在叫人扼腕长叹。

他曾随军纵驰西域,见证过大唐皇皇国威,如今山河破碎,满目疮痍,我想他,不是不触目惊心,肝肠寸断的。

要经历过,才知道繁华寂灭,是一种清醒的切肤之痛。

岑参最后的官职是嘉州(今四川乐山)刺史,因此世人又称他为"岑嘉州"。到此时,他已无意于功名,到任后不久,就弃官客居成都,不久卒于那里。

我想到他老来自叹"异乡何可住,况复久离群",别有一番滋味在心头。边塞也是异乡,昔年他在边塞时虽然艰苦却乐在其中,未尝作此萧瑟语,一朝离了边塞,甚或晚来安居于天府之国,反倒有了不能言说的遗憾。

东归负却平生愿,剑气箫心一例消。

大抵有些经历,是不能取代的回忆;有些人,生来是要行走在路上的。

　　像一只孤独青鸟,飞过千山万水,阅尽人世沧桑。纵然风尘仆仆,无损满心骄傲。

【山水容我自在身】

那天在家写完王昌龄之死,突然想起常建。

其实,早些年写《世有桃花》时,也提到过常建的《戏题湖上》:"湖上老人坐矶头,湖里桃花水却流。竹竿袅袅波无际,不知何者吞吾钩。"只是这次,说了这么多和王昌龄相关的人,那么就来仔细地说说常建。

常建与王昌龄是开元十五年(公元727年)的同榜进士,相交甚深。王昌龄死后,常建还特地去他的隐居地吊唁他,作了一首《宿王昌龄隐居》:"清溪深不测,隐处唯孤云。松际露微月,清光犹为君。

【安得盛世真风流】

茅亭宿花影,药院滋苔纹。余亦谢时去,西山鸾鹤群。"

曾经,他和王昌龄一起归隐,现在王昌龄无端被害,他更觉得归隐是必须要行的事了。常建是真正清傲之人,一生孤介,懒与名场通声气,交游中无达官贵人。文字唱酬,除王昌龄外,亦无特别知名之士。

前面说到王昌龄的官运差,常建的官运比他更差。《唐才子传》说他"大历中,授盱眙尉。仕颇不如意,遂放浪琴酒……有肥遯之志……后寓鄂渚,招王昌龄、张偾同隐,获大名当时"。关于他的生平,可知者只有这一段记载。

幸好还有殷璠,殷璠是常建的铁粉,他在《河岳英灵集》中将常建列为首选,入选诗篇数量高达十五首(入选量居第二位),视常建为当时"河岳英灵"的代表。

在殷璠看来,常建代表着那些天赋极高,却未被赏识,埋没在地方的贤才。他为其高呼不平:"高才无贵士,诚哉是言。曩刘桢死于文学,左思终于记室,鲍照卒于参军。今常建亦沦于一尉,悲夫!"

诚如殷璠所感慨的,古来才子大多都是高才而无贵士。命若琴弦,心如飞蓬。能够名利双收、福慧双修的毕竟少之又少。

这颠乱的俗世,祸福瞬息即变。有人粉墨登场,侥幸成功,成为时代的宠儿,一时荣宠,却难预料来日如何;有人坚守本心,淹没在时代的罅隙里,至死都不明白悲剧的因由。更多的人,是在别人的影子中重复着自己的生活,心有不甘,随波逐流地熬完一生,生死疲

【山水容我自在身】

劳,不得解脱。

《河岳英灵集》成书于公元753年,天宝十二年。可见在天宝末年,常建已为县尉,可能就是《唐才子传》所谓的盱眙尉。

盱眙古来即是名城,最著名的是项羽家族拥立楚怀王反秦的重要基地,后来与刘邦合兵亦是在此。项羽、刘邦两个江苏人,最后跑到咸阳去争天下,可谓是创业者的典范。这也罢了。如今的盱眙,最著名的是小龙虾,才是叫人哭笑不得。

当了盱眙尉这个小官职之后,常建于仕途再无寸进。安史之乱后,他失去官职,索性寄情琴酒,隐居而终。

我与殷璠见解不同,高才未必要贵士,岂堪做吏风尘下,使我不得开心颜。如果满腹诗书,只换了千钟粟、黄金屋,这其实是因小失大,是个亏本交易。如果一身才华,却要去卑躬屈膝,违背良心,不得自在,那我宁可不要钟鸣鼎食、玉堂金马。

常建官场失意,全其身于乱世,未必是坏事。不是每个人都要在尘世中奋斗得头破血流才算不负此生,从常建后来的选择,我想他也是这么想的。

既然当官当不好,那咱就不当了。既然红尘不好玩,那咱就隐居山水,放浪琴酒,自己玩去。

虽然寂寞,但谁能免得了寂寞呢?那些当官的,患得患失,午夜梦回,扪心自问,恐怕更寂寞。

他有一首诗名为《江上琴兴》,可见其人诗风心性:"江上调玉琴,一弦清一心。泠泠七弦遍,万木澄幽阴。能使江月白,又令江水深。始知梧桐枝,可以徽黄金。"——我后来在听琴的时候屡屡想起他这首诗,这人的风骨和风仪,是我喜欢的。

既然选择了一种生活,就不再羡慕另一种生活。我所喜欢的,是一切是我自己的选择。

对于现代人而言,常建委实不算著名,起码算不上唐朝诗人里的一线,但提起他那两句"曲径通幽处,禅房花木深",又著名得无人不知。连那《红楼梦》里贾政刻意试贾宝玉才华,宝玉提了"曲径通幽",贾政听后也无异议。

许是近些年,常往寺庙里去,对那首《题破山寺后禅院》,常有所感。

清晨入古寺,初日照高林。
曲径通幽处,禅房花木深。
山光悦鸟性,潭影空人心。
万籁此都寂,但余钟磬音。

——《题破山寺后禅院》

破山寺在今江苏省常熟市虞山上,始建于南齐,所以常建称"清晨入古寺"。今日只存遗址,因常建诗而成为古迹。其程度大约和苏州寒山寺因张继的一首《夜泊枫桥》而名传天下差不多。

这诗的美意，亦非少年人能够体味。要到了人事渐长，俗务缠身之际，偶尔得一日闲暇，于青山绿水中醒来，才知道这"山光悦鸟性，潭影空人心"的清静妙义。

我有一年独自跑到普陀山，在法雨寺借宿一晚，早晨就是在寺庙的钟磬声中醒来，听得僧人诵经之声隐隐，一时物我两忘，觉得尘虑俱消，心神俱畅。

那天天气晴好，日光温柔而迟缓，又是春末夏初，树木葱茏，鸟鸣枝叶间，越发有常建诗中之意。

唐朝文人悦禅的风气，其实不比宋人弱。玄奘法师西去天竺，习得大乘真义，回国创立唯识宗，使得佛教进一步本土化，又出现六祖慧能，提出"明心见性"的要旨，深合了文人意趣。这使得文人无论得意还是失意，都有了新的精神追求。

有唐一代，佛教之昌盛，亦为后来鲜见。佛门宗派出现了天台宗、华严宗、唯识（法相）宗、三论（法性）宗、净土宗、三阶宗、禅宗、律宗、密宗（汉传唐密）等。

唐代著名诗人中，与僧人往来唱和的，不胜枚举。举凡王维、孟浩然、韦应物、刘长卿、白居易、杜牧、李商隐、贾岛、张祜、韩偓等人都有寄赠僧人的交游酬唱之作，甚或于李白这种好道之人，投宿山寺亦有佳作，乃至于寒山、王梵志、皎然、贯休这些诗僧，诗法独树一帜，那又是另一番风貌了。

无论以何种标准来检验，常建这首诗都是上乘之作。这首诗全用赋体(白描),直如在作画,运笔工整精丽,清雅淡然,不着深意,而深意自显。

宋朝的文人士大夫,特别钟爱这种清淡如禅的句子。欧阳修在《六一诗话》中说自己,特别欣赏常建《题破山寺后禅院》中"曲径通幽处,禅房花木深"一联,想仿效它而久不可得。以文忠公当时在海内文坛的绝高地位,尚且对常建的诗念念于心,欲效仿而不可得,可见常建的诗作绝非俗品了。

既与王昌龄相熟,常建的边塞诗虽然存世不多,写得却也不赖。他有一首《塞下曲》(其一)是咏汉朝的解忧公主,诗云:"玉帛朝回望帝乡,乌孙归去不称王。天涯静处无征战,兵气销为日月光。"

虽然诗人称颂了解忧公主和亲的重要作用,但对于解忧公主而言,她去和亲亦是不得已之举,她的祖父因参与汉初藩王的"七国之乱"而被诛灭,作为破落的皇族、罪臣后代,解忧公主没有任何理由和资格违背汉武帝的旨意。她的人生和她家族的命运都必须依靠"和亲"来改善。

年仅二十岁的她,被赐予年老的乌孙王,赐号"解忧",相比她的前任细君公主,她又能心甘情愿多少呢?只是没得选择罢了。

塞外苦寒,风俗迥异,连语言都是不通的。一身两嫁的她纵然能强颜欢笑,曲意承欢——解得乌孙王之忧,却只怕解不得自己毕生之忧。

如今的新疆还有"解忧公主"这一品牌,是卖精油的,人们爱这四个字听起来就让人欢喜,可谁又念佳人之身不由己,忧思难遣?

人们常说,命运最大的残酷,是由不得人自己选择。可又焉知那命运逼你去走的道路,不是你本该要走的路呢?

命是弱者的推诿,运乃强者的谦辞。

走完这一生,检点过往,能够看清的道路才叫作命运,之前的,都叫作转折。

解忧公主若留在汉地,亦不过是罪臣之后,皇族中绝不起眼的一位。她是远嫁到了乌孙,才有了新的命运。无论这命运是好是歹,她终是有了一搏的余地,远胜于做那轻如鸿毛的皇族。而常建,当不了大官,能够不违本心地做一个隐士,世我两忘,亦是大幸。

女人,只要不把感情得失看太重,男人,只要不把功名富贵看太重,这一生就容易自在了。

【佳诗妙句传寰宇】

我一直怀疑,国人在公众场所乱写乱画,到此一游的习惯是源于唐朝。这么说当然很招打,不过题壁之风,始于两汉,盛于唐朝却是不争的事实。

唐人有极大的题壁爱好,为满足这种惊人庞大的需求,当时的寺庙、驿站、酒楼、风景名胜等人流密集区都会特别留出白墙或木板来供文人挥洒。彼时交流不便,沟通不畅,大多数人乐见其成,除了留个念想,权当是文化交流了。

偶有名人来访,佳作传世,连带题诗之处也一举成名,等同是广告宣传了。

如此这般，前人去了后人来，公共墙上佳作庸作都有。外行看热闹，内行看门道。不满意就涂了重写，任性得很。

顺嘴"八"一句，白居易出门习惯沿途猛找元稹的诗，以此为乐："蓝桥春雪君归日，秦岭秋风我去时。每到驿亭先下马，循墙绕柱觅君诗。"（《蓝桥驿见元九诗》）循墙绕柱还不算完，他自己说："君写我诗盈寺壁，我题君句满屏风。"（《答微之》）总之，好基友之间你来我往，酬答得不亦乐乎。

顺嘴再"八"一句，李白最满意的婚姻，亦是因为他题在墙壁上的诗而生出的缘分。可见乱写乱画也是有好处的，前提是要写在正确的地方，并且写得确实好。

说过了滕王阁和鹳雀楼，今天就来说说黄鹤楼。

李白游黄鹤楼时没有写诗，只因崔颢那一首《黄鹤楼》实在是冠绝古今，所以后人传说他在黄鹤楼题句云"眼前有景道不得，崔颢题诗在上头"，又说他后来到了金陵，登山临水，寓目山河，还是忍不住技痒，步其韵作《登金陵凤凰台》和《鹦鹉洲》。

中国人骨子里还是喜欢看热闹的，尤其是名人的热闹。有赖这则轶事，这两首诗就格外令人印象深刻，广为流传了。

昔人已乘黄鹤去，此地空余黄鹤楼。

黄鹤一去不复返，白云千载空悠悠。

晴川历历汉阳树,芳草萋萋鹦鹉洲。
日暮乡关何处是,烟波江上使人愁。

——《黄鹤楼》

凤凰台上凤凰游,凤去台空江自流。
吴宫花草埋幽径,晋代衣冠成古丘。
三山半落青天外,二水中分白鹭洲。
总为浮云能蔽日,长安不见使人愁。

——《登金陵凤凰台》

崔颢亦是个妙人,早年放荡不羁,风流得被人诟病。

一般人心痒了,眼烦了,也就纳个妾,养个宠姬。他不！他一生之中,娶妻数次,休妻数次（难不成是坚持要给正式名分吗）,诉求很简单,很明确,就是要找漂亮老婆。娶了天仙,日子久了也会审美疲劳,那怎么办？再娶。折腾到正常的男性都看不过去,社会舆论纷纷谴责,觉得他太过分了！

崔颢最早是以写宫廷风格的诗出名,写了许多柔情华美的诗句。《长干曲》系列和《川上女》最为知名:"君家何处住,妾住在横塘。停船暂借问,或恐是同乡……"以及:"川上女,晚妆鲜。日落青渚试轻楫,汀长花满正回船。暮来浪起风转紧,自言此去横塘近。绿江无伴夜独行,独行心绪愁无尽。"

这两首诗都写娇俏娇憨的江南女子，描摹得楚楚动人，"川上女"比"横塘女"形象似乎更惆怅寂寞些，但也可以看出同样的线索"横塘"和相似的柔弱气质——作为一个出生并生活在北方的诗人，崔颢热衷于描写想象中的江南女子和吴地风光，这似乎可以透露他在选择女人方面的某些固定的趣味。

当然这不是他诗歌的全部内容，他的七绝、七律也写得相当好，是技巧相当全面的诗人。崔颢的另一些好诗，后面会慢慢提到。

崔颢和王维结识于岐王李范的王府，并成为终身的好友。他们都是盛唐早期京城社交圈里最受人瞩目的诗歌明星。

因为崔颢名气太大，大到当时的名士李邕都很期待他向自己"行卷"，从而可以欣赏到崔颢的佳作。

行卷是将自己的诗集，整理成册，以求得到高官名士的青睐，类似于最早的私人出版物。李邕是开元名士，当时的文人以得到他的欣赏为荣，杜甫曾言"李邕求识面，王翰愿卜邻"。然而崔颢不知出于疏忽还是有意的叛逆，他呈现给李邕的诗集，开篇就是一首略显孟浪的诗作，惹得李邕大为不满，直斥其无礼轻薄。

无法确认崔颢是否出身于当时的世家——崔姓家族，但他的行为确实呈现出一位贵公子的放荡不羁。这样的人临老却转性了，浪子回头，连诗风也转为清朗刚健，《黄鹤楼》就是他晚期的作品。

我还想多啰唆几句，介绍一下崔颢的歌行：他的歌行延续着初唐的诗歌主题。如《渭城少年行》，几乎继承了卢照邻的《长安古意》

和刘希夷的《代悲白头翁》的意旨,在技巧上却更见盛唐的圆融和创新。

> 洛阳三月梨花飞,秦地行人春忆归。
> 扬鞭走马城南陌,朝逢驿使秦川客。
> 驿使前日发章台,传道长安春早来。
> 棠梨宫中燕初至,葡萄馆里花正开。
> 念此使人归更早,三月便达长安道。
> 长安道上春可怜,摇风荡日曲河边。
> 万户楼台临渭水,五陵花柳满秦川。
> 秦川寒食盛繁华,游子春来不见花。
> 斗鸡下杜尘初合,走马章台日半斜。
> 章台帝城称贵里,青楼日晚歌钟起。
> 贵里豪家白马骄,五陵年少不相饶。
> 双双挟弹来金市,两两鸣鞭上渭桥。
> 渭城桥头酒新熟,金鞍白马谁家宿。
> 可怜锦瑟筝琵琶,玉壶清酒就倡家。
> 小妇春来不解羞,娇歌一曲杨柳花。
>
> ——《渭城少年行》

类似风格的歌行,我在李白的诗集中见过不止一篇。毫无疑问,崔颢诗作的风格和他行为的放任对李白同样具有吸引力。他写《登金陵凤凰台》与其说是一种竞技较量,不如说是对前辈的致意。

我这么说,是有证据的,李白的很多诗,呈现出和崔颢高度一致的审美和趣味,以后会提到。

《黄鹤楼》,自是唐人七律之冠,流传千载,独步古今,凡对古诗稍有涉猎的人无不知晓。后来清朝的诗人黄仲则漫游到湖北,登临黄鹤楼,还特地写了一首《黄鹤楼用崔韵》致意前人:

昔读司勋好题句,十年清梦绕兹楼。
到日仙人俱寂寂,坐来云我共悠悠。
西风一雁水边郭,落日数帆烟外洲。
欲把登临倚长笛,滔滔江汉不胜愁。

——《黄鹤楼用崔韵》

黄仲则这首诗,窃以为,是除却崔颢之外写黄鹤楼最好的诗作。说实话,若不是这些诗勾发的情韵,如今那面目全非,酷似港式茶楼的假冒伪劣黄鹤楼也不必去看了。反正现在很多古迹,除了地名是真的,其他都是假的。

文无第一,武无第二,崔颢和李白的诗无可争议都是名作,技法各有所长,无可挑剔,执着于孰高孰低,作口舌之争实无必要。不得不说,即便有竞技之嫌,这两首诗本身亦在伯仲之间,堪为知己。

仅从诗名看,"黄鹤楼"对"凤凰台",已是浑然天成。黄鹤楼中曾有仙人驾鹤离去,凤凰台上,传说亦曾有凤凰降临。黄鹤与凤凰都是仙游之物,差别只在仙人驾鹤更离俗,而凤凰临凡则更入世,涅槃重生,彰显出盛世气象。

他看见的人去楼存,白云悠悠;他想到的是吴宫废苑,晋代古丘。他看眼前是芳草萋萋,烟树苍茫;他落入眼中是青山隐没,河洲渺渺。历史和现实无声交错,多少人往来皆成过客。

都是心怀古意之人,触景生情,发为仙音,是我等凡俗之辈只能默然传颂的绝唱。

崔颢凭吊古迹,虚实相契,将现实带入传说,"日暮乡关何处是,烟波江上使人愁",是在"游宦""思乡"的主题之外,将乡思、国事、天下,熔于一心而咏之;而李白览古述今,着目湖山旧迹,将历史带回现实,抒写功名未竟时的迷茫挫败,推衍出更宏大的胸怀和感慨。

以诗为舟,横渡百年光阴。李白的人和诗都有一种超越现实的浪漫气质,诗在他手中真是仙法,随意转换时空,切换画面。明明是即目的见闻、亲身的阅历,在他,都是历史的投影,他看到的一切,依稀都是史籍的字里行间,是三国、魏晋的风流遗韵。

当年,诸葛亮一句"钟山龙盘,石城虎踞,此帝王之宅",奠定了金陵的王者风范。

我一直很喜欢金陵(南京),喜欢它的气度和历史。担待了古都的声名,它却始终显得漫不经心。一晃风烟俱净,江山人物都成了传奇。孙吴天下,六朝烟水,终不过一场场盛世流离。

金陵,光这个名字就惹人遐思,更不消说,秦淮烟雨、桃叶古渡、石头城、玄武湖、莫愁湖、凤凰台、雨花台,每个名词都生动得让人心有遐思。繁华之后更有繁华,凋零之下更有凋零,世事层层叠叠。历史到这里总是欲言又止,欲停还行。

发人深省的又何止三国与六朝?新与旧,此起彼伏;执与破,一念之间。

生在盛唐,此时展望前朝,有足够的余地去思考,超脱出王朝兴衰、政权更迭所带来的是非爱憎,而成为一种叹赏。

当他看着古迹,追思古人,他一定会想到人生短暂,功业易朽,风流云散在所难免。对渺小的个体而言,时间的荒芜感是巨大的,不可抵挡的。

要怎样的际遇才可以不泯然于众人,不被埋没在浩瀚的历史中?他是这样积极的人,越是觉得人生短促,越是要奋起作为。

宫殿和江流将他的思绪引向遥远的京城,江水令他想起世事的繁杂和混乱,浮云遮蔽了他的视线,使他无法眺望长安。

"总为浮云能蔽日,长安不见使人愁",虽是在感伤现实曲折,理想的圣殿难以抵达,但他仍有期待,期待明主的恩遇。

鹦鹉来过吴江水,江上洲传鹦鹉名。
鹦鹉西飞陇山去,芳洲之树何青青。

烟开兰叶香风暖,岸夹桃花锦浪生。

迁客此时徒极目,长洲孤月向谁明。

——《鹦鹉洲》

据说这一首,亦是仿《黄鹤楼》之作,我看见的,是锦心绣口之后不加掩饰的寂寞。

"烟开兰叶香风暖,岸夹桃花锦浪生",是最受元好问叹赏的一联。他的遣词造句这样好,唇齿咬合之间便觉细腻明艳,美不胜收。

风香水软,河洲上淡烟薄霭,桃花与碧水盈盈交错。他目睹美景,却有一颗失意的心。春色温软,江上曾有鹦鹉飞过,河洲因此留名为"鹦鹉洲"。鹦鹉飞去尚留其名,那么迁播至此的人呢?同样有幸留名于世么?

那时的李白,只是这尘世中行迹匆匆的过客。

无论如何的少年气壮,偶尔也会心思萧索,自我怀疑。他不知自己日后的盛名,古今同誉,显赫过帝王。

【谪仙一去几时还】

[壹]

其实在我起笔时,他在我心里就呼之欲出,念想太深,反而不愿让他太快出场。

我曾经想过,如果此生只读一个人的诗,我会选李白;如果此生只读一个人的词,我会选苏轼。读他们的诗和词,是读中国人的性情和才气。

写李白,于我而言,是欣喜又为难的事。

他的诗,是童蒙时的读物,到如今,依旧爱不释手。正因如此,一朝落笔,他的诗句纷沓而来,我竟不知从何处写起,只能随着心思游走了。

我闭上眼睛想他,纵隔着千载光阴,那把酒邀月的身影,依然鲜明如生。他这一生,从生到死,跌宕起伏,都有月如影随形。

床前明月光,疑是地上霜。
举头望明月,低头思故乡。

——《静夜思》

如大观园即景联句,众人取王熙凤一句"一夜北风紧"起兴,我读唐诗,解李白,亦由无人不知的《静夜思》而起,徐徐展开他一生的长卷。

起笔,是朦胧淡墨,月色氤氲,月下有人冥想独坐。一念起,便是千山万水。

这首诗应该不难理解,只要设想一下,在如霜似雪的月光下,心中可能泛起的情绪,就会对诗中的情境有大致的了解。小时候只觉得这诗好读好记,却不知这首诗的妙处。

它就像一颗种子,随着年岁的增长,阅历的丰富,心境的变化,对它的体悟会逐年增长。

这首诗写游子之思,确凿无疑。

【谪仙一去几时还】

关于李白的故乡,却有几种说法,一说是在碎叶城,在今吉尔吉斯斯坦(唐时属中国),他是年幼时随父亲定居四川,亦有学者说他祖籍甘肃,出生在四川,观点相悖,各执一词。

就我个人而言,我比较倾向于相信,李十二同学是出生在碎叶城,稍长一点才随父亲移居四川江油市,是"归国华侨"。因为他的样貌、气质还有性格做派,确实不太像土生土长的汉人。

是与不是都无妨,我也不想招惹四川人不高兴,平白无故地把人家的名人拿走。反正我要探讨的故乡,并不拘泥于地理的概念。我相信,李白诗中的"故乡"之意,亦不曾拘泥于此。

他一生潇洒恣意,仿佛随时可走,随处可留。这首《静夜思》却揭露了他生命中某些静置的时刻,涌现的乡愁。

《静夜思》写于开元十四年(公元726年),是年秋,李白病卧扬州,他为人仗义疏财,出游不到一年,所携三十万金即挥霍一尽,暂时陷于窘迫,幸得友人照料,病渐愈。此诗正是写于此时。

在漂泊的途中,常有不可名状的忧郁笼摄着人心,对故乡的思念,源自时间和空间双重作用的悲哀,恰与某些不安、不定、不乐状态对应。

我是年岁愈大,愈对"故乡"二字谨慎言之,不敢怠慢。那意念中遥遥指向的"故乡",是身之乡土,还是心之归宿?

生于斯老于斯的处所固然应该称之为故乡,吾心安处心魂相系的地方难道就不应该视之为故乡么?

有些人诞生于某些地方是未得其所，机缘把他们抛掷在一个环境中成长，他们却一直思念着命中的故乡。出生的地方对他们而言，只是驿站，而他们，注定是此地的过客。

就像我到了西藏，瞬间觉得那里才是我的栖身之所，在从未寓目的风景里，在素不相识的人群中安居下来，这里的一切我反而熟稔无比，找到了向往的宁静。

故乡，是来了就不想走，还没走就念着要回来的地方。我对西藏就是这样。

乡愁，不只是对故乡故土的思念，它更是对孤独的体认和温情的回味，这实在而寻常的人生体验，被他信手拈来，写得深切而宁静。

《静夜思》源自南朝乐府《子夜四时歌》："秋夜入窗里，罗帐起飘扬，仰头看明月，寄情千里光。"原诗有形无神，并不知名，经李白化用之后，便如画龙点睛、神来之笔，此后尽人皆知。

或许谪仙亦会有凡思，但他不曾确指。这是他的高明，亦是他心性所致。

因他心源所系，原不在凡俗某处，而在于天地。他的诗清明开阔，一片荡荡思情，以月为灵犀，点染人心。

月本无自性，是人赋予它情感。澄明月光所照之处，有人垂泪长叹，有人沉吟不语，是悲欢离合，世事难言。

青春年少时，望月怀人，泪比思念多，总觉得满腹委屈深情，无人能懂,无处倾诉,那深情,总不免暗含着委屈怨愤。年岁渐长,再从月下过,已是思念比泪多……

人生那么短,相思那么长,原本无须计较太多。

[贰]

> 小时不识月,呼作白玉盘。
> 又疑瑶台镜,飞在白云端。
> 仙人垂两足,桂树作团团。
> 白兔捣药成,问言与谁餐。
> 蟾蜍蚀圆影,大明夜已残。
> 羿昔落九乌,天人清且安。
> 阴精此沦惑,去去不足观。
> 忧来其如何,凄怆摧心肝。
>
> ——《古朗月行》

因为李白,小时候月亮在我心里简直是神话故事库,里面有郁郁的桂树、捣药的玉兔、奔月的嫦娥、伐树的吴刚,我还问过我外公,嫦娥到底爱不爱后羿,她后来会不会喜欢吴刚……哎,我真是想多了。

转回来说正题,那千里月光所引,是蜀中的连峰绝壁。山高水湍,林木岑寂,犹如梦中的境域,绵邈深长。

那首令贺知章为之拍案叫绝,沉醉流连,慷慨解下金龟当酒的奇作《蜀道难》,是写他"故乡"四川。

噫吁嚱,危乎高哉!
蜀道之难,难于上青天!
蚕丛及鱼凫,开国何茫然!
尔来四万八千岁,不与秦塞通人烟。
西当太白有鸟道,可以横绝峨眉巅。
地崩山摧壮士死,然后天梯石栈相钩连。
上有六龙回日之高标,下有冲波逆折之回川。
黄鹤之飞尚不得过,猿猱欲度愁攀援。
青泥何盘盘,百步九折萦岩峦。
扪参历井仰胁息,以手抚膺坐长叹。
问君西游何时还?畏途巉岩不可攀。
但见悲鸟号古木,雄飞雌从绕林间。
又闻子规啼夜月,愁空山。
蜀道之难,难于上青天,使人听此凋朱颜。
连峰去天不盈尺,枯松倒挂倚绝壁。
飞湍瀑流争喧豗,砯崖转石万壑雷。
其险也如此,嗟尔远道之人胡为乎来哉!

【谪仙一去几时还】

剑阁峥嵘而崔嵬,一夫当关,万夫莫开。
所守或匪亲,化为狼与豺。
朝避猛虎,夕避长蛇,
磨牙吮血,杀人如麻。
锦城虽云乐,不如早还家。
蜀道之难,难于上青天,侧身西望长咨嗟!

——《蜀道难》

"噫吁嚱,危乎高哉! 蜀道之难,难于上青天!"很多人初读《蜀道难》,会被开篇这几个有点拗口的字给难倒,其实"噫吁嚱"("嚱"读如"西")只是感慨的语气词,无实义,差不多等同于"哎哟喂"——整句话翻译成大白话就是说,哎哟喂! 这山忒高咧! 这道忒难走了! 难得跟登天似的! 我又不是猴子,怎么上得去!

这样的翻译显然不登大雅之堂,很破坏诗的美感,我用戏谑的语气说,只是为了大家更容易理解和记忆。正经地说,中国的古典诗歌讲究含蓄蕴藉,甚少会有人如他一样开宗明义,也很少有诗歌起调会如此之高,若不是太白仙才,实在很难顺畅地转圜下去。

他信手写来,便有山河岁月之清远浩荡。

这首诗曾背得我咬牙切齿,后来读施蛰存先生的《唐诗百话》,发现他曾提炼出《蜀道难》的主旨,顿时豁然开朗,大彻大悟! 施先生总结《蜀道难》的意旨,大约有这么几句:

> 蜀道之难,难于上青天!
> 问君西游何时还?
> 蜀道之难,难于上青天!
> 嗟尔远道之人胡为乎来哉。
> 锦城虽云乐,不如早还家。
> 蜀道之难,难于上青天!
> 侧身西望长咨嗟。

瞬间一目了然了,有没有!如果仅仅是想知道意思,读这几句就够了。其他都是李十二同学用来描写渲染的诗句,写蜀道之险,蜀道之难。

只是读李白,又非读这些雄奇夸张的"废话"不可。他驰骋才气,在历史和现实中自在穿梭,一笔宕开千年意。

那蜀中本是群山深处的一块盆地,"蚕丛及鱼凫,开国何茫然!尔来四万八千岁,不与秦塞通人烟。"蚕丛、鱼凫是传说中古蜀国两位国王的名字,其事古远已不可细考,故云"开国何茫然"。

自古蜀国开国,至秦惠文王灭蜀以来,置蜀郡,秦蜀始交通。四万八千岁固然是夸张之语,亦可知此地与外界隔绝之久。

到唐时,秦蜀两地往来密切,蜀中名郡成都,已成为繁华不让京华的大都市。

【谪仙一去几时还】

今日陕西到四川这条古道，其便利又非唐时可以想象。除却稍有险意的山景和略见古意的驿名，我几乎已经感受不到蜀道难了。那年走褒斜古道，为了找感觉，还常常复习这首《蜀道难》。

太白诗中"西当太白有鸟道，可以横绝峨眉巅"，"上有六龙回日之高标，下有冲波逆折之回川"，"黄鹤之飞尚不得过，猿猱欲度愁攀援"，"青泥何盘盘，百步九折萦岩峦"，"连峰去天不盈尺，枯松倒挂倚绝壁"，"飞湍瀑流争喧豗，砯崖转石万壑雷"等句，写出了蜀地山河之险峻，飞鸟难过，猿猴难攀，山中更有猛兽毒蛇出没，惊险万状。这些描写都是为了烘托先民开辟蜀道之难。

最令人心怀激荡的，是"地崩山摧壮士死，然后天梯石栈相钩连"一句，开辟古蜀道之难被浓缩在这十六个字内，昂扬着生命面对自然时的不屈意志。

"蜀道之难，难于上青天"——人的生命固然渺小，却并不卑微，在绝境中亦要生发出开拓的希望。蜀道筑成，并不仅仅意味着人取得胜利，它更象征着人与自然的和解，共存。

这首《蜀道难》，虽不乏夸张之语，然句句引人入胜，叫人身临其境，又非某种文学手法可以刻意造作而出。

想来他仗剑出蜀时，是何等惊心动魄印象深刻！是以日后行诸笔端，方能笔走龙蛇，一气呵成。此诗变幻雄奇，如海雨天风，诚如沈德潜所赞："笔势纵横，如虬飞蠖动，起雷霆于指顾之间。"

《蜀道难》袭用乐府旧题，送友人入蜀，抒一片留恋关切之情。

因诗中描写山河景致太过雄奇壮丽，笔法变幻莫测，常使人不自觉淡忘其送别劝归之意，牢牢记住的是，蜀道之高险奇峻，山河之峥嵘壮丽。

论此诗想象之奇、结构之奇、句法之奇，气象之宏伟，境界之广阔，唐诗中难有与之匹敌者，殷璠评此诗："可谓奇之又奇，然自骚人以还，鲜有此体调也。"

此时李白送友人入蜀，与昔日他只身出蜀的情况遥遥相应。诗中有孤独、悲壮、艰难，却不乏激情。

李白在《上安州裴长史书》一文中说道："以为士生则桑弧蓬矢，射乎四方。故知大丈夫必有四方之志，乃仗剑去国，辞亲远游。"

古时男子出生，以桑木作弓，蓬草为矢，射天地四方，象征男儿应有志于四方。李白认为大丈夫应有四方之志，不应困居于一地。所以要放弃安逸的生活，仗剑离开故乡，告别父母，去往远方。

世人都赞李白为"诗仙"，称颂其才华绝代，殊不知天才亦需时间打磨，厚积薄发方能有所成就。纵观他诗文中引经据典、化用百家的功底，不是一朝一夕可以成就的。

唐人爱在山林或寺庙中发奋读书。据考证，杜甫早年在终南山下的樊川读书，樊川是当时长安附近的富人别墅区。那时杜家家境还不赖，在权贵聚集的终南山脚下拥有产业。岑参、刘长卿、孟郊家境差一些，就跑到嵩山读书。晚唐李绅在无锡惠山寺读书。温庭筠、杜牧等则隐居庐山读书，都很会挑地方……

我突发奇想,要是旅行社在高考之后,搞一个历代名人读书处的旅游路线,估计也能有市场,游山玩水,比去北大清华逛校园好玩多了。

李白则隐居蜀中大匡山十年,追随贤者修学。以他的天分之高,尚须遍览诸子百家之书,手不释卷,才能学有所成,何况我等凡俗之辈?

> 晓峰如画参差碧,藤影风摇拂槛垂。
> 野径来多将犬伴,人间归晚带樵随。
> 看云客倚啼猿树,洗钵僧临失鹤池。
> 莫怪无心恋清境,已将书剑许明时。
>
> ——《别匡山》

这首诗是他离开江油匡山时所作。大匡山环境清幽,晓峰如画,藤影拂槛,野径无人,野鹤闲栖,孤猿攀树。僧人临池洗钵,樵夫负柴而归,是怡情养性的佳处。这段蓄势待发的日子,他过得那是相当悠闲自在。偶尔也到成都、峨眉山游历一番。

李白有一兄一弟,替他分担了家族的责任,辅助其父打理家业。"兄九江兮弟三峡",可知他的兄弟们走的都是普通人的生活道路,十五六岁开始娶妻生子自立门户,一个移居九江,一个扎根在四川,打理家族生意。

只有他，有意远离原先的生活轨迹，告别原有的阶层。父亲有意培养他，为他提供博览群书的机会，任他不理庶务。商人子弟的出身令他不能走士子科举应试的寻常路，优渥的家境、开明的父亲又让他活得格外任性。

他自幼文武兼修。一方面博闻善思，揣摩前人佳作勤加练习；一方面喜好剑术，以侠自任。如神仙童子，思慕凡尘。他在山中隐居读书，看似闲云野鹤，心却跃跃欲试，要在更广阔的天地中纵情遨游。

离开，只是早晚的事。

[叁]

峨眉山月半轮秋，影入平羌江水流。

夜发清溪向三峡，思君不见下渝州。

——《峨眉山月歌》

小时候，没去过四川之前，我因这首诗而对峨眉山充满了向往，想去感受一下峨眉山的月夜，想去体验一下蜀江秋色。

李白的诗，总给我太多的期待，有太多地方，在足迹未至之前，是因他诗中写到，才惹我念想多年。譬如，还有庐山和天姥山。

先来说这首诗。这首绝句意境清朗，清丽如画，看似简单，实则

【谪仙一去几时还】

寓情于景，构思精巧，以"峨眉山月"贯穿全诗意境，神韵清绝，连用五个地名，峨眉山、平羌江、清溪、三峡、渝州，点出行程，虚实兼用，丝毫不显堆砌生硬。

青山吐月，月映清江，影入江流，月随舟行。隔山隔水，月是夜夜可见，友人却不再时时可见，依依不舍之情，惦念之心，仅以"思君"二字点破，绝不多言，给人留下的印象却萦绕心头，似江水长流。

子规啼月，月满前川。孤舟在秋水中摇曳。那蜀中月照着他离蜀。是从此时开始，属于他的传奇才正式展开。

再看《渡荆门送别》，这是他初出蜀地前进湖北时所作。湖北旧称荆楚，是千湖环绕的形胜之地。李白一生多在此地漫游，更曾定居，隐居于安陆，留下颇多佳作。

> 渡远荆门外，来从楚国游。
> 山随平野尽，江入大荒流。
> 月下飞天镜，云生结海楼。
> 仍怜故乡水，万里送行舟。
>
> ——《渡荆门送别》

我是如此钟爱他的诗，并不是以前喜欢，以后就不喜欢那种，即使隔了这么多年，再读他的诗，依然有心怀激荡的感觉，似读往日情书、故人书信，很容易就进入到熟悉的情境中去。

"渡远荆门外,来从楚国游"——李十二同学打小仰慕司马相如,喜欢他赋中所描绘的楚地大泽,遂将出行的第一站定在湖北。

初过荆门山,入了楚地,他是很有雀跃之心的,一路舟行千余里,从三峡进入荆江,所见景致已大有不同,"山随平野尽,江入大荒流"写江出荆门跃入江汉平原的宏大气象。

前人论诗爱拿此句与杜甫"星垂平野阔,月涌大江流"一句相比较。我将杜甫的《旅夜书怀》并录如下,略做比较:

细草微风岸,危樯独夜舟。
星垂平野阔,月涌大江流。
名岂文章著,官应老病休。
飘飘何所似?天地一沙鸥。

——《旅夜书怀》

江心月影,动人遐思。两人都写壮远之美,笔力雄健,堪为后世表率。差别只在一动一静。李白写的是白日行船所见之景,是动态的;杜甫写的是晚间泊船所见之景,虽运用"星垂""月涌"等词带出动感,整个画面仍是静态的。

李白出蜀初渡荆门,江山入目,颇有新奇振奋之感,而杜甫老来被迫离蜀,沿江东下,在客舟上所抒发的,是旅人孤苦无依之感——"名岂文章著,官应老病休"。这是显而易见的,内在情绪的不同之处。

太白诗中"月下飞天镜,云生结海楼"一句,是承接上句,转写夜间江景,写月映清江,雾满荆江,自然恢阔,将月色道尽,何等天生壮丽!

不是我偏爱他,这样的句子也只有李白能够随手写就,丝毫不觉突兀,放在别人诗中就能读出刻意雕琢之味。

如此浩荡的一句之后,他以"仍怜故乡水,万里送行舟"来作结,好似闲话一句,不经意间流露出淡淡游子之思,任你去思去想。

是举重若轻,给予你强烈的震撼之后,偏偏若无其事的笔法。也唯有这样,才能突出前面的精彩。老杜结句"飘飘何所似?天地一沙鸥",诗法亦同。

应该还能顺便谈谈王维的名作《汉江临泛》,写的亦是此地。三大唐诗巨星联袂登场,点评起来也是蛮带劲的。

楚塞三湘接,荆门九派通。
江流天地外,山色有无中。
郡邑浮前浦,波澜动远空。
襄阳好风日,留醉与山翁。

——《汉江临泛》

《汉江临泛》创作的时间要迟于李白的《渡荆门送别》,早于杜甫的《旅夜书怀》。开元二十八年(公元740年)秋,王维因公务前往桂州(今广西桂林)途中,途经襄阳,有感于汉江浩渺,莽莽古楚风光绝胜,写下这首宦游之作。

春秋战国时,湖北、湖南皆属楚地,襄阳位于楚境之北,所以称这里为"楚塞"。汉水发源于陕西,折转流经楚地,连接着自湖南而来的三湘之水,与长江的九派支流(九江)交汇于荆门一带。江山浩荡,非别处可比。

汉江从襄阳城中流过,将襄阳与樊城一分为二(合称"襄樊"),扁舟浮沉,烟波浩渺予人错觉,只觉得襄樊一带大大小小的城郭(包括襄阳城门外的"瓮城")都似漂浮在江面上,浪云拍天,震荡着远方的天空。远望江水奔涌,远在天外。近看山色清远,若隐若现。

这首诗的颔联"江流天地外,山色有无中"亦是广为流传的名句。明代王世贞评此联说:"'江流天地外,山色有无中',是诗家俊语,却入画三昧。"这个点评可谓精到,真正是内行看门道了。

李白和杜甫的诗作,是诗境堪入画,而王维是直接以画法入诗。先以"楚塞三湘接,荆门九派通"勾勒出画卷的背景,"江流天地外,山色有无中"是以山光水色作为远景,前句画出江水邈远,后句以苍茫山色烘托江势浩瀚,着墨淡而传神,因淡而显得旷远。

由远及近,"郡邑浮前浦,波澜动远空"已转为写近景。难得他此时还记得用远近相映、疏密相间的笔法,这种缜密真是不得不赞。不要忽略王维的技巧,"以画入诗"是他区别于其他重要诗人的显著特点。

这三首诗,出语皆壮阔,细微处却可看出三人心性的不同。李白历来是无拘无束,雀跃的少年心性,有名士的疏狂,读他的诗令人心喜;杜甫少年沉稳老来沉郁,有儒者的仁厚,读他的诗,常令人心疼;王维则是一贯的澄怀清欢,有世家子弟的从容,读之令人心醉。

这哥仨如三个绝世高手,工力悉敌,不分伯仲,是最不好比较的。我亦无法取舍,只好三美兼收了。

可以稍加评断的是,王维写《汉江临泛》只是闲游偶记,情味与李杜有别,没有思乡,没有失落。"襄阳好风日,留醉与山翁"写自己留恋山水佳境的趣好,欲效魏晋高士的情致,流露出世家子弟骨子里的闲适。

[肆]

让我们重回开元十三年(公元725年)春,李白携好友吴指南出行。出蜀后不久,吴指南在湖南洞庭湖畔病殁,李白悲痛万分,抚尸痛哭,泪尽继以血,见者无不伤心。因要继续前行,他只得将吴指南就地殓葬,待来日再为其迁葬。

随后他只身远游,到达金陵。

李白在金陵,欲以诗文"干谒公卿",获得"进名敕授"的资格——"进名"按例是由宰臣访择,举荐,再由皇帝"敕授",授予官职。一旦通过权臣的"知名保举"直达天听,平步青云,就此省却许多沉沦下寮、低声下气的挫辱,绕过许多繁复冗长、摧折志气的压迫,这正是李白所祈愿的。

不巧这一年,唐玄宗要在泰山举行封禅大典,达官显贵们忙于筹备大典,无人理会他的求荐。好在他不是个纠结的人,索性广览名胜,纵情山水,聊以自遣。

此时的大唐积威数代,正当承平之时,秦淮河畔水月流光,亦如佳人芳华正妍,无情亦有动人处,尚不见晚唐之凄寒彷徨。

烟柳弄晴,画舫相衔,笙歌尽欢。歌女传唱,亦多是英雄美人传奇之事功,叫人欣喜慨然。金陵这城市,骨子里颇有些六朝以降的风流不羁,信马由缰,是合了他性情的。

他此时甫出蜀地,年少多金,性喜交游,虽然干谒受挫,但与一众金陵子弟性情相投,倒也如鱼得水,真正是乐不思蜀。

风吹柳花满店香,吴姬压酒唤客尝。
金陵子弟来相送,欲行不行各尽觞。
请君试问东流水,别意与之谁短长。

——《金陵酒肆留别》

这诗有浓浓的江南情味,却不损他一以贯之的豪情,天成一种豁朗洒脱,不拘一格,在柔情之外更见豪情。这是李白诗中江南不同于白居易、韦庄笔下江南的缘故。

薄寒的春日,烟媚的三月。醉我的是柳花拂面,是当垆女的眼波流转,是离情别绪。吴姬含情斟酒,金陵子弟尽觞。

明明是心有不舍的,也要显得漫不经心,否则何以显得潇洒?

《金陵酒肆留别》与他后来流落长安时与豪侠少年一起厮混时,所写的《少年行》有异曲同工之妙。

> 五陵年少金市东,银鞍白马度春风。
> 落花踏尽归何处,笑入胡姬酒肆中。
>
> ——《少年行》

这是我最喜欢的七绝之一。太白的诗有"贵游"气,最能见出盛唐风范。"贵游"源自汉代,承接曹植。曹子建的《名都篇》有云:"名都多妖女,京洛出少年。宝剑直千金,被服丽且鲜……揽弓捷鸣镝,长驱上南山……归来宴平乐,美酒斗十千。"写纨绔而不觉其轻贱,写轻薄而不觉其薄幸,此意唯太白能传。

他写这些任侠尚义、纵游之乐的诗作,真正是痛快淋漓,叫人击掌称快,心向往之。大抵是因为性情如此,不能改变和掩饰。

初盛唐时,描写少年游侠的诗作非常流行,虞世南早年亦作《结客少年场行》,传为名篇。李白还有《结客少年场行》《侠客行》等名作,无不脍炙人口。后来沉静如王维,早年亦作《少年行四首》,沉郁如杜甫,亦有"马上谁家白面郎,临阶下马坐人床。不通姓字粗豪甚,指点银瓶索酒尝"之句,无不是歌颂少年意气、放诞孟浪的生活。

我后来读王荆公诗,读到《凤凰山》一首,不觉大乐,诗云:

> 欢乐欲与少年期,人生百年常苦迟。
> 白头富贵何所用,气力但为忧勤衰。
> 愿为五陵轻薄儿,生在贞观开元时。
> 斗鸡走马过一生,天地安危两不知。
>
> ——《凤凰山》

实不相瞒,在王安石所有的诗作中,我最中意这一首。

我是个不正经的性子,平日喜欢吃着零食喝着茶翻闲书看旧时的闲话,搜罗点趣闻八卦,一不留神瞥到这老成谋国之人的懈怠语,窥到些别样的性情,像挑古董平白无故捡了个漏,偷着高兴半天。

相信这是王安石老来,回首前尘,自嘲自叹之作。他本是世事洞明、绝顶聪明之人,一生敢为天下先,立志矫世变俗,改变北宋积弱之弊,变法之事几经折转,到头来还是功亏一篑。

与他在政治上的执拗不同,他在诗文里不时流露出想当风流才子的幽幽文艺小情怀,也是很好玩的。

请留意"愿为五陵轻薄儿"一句。王荆公一生严正,着意事功,不畏人言,以天下安危为己任。当他过了放言"天变不足惧,人言不足恤,祖宗之法不足守"的年纪,检点这半生功过,有激扬亦有灰心,有时候想想,为了理想,一生不曾纵情肆意、轻松快活,未必不是件遗憾的事情。

全诗流露出淡淡倦意和自嘲。原来在王荆公这种经历了世情磨砺、宦海沉浮的人心中,也蛰伏着某种"放纵"的期待——少年人随心所欲,恣意放纵,是他不曾领略的风流,只有以诗文略致其意。

若生在贞观开元,天下大治之时,哪怕是无意事功,无忧无虑,斗鸡走犬,泼剌剌过完一生,亦不失为一种福气,是他向往的状态。

然而,对于李白或王安石这样天赋其才、身负鸿鹄之志的人而言,且是刚毅洒脱的性格,纵然一时沉溺,抑或羡慕于放纵,亦不过如孩童一时嬉戏、走神,终究还是要鹏遨长空,振拔而起。

要他们舍了这济世之志,实在不大可能。

[伍]

自二十五岁出蜀,李白漫游三山五岳,居无定所是常态,作别金陵子弟,他又到了扬州。

扬州是江左名邑,在唐时繁盛不让京城。

有一个流传久远的小故事,出自南朝宋人殷芸的《小说》一文。文中提到四个人遇到神仙,讲述自己的愿望。第一个人想发财;第二个人想任扬州刺史;第三个人想骑鹤成仙;最后一个人的愿望是

"腰缠十万贯,骑鹤下扬州",一人占尽三人愿望。

这故事虽是讽刺人的贪心,却也反映了当年的扬州是如何令人着迷。

李白是胡商之子,却无意继承家业,成为商贾,只是读书、写诗、饮酒、游历,像一个纯正的汉人那样生活。

在那个时代,商人还是有门第上的先天缺憾的,何况是自西域偷渡回国,潜居蜀郡的商贾人家。后来的他,和李唐王朝的统治者一样,一本正经地将自家的血统追溯到汉代的飞将军李广那里,重新书写着身世。

他热衷于到达陌生的地方,结交不同的人。到了离家千里的地方,大多数人已经无意去计较这远道而来的青年的出身和来历。他们多半先被他的风度、性情、诗才所吸引、征服。

他浪游在扬州,春风十里,秉烛夜游,及时行乐,信步红尘,呼朋引伴,千金买笑。

彼时的这座城,绮丽浪漫,积聚了太多的期待与传奇,为遨游者提供了游戏红尘的梦工场。

前面说到他游黄鹤楼时没有写诗,只因那个著名的理由。然而他在黄鹤楼边送别孟浩然,却写下著名的《黄鹤楼送孟浩然之广陵》:

故人西辞黄鹤楼,烟花三月下扬州。

【谪仙一去几时还】

孤帆远影碧空尽,唯见长江天际流。

——《黄鹤楼送孟浩然之广陵》

　　孟浩然与李白一见如故,交浅言深,天资卓然的李白面对着成名已久的前辈诗人,充满了仰慕之情。在襄阳相识后不久,孟浩然决定去扬州漫游,李白在黄鹤楼边为他送行,眼见得船影已远,仍不肯离去,依依惜别之情跃然纸上,无须多言。

　　要稍加留心的是,他赞美孟浩然选择了一个对的时间去一个对的地方,结合他之前游历扬州的经历来看,这样说是饱含感情和经验的。"烟花三月下扬州",不是泛泛的客套之词,就像我们对准备出游的好友说,这时候,去这地方正好,你真会挑时候!

　　扬州这座城,在盛唐人眼中卓然绽放,却是在晚唐时才开到荼蘼——尤其是在杜牧笔下作一份格外缠绵的意象。

　　无论是豆蔻年华的歌姬,还是二十四桥的明月,在禅寺、玉人、箫声,这些美丽意境掩映下,杜牧诗中的扬州,充满温情,充满回忆,成为天涯孤旅中的温柔乡,是落拓漫长的旅程中,值得期待和向往的存在。

　　在某种意义上,"扬州"和"江南"一样,已经淡化了地理上的意义,转化成精神的家园。"十年一觉扬州梦",它被文人营造出的魔力,即使混淆了梦境和现实也在所不惜。

　　扬州成为一个风姿绰约的传说,已经离开的人渴望回来,没到达的人期望抵达。

直到南宋年间,另一位著名词人姜夔,循着杜牧的诗句来到扬州。开始的时候,和许多游客一样,他对扬州的印象依然停留在晚唐,停留在杜牧的时代。

当他目睹因时代变迁,战乱流离而荒芜的扬州时,他的感慨和伤心油然而生,写下著名的《扬州慢》:

> 淳熙丙申至日,予过维扬。夜雪初霁,荠麦弥望。入其城,则四顾萧条,寒水自碧。暮色渐起,戍角悲吟。予怀怆然,感慨今昔,因自度此曲。千岩老人以为有黍离之悲也。
>
> 淮左名都,竹西佳处,解鞍少驻初程。过春风十里,尽荠麦青青。自胡马、窥江去后,废池乔木,犹厌言兵。渐黄昏,清角吹寒,都在空城。
>
> 杜郎俊赏,算而今、重到须惊。纵豆蔻词工,青楼梦好,难赋深情。二十四桥仍在,波心荡、冷月无声。念桥边红药,年年知为谁生。

词前有小序,姜夔交代了这首词的创作背景。他所身在的南宋,半壁江山已失,笼罩在刀光剑影下,饱受异族铁蹄的蹂躏。国势倾颓,文人所剩的一点情志,亦只有在诗文中发发"黍离"之悲、伤逝之情了。

姜夔是追梦之人，深藏期待，远道而来，看到的却是清寒空城，伤痕累累。像一个慕名而来的游客，他对这里的了解，所有的比对和怀念都源自过往暗自酝酿的情结。

在过去的笼罩下，关于扬州的记忆，随着那些美好而伤感的句子，在虚无中慢慢复原。他将思绪寄托在遥远的晚唐，与杜牧悄然融为一体，凭吊杜牧，即是在凭吊扬州，亦是在凭吊他自己。

姜夔知道，他再也寻不回那些美好。那些曾经拥有的温情，都消逝在时空中了。

杜牧尚且可以醉生梦死，将生命中最深重的孤独演绎成风流佳话，他却只能看着桥边摇曳的红药，领略着人生的荒凉和虚无。

姜夔不会知道，千年之后，有些人的悲哀会更甚于他。

长沟流月去无声。李白的扬州，杜牧的扬州，姜夔的扬州，都不是今日的扬州……在时光中浪迹，他们靠近的是废墟，我们看见的是幻影。一触即散，念念成灰。

我不是一个盲目崇古，美化过去的人，我也不是一个安然享受着现代化的便利，顺便热烈赞美旧式生活的人，然而，当我在诗歌中读到古代的中国城市，揣想那些模糊的细节，我还是会忍不住声声叹，心向往之。

一座城，一个个街坊，在日色降临之时，奏响钟鼓，像婉转丰盛的花朵，次第开放。到了晚间，再随暮色闭合。有自己的节奏和韵律，如是轮回，短暂而又深长。

大到一座城,小至一个人,都能寻得到自己的血脉和根源。不会面目模糊,彼此混淆,才是平实的,各得其所的生活状态。

我不喜欢,如今中国城市的千城一面,就算一个妈,也生不出这么多双胞胎来。

老去,并不等于过时。携带着属于各自的历史老去的城市和人才是优雅和值得体味的。

不是没有失落的。那种悠然的、古老的、微妙的、短暂的,让人心魂为之颤荡的美,如今已经越来越少。那种不需要语言,不需要表达,静默深长的,心在其中,就可以意会的佳妙,懂得的人也越来越少。

如此过往,回顾和遥想,都失却了意义。

[陆]

岁月消磨如驰,他在漫游和隐居中交替度过了几年。

有得意顺意之时,譬如被当时的道家宗师司马承祯所重,称赞其有仙风道骨,可与神游八极之表。司马承祯将道家最高的褒奖,赠予一个初出茅庐的青年人,赞他有"仙根",和后来贺知章赞他为"谪仙人"有异曲同工之妙。

又譬如在安陆,他被武后朝的宰相许圉师看重,招为孙女婿。李白年少倜傥,许氏(也有说是后来的第三任妻子宗氏,两位俱是高门贵女,宗氏在李白晚年陷于永王从逆案时曾出手相助,后入山修道,也是奇女子)见其壁上题诗,千金买壁,慕才下嫁。

以商贾之子,得配高门,李白亦如愿,两情相悦,这一段婚姻可谓美满。

初初,他在安陆的日子应是惬意的。从那篇著名的《春夜宴从弟桃花园序》中可以读到:"夫天地者,万物之逆旅也;光阴者,百代之过客也。而浮生若梦,为欢几何?古人秉烛夜游,良有以也。况阳春召我以烟景,大块假我以文章。会桃李之芳园,序天伦之乐事。群季俊秀,皆为惠连;吾人咏歌,独惭康乐。幽赏未已,高谈转清。开琼筵以坐花,飞羽觞而醉月。不有佳咏,何伸雅怀。如诗不成,罚依金谷酒数。"

文字真的是要讲天分的,再陈旧的主题,被他这么一写都熠熠生辉起来。

亦不乏失意困顿之时,他四处求荐无果,反而开罪权贵,颇有怀才不遇之憾。他心性活跃,不能长期安守一隅。

纵然隐于山中,安居于豪门,他还是那个冷眼深心、深察熟虑的隐士,还是那个心怀天下的纵横家。

归隐是为了求仕,他注定要出行游历,远征万里。

他的战场是在长安,是那个迢递悬望、运筹帷幄的帝都。此时此刻,极目远眺,愈是春色烂漫,愈是勾起他心意阑珊。举头望明月,明月虽然遍照山河,却无法为他指点明路。

梦想早早成型，际遇却迟迟不至。

他辞亲远游，浪游万里，是渴望着奇遇。

二入长安，几番折转，果然也遂愿了。大唐盛世，诗酒往还，鬓影衣香，醉卧长安街头，赢得了满堂彩，昂然踏入大明宫。九重宫阙，天子降辇，亲为调羹，百官侧目，看过了沉香亭畔国色天香，经历了不动声色的纷争……繁华染身，千帆过尽，他依旧是那个热血衷肠的局外人。

"申管、晏之谈，谋帝王之术。奋其智能，愿为辅弼，使寰区大定，海县清一。"他有仙人之资，却身在人世。既在人世，就不得不依附于人事际遇，去实现志愿。

他期待的君臣相得，最终变成清客式的狎幸……不是不失意尴尬的。

太白一生既留意事功，也在意内心。他几时不快乐？又几时真正快乐过？

他一生着意践行的志愿，功成不居，笑傲王侯，这理想的姿态，其实从未真正实现。他却不愿，亦不肯，因俗世的失意而折堕了自己的自在——好在有这天然洒脱的性子托住他，不然就堕入失意文人，有才无运之流了，想来不免乏味。

他的很多诗，读起来让人暂忘尘俗，忘记自己可怜可悲的处境，是高段位的心灵鸡汤。

【谪仙一去几时还】

花间一壶酒,独酌无相亲。
举杯邀明月,对影成三人。
月既不解饮,影徒随我身。
暂伴月将影,行乐须及春。
我歌月徘徊,我舞影零乱。
醒时相交欢,醉后各分散。
永结无情游,相期邈云汉。

——《月下独酌》(其一)

天若不爱酒,酒星不在天。
地若不爱酒,地应无酒泉。
天地既爱酒,爱酒不愧天。
已闻清比圣,复道浊如贤。
贤圣既已饮,何必求神仙。
三杯通大道,一斗合自然。
但得酒中趣,勿为醒者传。

——《月下独酌》(其二)

三月咸阳城,千花昼如锦。
谁能春独愁,对此径须饮。
穷通与修短,造化夙所禀。

一樽齐死生，万事固难审。

醉后失天地，兀然就孤枕。

不知有吾身，此乐最为甚。

——《月下独酌》(其三)

穷愁千万端，美酒三百杯。

愁多酒虽少，酒倾愁不来。

所以知酒圣，酒酣心自开。

辞粟卧首阳，屡空饥颜回。

当代不乐饮，虚名安用哉。

蟹螯即金液，糟丘是蓬莱。

且须饮美酒，乘月醉高台。

——《月下独酌》(其四)

《月下独酌》是组诗，有四首，拜语文课本所赐，众所周知的是第一首。

我一直觉得这首诗是李白的自画像。他用诗句为自己塑造了一个千古不移的鲜明形象：那持酒对花，舞步凌乱的姿态。明明是那样落寞，却有着君临天下的潇洒。明明是那样清醒，却要长醉不醒佯狂。

我爱他格调高绝，永远有清贵之气，即便是愁绪万端，亦写得俊

【谪仙一去几时还】

逸豪迈、繁花似锦,绝不枯涩清寒,不愧是传说中的太白星君临凡。

这四首诗当真是写尽了诗者的骄傲和孤独。

他以天地为友,花月为伴,酒和先贤为知己。

天若无月,地若无酒,世若无诗,他又该是怎样地寂寞?

这时的他已经得到帝王的优待和赏识。"天子呼来不上船,自称臣是酒中仙"——他猖狂到朝中贵戚瞠目,令寻常士人羡慕。他的不拘礼俗,新鲜跳脱虽令帝王暂时觉得有趣,却也招致许多不必要的嫉恨。

表面的荣宠与内在的危机并存,以他的聪明未尝不知,只是不愿就此收敛,丝毫不肯委屈自己。他这样峥嵘的性情,绝顶聪明却不机敏圆融。到头来只能是任世事推着他走,他是万万不会从俗迁就的。

与杜甫不一样,与许多日后成为传奇当时却不自知的人不一样,李白是从一开始就明确知道自己要成为传奇的人,并一直为此而努力。他这一生所作所为,从诗文到行事,无一不是在向世人昭示,他就是传奇。他是偶临凡尘的谪仙,所以他有着笑傲王侯、睥睨世俗的资本。

也亏得是生在大唐盛世,独一无二的大唐盛世,才托得住他这飞扬跋扈的性子,由得他时醉时醒,来去自如,换作其他任何一个时代,李白根本没有机会成为李白。

他爱慕的长安是空幻的,是他意念中可以随心所欲、大展宏图的长安。现实的长安城还太小,太逼仄,冠盖满途车骑喧嚣,不够他振翅高翔。

举杯邀月,樽中月影,或许那里才是他真正的故乡。

[柒]

马克·吐温描述大马士革的一句话,也可以化用来形容汉唐时的长安:"随意回溯迷蒙的历史,那里永远有一个长安。它目睹了千万个帝国的枯骨,还将见证千万个帝国的坟墓,对它来说,春秋只是一瞬,数十年不过弹指之间。它从不用岁岁年年来感受时间的流逝,而是俯瞰帝国的东升繁荣直至破败萧条。长安是一种永恒。"

长安,曾是他理想的梦田,是他万里行征、毕生情结所在。然而真的到了,登堂入室,他却发现一切都不是那么尽如人意。

当理想的光芒淡去,现实的峥嵘显现……桀骜如他,也不免心意阑珊,进退失据。

他曾写下《长相思》二首:

长相思,在长安。络纬秋啼金井栏,微霜凄凄簟色寒。

孤灯不明思欲绝,卷帷望月空长叹,美人如花隔云端。

上有青冥之长天,下有渌水之波澜。天长路远魂飞苦,梦魂不到关山难。长相思,摧心肝。

——《长相思》(其一)

日色欲尽花含烟,月明欲素愁不眠。
赵瑟初停凤凰柱,蜀琴欲奏鸳鸯弦。
此曲有意无人传,愿随春风寄燕然。
忆君迢迢隔青天,昔时横波目,今作流泪泉。
不信妾肠断,归来看取明镜前。

——《长相思》(其二)

《长相思》是古代乐府旧题,他袭旧题,沿古意,却不曾拘于形格,其调古质如琴,其境艳美如画,其情缱绻如梦。

第一首写征夫,第二首写思妇,两者遥遥相应。凡俗的深情闺怨,被他写得仙气凛凛。这男人,他有多激扬的意志,就有多温柔的内心。

这两首《长相思》,吟之咏之,唇齿留香,思之念之,情深意长。他将相思写得十足漂亮,振翅欲飞,却不是宋词小令式的欢爱缠绵,隐隐有超拔不拘之意,暗喻的,是心内怅惑的愿望。

"卷帷望月空长叹,美人如花隔云端","忆君迢迢隔青天,昔时横波目,今作流泪泉",这个"美人",这个"君",都是曲尽其意,指向理想中的可以托赖的明主。

那深闺女子所盼,无非是应归的良人,而他心中所许,无非是君臣相得，抱负得展。然而，无论士人能否得遇明君王侯，惜赏其才而任用之，在秉政掌权的人心底，士人无非得用和不得用两种。以对待宠物的心理，亲之疏之，贵之贱之，收之弃之。

在看似理所应当的专制制度里，君王高高在上，享受生杀予夺随心所欲的快感。所谓恩遇、惠赐，不过是面上风光，如过往朝代之君臣，亦如他所亲身面对的唐玄宗。

纵前事历历在目，遭逢了如斯际遇，勘破了世事真相，亦不能绝了恋恋不舍、顾盼期冀之心。翻遍青史残简，这便是古往今来不能拔除的士人之痴了。

他一心想为帝王师，不料帝王霸业已成，无须他来辅佐。

英雄迟暮，美人在侧，雄心尽销，只想着把握住生命中不可再得的青春，一心眷恋温柔乡，视他为侍从清客。

他比杜甫幸运，他赶上了盛宴最酣的时候。

然而，一切都已到达顶点，再往下，便只能沉坠了。

沉香亭畔，牡丹丛中，他看见那绝代佳人醉笑倚阑，华艳绝伦，亦不由得叹一句，美人是花真身。

那容光总让人恍惚，盛放中暗藏着凋零，终有春风传恨、曲终人散的惨伤。

她不是杀器，却比杀器更致命，以至最终带来兵劫。君王侥幸逃过一劫，遗恨余生；美人却在六军不发的威逼之下，素帛勒颈，仓皇而终。

谪仙一去几时还

烟花易冷,人事易分,他和她参商永隔,生死永诀。断送数代繁华,连累冥冥众生,兵连祸结,连诗仙、诗圣亦不能幸免。

至美而至荒芜,李白在迷离中挥笔写下《清平调》三首——

云想衣裳花想容,春风拂晓露华浓。
若非群玉山头见,会向瑶台月下逢。
　　　　　　——《清平调》(其一)

一枝红艳露凝香,云雨巫山枉断肠。
借问汉宫谁得似,可怜飞燕倚新妆。
　　　　　　——《清平调》(其二)

名花倾国两相欢,长得君王带笑看。
解识春风无限恨,沉香亭北倚阑干。
　　　　　　——《清平调》(其三)

他蓦然听见一声清响,那是,李龟年在调弦,那是,数年之后兵戈乍起,刀剑出鞘之声。

伶人按弦,娓娓而歌,谁能料想,来日大难,帝王失势,佳人殒命,梨园子弟四散,残生再遇故人,已是落花时节的江南。

《清平调》由喜至悲,犹如大唐盛世由盛转衰。

解识春风无限恨，一语成谶。

成住坏空，冥冥中早有定局——这清平已久的时代将有枭雄逆臣来搅动风云，需要忠臣良将来平定烽烟，却不需要他，一个天真莽撞的诗人。

这三首《清平调》虽是奉诏而作，他却是真心赞美贵妃的姿容，以花喻美人，以美人比仙子，笔下并无敷衍嘲讽之意，却被人有意曲解，说他讽刺贵妃如赵飞燕，是秽乱宫闱之人，导致贵妃不喜，那君王，也过了新鲜劲，顺手将他赐金放还。

他怎么也想不到，刚刚起步的仕途就这样尴尬地，草草断送。

[捌]

浪迹在长安的街市上，他想起很多事。

早在十多年前，他将将年满三十，怀一腔激切初入帝都。

这天子脚下，簪缨遍地，贵胄满城，谁会在意多了一个白衣士子？他不得其门而入，反受尽权贵大人们的揶揄嘲笑。

失意落寞之下，他遂结交"五陵豪少"，与市井少年纵酒浪游，赌斗，不务正业，甚至于结侠横行于市肆，肆意而为。

他诗集中的《侠客行》《白马篇》《少年行》《结客少年场行》《古风》等作，都留有当时生活和思想的印迹。

李十二同学惯以侠客自诩，在诗中常吹嘘自己，剑术高明，号称

【谪仙一去几时还】

曾经杀过人。我敢肯定,他伤人是有的,好在没有真的杀死人,因为依据大唐律法,杀人是要偿命的,而他还能好好在那儿潇洒写诗——幸好如此,否则唐诗至少少掉五成光辉。

不过这厮习惯随身携带管制刀具招摇过市是真的,搁现在肯定被当成恐怖分子处理。他的朋友崔宗之(饮中八仙之一),曾写他"袖有匕首剑,怀中茂陵书"。

十六七岁时,这厮在四川也确实犯了案子,跟武松似的,好在那人没死,他那个有钱的商人老爹,花点钱帮他摆平了。

不久之后,因冲撞天子近卫(大约相当于韦应物年轻时那一类三卫郎),惊动了宪台(长安司法机关),下狱成囚,幸被友人救出。

期冀太久长而渐至虚妄,有感于人世多磋磨、仕途之艰难,他曾作《行路难》三首,本是承六朝鲍照《行路难》的诗意而来,只是被他妙笔生花再做演绎,知名度便又高出原作许多。

金樽清酒斗十千,玉盘珍羞直万钱。
停杯投箸不能食,拔剑四顾心茫然。
欲渡黄河冰塞川,将登太行雪满山。
闲来垂钓碧溪上,忽复乘舟梦日边。
行路难!行路难!多歧路,今安在?
长风破浪会有时,直挂云帆济沧海。

——《行路难》(其一)

大道如青天,我独不得出。
羞逐长安社中儿,赤鸡白雉赌梨栗。
弹剑作歌奏苦声,曳裾王门不称情。
淮阴市井笑韩信,汉朝公卿忌贾生。
君不见昔时燕家重郭隗,拥篲折节无嫌猜。
剧辛、乐毅感恩分,输肝剖胆效英才。
昭王白骨萦蔓草,谁人更扫黄金台?
行路难,归去来!

——《行路难》(其二)

有耳莫洗颍川水,有口莫食首阳蕨。
含光混世贵无名,何用孤高比云月?
吾观自古贤达人,功成不退皆殒身。
子胥既弃吴江上,屈原终投湘水滨。
陆机雄才岂自保?李斯税驾苦不早。
华亭鹤唳讵可闻?上蔡苍鹰何足道?
君不见吴中张翰称达生,秋风忽忆江东行。
且乐生前一杯酒,何须身后千载名?

——《行路难》(其三)

【谪仙——古几时还】

　　需要说明的是,他诗集中三首《行路难》,并非作于同一时期。

　　日迈月征,遽然已是十多年,即使他惯作洒脱,仍不免稍露心上磨痕。就如诗中显而易见的伤感失意一样,那小小的希冀沉在心底,长眠不起。

　　诗仙大人不是不唠叨,不牢骚的。只不过寻常人唠叨牢骚都是闲言碎语,大部分说过了自己都忘了,他却将牢骚发得这么气壮山河,将唠叨,唠叨成了千古文章,实乃天才!我等凡俗之辈望尘莫及。

　　你看你看,这三首《行路难》吧!他叨叨叨叨……将他能想到的古来贤人失志、君臣相得的典故都用上了,从上古尧舜禹时代一听说禅位给自己就趴在溪边洗耳朵的许由,到不食周粟绝食而死的伯夷、叔齐;再到弹剑作歌的孟尝君的门客冯谖,劝燕昭王筑黄金台招贤纳士的郭隗;再到剧辛、乐毅、韩信、贾谊;再到屈原、伍子胥、李斯、陆机、张翰……这一长串的人名和典故,都快赶上历史教科书了。

　　实话说,李十二同学人生观稍有偏差,他受战国时纵横家的影响太深,总觉得东家不打(打工的打)打西家。君王礼贤下士是理所当然的,贤才摆摆架子,使使性子是正常的,所以稍不如意就放话:"安能摧眉折腰事权贵,使我不得开心颜。"

　　我当然无比喜欢他这个傲娇性子。不过,也得承认,他的想法是很理想化的,在现实中是行不通的!再说了,他出来混的时候,大唐是什么时代？那是九十年的承平之世，皇帝佬儿坐稳了江山，不再求贤若渴，反倒是士子们削尖脑袋不遗余力要自荐的年代。

面对着全天下想当官的人才，皇帝忙还忙不过来，还在乎你个把漏网之鱼？别说野有遗贤了，野无遗贤他都不担心。

"野无遗贤"，想想真恐怖，这种弥天大谎不知道李林甫怎么诌得出来！唐玄宗居然也信了！真是昏倒。

自古以来，皇帝需要什么样的人？首要是听话，其次才是能干。李十二同学两样都不达标。太有个性，能耐嘛也就那点，除了写诗、喝酒、吹大牛，偶尔打打架、砍砍人，好像还真没别的了！总之一句话，典型的纸上谈兵型。

我原先读他的《行路难》，还挺替他感怀的，觉得委屈了他。现在想想，放浪琴酒、游山玩水、笑傲江湖，这也许是最适合他的出路了。

你看他一写到喝酒，兴致文采就全来了，简直是万马奔腾，肆意纵横，挡都挡不住。你说你喝就喝吧，你还找那么光明正大的理由："古来圣贤皆寂寞，惟有饮者留其名。"最后一句更狠："与尔同销万古愁"，这个理由谁能拒绝得了？好吧好吧！你喝吧！

君不见，黄河之水天上来，奔流到海不复回。
君不见，高堂明镜悲白发，朝如青丝暮成雪！
人生得意须尽欢，莫使金樽空对月。

【谪仙一去几时还】

天生我材必有用,千金散尽还复来。
烹羊宰牛且为乐,会须一饮三百杯。
岑夫子,丹丘生,将进酒,杯莫停。
与君歌一曲,请君为我倾耳听。
钟鼓馔玉不足贵,但愿长醉不复醒。
古来圣贤皆寂寞,惟有饮者留其名。
陈王昔时宴平乐,斗酒十千恣欢谑。
主人何为言少钱,径须沽取对君酌。
五花马、千金裘,呼儿将出换美酒,与尔同销万古愁。

——《将进酒》

后来,唐文宗曾下诏以裴旻剑舞、张旭草书、李白诗歌为"三绝"。对这份诏书,我真想点个赞,太有品位了!而且目光如炬,看出这三者的共同点都是豪气流溢、潇洒磊落。

顺便"八"一个,在那个诗歌的黄金年代,唐代皇帝懂得欣赏诗歌的真不少,文宗粉李白,往上数,代宗粉王维,德宗粉韩翃。这都不是我随口乱掰,是史有明载的。

[玖]

李白这一生,像神奇闪电侠一般四处游走,足迹遍布大江南北,堪称大唐第一驴友。直到老来才稍微安生些,安史之乱起,他避居庐山。那一段应永王李璘之邀入幕从军的莽撞的失败的相当没有水平的经历,我就从略不说了——幸亏他命大。

后来他应从弟宣城长史李昭所邀,在宣城度过一段时日。他来此地,留下了不少诗,著名的有《独坐敬亭山》《宣州谢朓楼饯别校书叔云》《秋登宣城谢朓北楼》等。

众鸟高飞尽,孤云独去闲。
相看两不厌,只有敬亭山。
——《独坐敬亭山》

弃我去者,昨日之日不可留;乱我心者,今日之日多烦忧。
长风万里送秋雁,对此可以酣高楼。
蓬莱文章建安骨,中间小谢又清发。
俱怀逸兴壮思飞,欲上青天览明月。
抽刀断水水更流,举杯消愁愁更愁。
人生在世不称意,明朝散发弄扁舟。
——《宣州谢朓楼饯别校书叔云》

江城如画里,山晚望晴空。
两水夹明镜,双桥落彩虹。

人烟寒橘柚,秋色老梧桐。

谁念北楼上,临风怀谢公。

——《秋登宣城谢朓北楼》

宣城,是我的家乡,故而我自幼熟知这诗中的地名和风景,但我很难对此升起自豪,我总是惋惜,好歹你也曾是东南名邑,秦汉时就有建制的古城,好歹谢家人还来当过太守,怎么就败落成这副鸟样?

我总是想,要是李白魂兮归来,他肯定不敢相信,现在的宣城是他笔下的如梦似幻的宛陵古城。双桥就剩个地名,谢朓楼就是个仿古建筑,桃花潭,你找个真的来给我看看。

昔人曾言"一生痴绝处,无梦到徽州",曾经那是多美、多引人遐想的世外桃源,只是想起,只是念及,心中也漾起如水温柔。现在,除了那几个样板房似的风景区,还有几个安徽人好意思说自己家乡文风昌盛,风景如画?往上数,最早的名士也是民国的了。

说句粗话!真××的是,物是人非事事休,欲语泪先流。

我现在最烦有人跟我攀老乡,最烦有人拿家乡祖上曾经的风光说事,那跟你有关系么!除了吹牛摆谱,有关系么?

真心爱着自己的家乡,怎么忍心去糟践它?怎么忍心看着别人糟践它?

不吐槽了,接着回来说诗。

谢朓,和司马相如一样,是李白诗中挥之不去的图腾。谢朓,字玄晖，著名的谢家子弟，与谢灵运并称"二谢"，谢灵运为大谢，谢朓为小谢。他文章确实不错，与王融、任昉、沈约、陆倕、范云、萧琛、萧衍七人，最为当时齐武帝的次子、竟陵王萧子良爱重，时人称之为"竟陵八友"。他们对诗歌创作体制和声韵上都有创新，对后世影响甚深，被称之为"永明体"。

被李白百般景仰、万分推崇的小谢，只可读其文，不可知其人。纵有千万个理由，亦掩盖不了他自私懦弱、畏祸摇摆的本质。所以说门第这事，亦不可一概而论。不是出身清贵，人品就高贵。

他出卖自己的岳父，导致岳父家被族诛。他自己因告发有功而升任尚书吏部郎。其妻也是个烈女，常怀利刃欲报仇，小谢自是心中有愧，不敢与她相见。

他干的这事，实在有污自己的门第出身，连他的朋友都说，以你的名声才智，还怕得不到这一官职？何必让妻子有此遗恨？（大意）

在那朝不保夕的乱世中，即使小谢用尽心机，想独善其身亦未能如愿。他最终还是卷入政治的浊浪中，受诬含冤而死。

魏晋南朝这一段，风吹浪卷，诸多名士直如天上繁星璀璨，然而只可观其风仪，遥慕其风雅，不可细论人生点滴，说多了，都是憾恨深重，命如浮萍残花。

表面傲然不羁，内里忧生忧死，未尝一日能安，都是些向往自由而又不得自由的人。要盛装表演，集体狂欢，借以掩饰仓皇不安。终于，将人生化作一场场你方唱罢我登场的华丽大戏。

只是,短暂如梦。

剧终人散,梦醒阑珊,这些人,不是不惊恸失措的。

李白晚年在族亲当涂县令李阳冰的照拂下,避居于当涂。他后期的诗歌,最叫我感念的是《秋浦歌》,这一组五言组诗,作于秋浦(今安徽贵池),共十七首,笔下依稀还有当年流丽洒脱的情味,但总体诗风变得稳健、苍凉、沉慨。

历经了家国之变,连他这样的人也收敛了昔年的傲兴,变得忧国忧民感时伤世起来。此时他是真的感时伤世,往年他伤的是他自己才高八斗而不得任用。

最为著名的是第十五首:"白发三千丈,缘愁似个长。不知明镜里,何处得秋霜。"读这诗,我真是悲从心来。白发苍苍,一照铜镜,昨日便纷沓而来。曾经的少年都老了,豪雄逸兴如他,亦不免臣服于岁月的消磨。

"醒时同交欢,醉后各分散。永结无情游,相期邈云汉"。这诗句固然潇洒,却也暗藏凄凉。

这一生悲喜交集,多少的壮怀激烈、刻骨铭心,都悄无声息地化作了沧海桑田,飞散成尘烟。

他老了,身边只有族叔李阳冰。他一生亲缘疏淡,他的妻子,曾经的许氏,东鲁的某女,后来的宗氏,他短暂的情人刘氏……这些爱过的、怨过的人都不在他身边。

这些年来,他的子女也陆续离他而去。尘世亲缘,终与他了无干系。

他临终赋《临终歌》，是我不忍读，又不忍忘的。

　　大鹏飞兮振八裔，中天摧兮力不济。余风激兮万世，游扶桑兮挂左袂。后人得之传此，仲尼亡兮谁为出涕！

——《临终歌》

他来这尘世一遭，浪游天下，照临下土，终于还是要乘风归去。世人传说他醉酒捞月而死，这样以为也好，他终是回到他真正的故乡。

只是谪仙，你几时乘愿再来？你可知这千载相思，有多少人为你魂牵梦萦？

你若归来，我不求相识，只求在路途上与你相遇，遥遥地看你一眼；你若归来，我不求相思，只求当垆卖酒，为君添欢，听你醉吟诗百篇。

【安得盛世真风流】

[壹]

杜甫其实是个很好玩的人。

如果盛唐诗人有微信,有朋友圈,杜甫应该是个点赞狂人。与人为善的杜甫,不吝笔墨,从汉魏前贤,到"初唐四杰",孟浩然、王维……将他欣赏的唐代诗人都赞美了个遍。

基于他后世的江湖地位太高,"诗圣"的评断,大多数人都不敢不认同点赞。李白、岑参、高适这些与他交好的人自不必说,连储光羲这样被埋没在盛唐诗人中的山水田园诗人都被他赞过。

他还和储光羲、岑参、高适、薛据等同登大雁塔，每人作诗一首。这一次，不那么拘谨，老杜以《同诸公登慈恩寺塔》一举夺魁。

当然啦，杜甫也不是只赞别人不赞自己，他赞美起自己来也是蛮拼的，他自言"七龄思即壮，开口咏凤凰"，"读书破万卷，下笔如有神。赋料扬雄敌，诗看子建亲"。还不止一次说过"诗是吾家事""吾祖诗冠古"，宣称写诗是老杜家的祖传事业，称他的叔叔是古往今来最勇敢的人。

他那个孝感天下的叔叔也就罢了。唉，他那个奇葩祖父杜审言，前面我已经隆重吐过槽了，这里就不再吐了。

最好玩的是杜甫也很自恋。有一次他朋友郑虔的妻子生病，杜甫说，你让她读我的诗。我的诗能当药治病，读了就通体舒泰，百病全消，这篇不行读别的，再不行，那扁鹊也救不了！这段轶事笑得我肚子痛，这祖孙俩还真是一家人。

诗圣大人如此自负，也是由来有因。他出身于赫赫有名的京兆杜氏，与韦氏并称两大百年世族。今天的西安东南，旧称少陵原，杜甫曾长居于此，故又自称"少陵野老"。此地还有唐代长安杜氏家族墓葬，贞观朝宰相杜如晦、杜佑，晚唐诗人杜牧均埋葬于此。杜甫客死湖南，我不知道他后来有没有归葬杜家祖陵。

少年时，杜甫亦曾度过一段富足无忧的生活，少从名师，后来又出外游历，漫游吴越，增广见闻。"放荡齐赵间，裘马颇清狂"，过得颇为惬意。

亦是在此漫游期间,他结识了李白和高适,对李白终生仰慕,念念不忘。即使在他自己潦倒得要死的时候,他还在为李白担忧。真是,一往深情。

作为世家子弟,他有延续家族荣耀的天生责任。所以青年时应试,不幸落第,到了天宝六年(公元747年),他再次准备好应试,不料,这一次撞上了奸相李林甫导演的"野无遗贤"的荒唐大戏,再次灰溜溜地落第。因为这事,后世都骂李林甫,不过客观地说,李林甫当时准备坑的是全天下的举子士人,不是单独针对杜甫一个。这事要骂还得加上一个唐玄宗,你说你曾经的英明神武哪去了,李林甫说这一科没有一个及第的,这种明显的谎言你也能信!真是昏庸到一定境界了。

走正经的应试之路出头无望之后,杜甫只好选择跟随当时的潮流,转而给权贵投赠诗作干谒,当然也没什么效果。这段客居长安奔走献赋的岁月,在杜甫日后回忆起来是"朝扣富儿门,暮随肥马尘。残杯与冷炙,到处潜悲辛"。

又蹉跎了几年,等到天宝九年(公元750年)冬天,杜甫总算等到一个机会,已经志得意满的玄宗宣布在来年正月将举行祭祀太清宫、太庙和天地的三大盛典,杜甫献上《大礼赋》,得到玄宗的赏识,待制在集贤院。

且慢高兴,拥有资格和获得官职是两码事。他这时得到的仅仅是"参列选序"的资格,也就是说,还要等候分配——还是因为坑爹的李林甫,他没有得到官职。李林甫真是杜甫仕途上的拦路虎啊……

又熬了四年,到天宝十四年(公元755年),好容易等到朝廷的任命下来,官职是河西尉。和高适的心态类似,杜甫不愿就任这等鞭挞欺凌庶民的小官,朝廷将他改任为右卫率府兵曹参军,这也是个低得不能再低的官职,负责看守兵甲器杖,管理门禁锁钥,岑参中进士后也当过。

这时杜甫已经年过四十,无奈之下,为生计故,只得接受这个卑微的官职。

杜甫仕途惨淡,彼时这国家更惨淡。走了个李林甫,又来个杨国忠,论起祸国殃民,这俩奸相不相伯仲。虽然安禄山用心巴结杨贵妃,但杨国忠和安禄山不和已久。杨国忠数次对玄宗说安禄山必反,玄宗还觉得他是危言耸听。

后来安禄山起兵造反就是打着"清君侧"的旗号的。当然,以安禄山的野心,只要时机成熟,有没有杨国忠他都得反。

天宝十四年(公元755年)十一月九日,安史之乱爆发。李隆基指挥迎敌,连连失策,叛军势如破竹,仅仅三十五天,就攻陷东都洛阳。第二年的正月初一,安禄山在洛阳登基称帝,兵临潼关。玄宗先斩杀高仙芝、封常清等猛将,又强命哥舒翰出关迎敌,导致潼关失守。

那时的唐朝也是有年头没打仗了,刀枪入库,马放南山。玄宗安于享乐,面对安禄山的叛变,应对就没有正确的时候,真是让人气吐血。也难怪皇太子李亨看不下去了,要提前登基,再任老头子这么瞎指挥下去,大家都玩完。

六月,玄宗仓皇西逃,美其名曰"幸蜀"。七月,太子李亨即位于灵武,是为肃宗。

这时的杜甫已将家搬到鄜州(今陕西延安富县)羌村避难,听说肃宗即位,在八月毅然只身北上,途中不幸为叛军俘虏,押至长安。

因为官职太小,叛军根本没看上他,叛军哪知道眼前这个穷苦潦倒、貌不惊人的人是日后的诗圣大人,摆摆手放他走了。反观王维,因为名气太大,就被抓起来严加看管,逼着当伪官。

杜甫逃离长安后,千辛万苦冒死穿越两军交战地带,奔到凤翔行在。肃宗新君即位,正是收拢人心的时候,看到杜甫面黄肌瘦破衣草鞋,显见是吃了不少苦,一片忠君爱国之心可感,又有宰相房琯大力举荐,遂封了杜甫一个"左拾遗"的小官。

好景不长(其实哪有好景),杜甫因为上书替战败的房琯辩白,触怒了肃宗。盛怒的肃宗本来是要将其处死的,幸有宰相张镐(仗义替王昌龄报仇的那位大人,再次表扬一个!仗义啊)相救,但肃宗从此冷落杜甫,过了不久,干脆一纸"墨制"(白条子,非正式诏书)宣布他放长假,打发他回鄜州羌村探望家小。

说实话,数十万压箱底的精锐部队,折于一役,我要是肃宗我也着急上火。这时杜甫还帮房琯说话,那不是往枪口上撞么?老杜呢,是不懂得独善其身、审时度势的人。

自知被君王厌弃,杜甫临去时,忧心忡忡地写下著名的长诗《北征》。《北征》长得一塌糊涂啊,(和《自京赴奉先县咏怀五百字》一样背得我痛哭流涕!)这里就不引录了,反正大意就是为黎民为朝廷担忧,希望李唐中兴,早日克敌……巴拉巴拉这些意思。

与杜审言、宋之问这些人叽叽歪歪所表白的"忽闻歌古调,归思欲沾巾""但令有归日,不敢恨长沙"不同,杜甫的不怨是真不怨。他心里在意的,从来就不是仕途显达、一己荣辱。

被贬华州司功参军之后,杜甫也心灰意冷。让他负责祭祀、礼乐、学校、选举、医筮、考课这些"闲事",哪符合他一贯坚持的"致君尧舜上,再使风俗淳"的心愿呢?不久他就弃官了。

离开了他深爱的朝堂,杜甫从此开始了颠沛流离、四海为家的生活。

这一段段写来,我都觉着累,咱们的诗圣大人还真不是一点点的背。也因为杜甫一生太多灾多难,多到成了丰碑楷模,我后来看到许多文人叽歪自己过得苦,心里总是习惯性先鄙视一下,心说,跟老杜比,你这只是毛毛雨啦!

即便自身难保,杜甫亦丝毫未减忧国忧民之心。正是在从洛阳到华州的路上,一路目睹关中大旱,百姓战乱流离的苦况,他写下著名的系列乐府诗"三吏""三别"(《石壕吏》《新安吏》《潼关吏》《新婚别》《无家别》《垂老别》)。这一系列写实主义的诗作,启发了元稹和白居易日后创作新乐府。

杜甫的诗,真是了解安史之乱不可或缺的珍贵史料。他就像个战地记者似的,不辞辛苦地将当时的一幕幕惨状,包括他本人随着局势变化的心态变化一一记录下来。

他写自己身陷长安时的心境是"国破山河在,城春草木深。感时花溅泪,恨别鸟惊心。烽火连三月,家书抵万金。白头搔更短,浑欲不胜簪";待逃出长安奔向行在时是"生还今日事,间道暂时人""所亲惊老瘦,辛苦贼中来";写抵达行在的喜悦是"喜心翻到极,呜咽泪沾巾"。

对于玄宗指挥失误,强令哥舒翰出关迎敌,唐军在潼关大败,他在《潼关吏》中痛心疾首地叹道:"哀哉桃林战,百万化为鱼。请嘱边关将,慎勿学哥舒。"对于叛军在长安屠杀李唐宗室,他曾作《哀王孙》:"金鞭断折九马死,骨肉不待同驰驱。腰下宝玦青珊瑚,可怜王孙泣路隅。问之不肯道姓名,但道困苦乞为奴。已经百日窜荆棘,身上无有完肌肤。"对于房琯在陈陶惨败于叛军,唐军精锐损于一役,他写下悲痛已极的《悲陈陶》:"孟冬十郡良家子,血作陈陶泽中水。野旷天清无战声,四万义军同日死。群胡归来血洗箭,仍唱夷歌饮都市。都人回面向北啼,日夜更望官军至。"

房琯后又败于青坂,杜甫又作《悲青坂》:"我军青坂在东门,天寒饮马太白窟。黄头奚儿日向西,数骑弯弓敢驰突。山雪河冰野萧瑟,青是烽烟白人骨。焉得附书与我军,忍待明年莫仓卒。"期望唐军莫再急躁,要养精蓄锐,以图再战。

我发自内心尊重杜甫的原因是,他一心一意,为国为民,乱亦不易其心,贫亦不改其志。不管这朝廷如何对待,不管自身处境如何凄楚,他都未曾放在心上。

最令我感念的,是他老来身居茅屋,不幸茅屋还被秋风吹破屋顶,不幸茅草还被顽童抢走,顽童欺他年迈体弱,任他追得气喘吁吁,喊得口干舌燥也不还他……(见《茅屋为秋风所破歌》)

"布衾多年冷似铁,娇儿恶卧踏里裂。床头屋漏无干处,雨脚如麻未断绝。自经丧乱少睡眠,长夜沾湿何由彻……"在这么艰窘辛酸的境地下,他居然还能自嘲,他想到的居然是"安得广厦千万间,大庇天下寒士俱欢颜,风雨不动安如山!呜呼!何时眼前突兀见此屋,吾庐独破受冻死亦足"。

这首诗真是看得我眼眶泛湿,对老杜膜拜得五体投地,这样的心胸境界,才是真正的"会当凌绝顶,一览众山小"。

要知道,就算是一般人,落到这步田地亦很难说一丝怨艾都无,何况他这种曾经阔过的世家子弟?这种苦,你王谢子弟吃吃看,你让贾宝玉来吃吃看——所以《红楼梦》里写到宝玉出家,我一点也不惋惜,凭他那点能耐,也就只能遁入空门了。

儒家所倡导的精神,其实大半读书人都阳奉阴违,不能真正奉行,只有杜甫,一生践行,并无半点作伪。他唯一始终放在心上的,是天下,是苍生。

后来，代宗广德元年（公元763年）正月，唐军收复河南河北诸郡州，延续近八年的安史之乱终于结束，流寓梓州的杜甫欣喜若狂，提笔写下《闻官军收河南河北》：

> 剑外忽传收蓟北，初闻涕泪满衣裳。
> 欲看妻子愁何在，漫卷诗书喜欲狂。
> 白日放歌须纵酒，青春作伴好还乡。
> 即从巴峡穿巫峡，便下襄阳向洛阳。
>
> ——《闻官军收河南河北》

经历了漫长的安史之乱，流落四方，生活困苦，杜甫已经垂垂老矣，这首诗却迸发出少年一般的激情，仿佛青春一日重来。用律诗的格律写出绝句的轻盈流丽，不拘一格。老杜真是作诗的绝顶高手！

这首诗让我想起李白的《早发白帝城》："朝辞白帝彩云间，千里江陵一日还。两岸猿声啼不住，轻舟已过万重山。"两者是一样的心情飞扬，轻盈喜悦，不同的是——李白是在流放夜郎的途中闻赦，惊喜之余写下"两岸猿声啼不住，轻舟已过万重山"，他是为自己兴高采烈，而杜甫的喜悦完全不是因为自身，而是因为他心心念念的国运。

私心里，我喜欢李白，但我景仰尊重杜甫，这样的人，心如玉壶冰，是值得千秋标举，万世传颂的。

[贰]

安史之乱给唐朝带来不可逆转的衰败,一如杜甫诗云:"寂寞天宝后,园庐但蒿藜。我里百余家,世乱各东西。"

经历了开元盛世的人们长梦犹酣,就落入兵连祸结的噩梦中:"万方哀嗷嗷,十载供军食。"

"战伐乾坤破,疮痍府库贫"的惨状与他在《忆昔》(其二)中所写的:"忆昔开元全盛日,小邑犹藏万家室。稻米流脂粟米白,公私仓廪俱丰实。九州道路无豺虎,远行不劳吉日出。"真是不可同日而语了。

他在现实中,目睹了大唐盛世的倾覆……蘸着心头血、眼中泪,一笔笔画下这残局,然后,在回忆中将昔日的盛世构建起来。

和孟元老写《东京梦华录》不同,与许多后来朝代的著书立说以寄哀思的野老遗民不同,杜甫从未止步于追忆往昔。他的思考贯穿了过去、现在、将来。他将对往昔的怀念、今日的反思、来日的祈愿一一写成千古文章。

读杜甫的诗,真是需要一定的年龄阅历和心理承受能力才可以。杜甫以前的诗人,从未如此深切地呈现一个时代的苦痛、一个盛世的崩殂。

大多数人只是见自己,能达到见天地的,已属稀有,杜甫真是见自己,见天地,见众生。他写自己亦是客观,写他人,亦是深情。

乱世流离,大家都是骨血相连的,他对旁人的苦痛,有着犹如切肤之痛般的理解和悲悯。

为避战乱,杜甫几度举家迁居。叛乱爆发时,杜甫家在长安北部的奉先,他先是搬到鄜州羌村,那首著名的《月夜》以及《羌村》三首都是写于此地:

> 今夜鄜州月,闺中只独看。
> 遥怜小儿女,未解忆长安。
> 香雾云鬟湿,清辉玉臂寒。
> 何时倚虚幌,双照泪痕干。
>
> ——《月夜》

> 峥嵘赤云西,日脚下平地。
> 柴门鸟雀噪,归客千里至。
> 妻孥怪我在,惊定还拭泪。
> 世乱遭飘荡,生还偶然遂。
> 邻人满墙头,感叹亦歔欷。
> 夜阑更秉烛,相对如梦寐。
>
> ——《羌村》(其一)

放弃了华州的官职之后,他又迁往更偏西北的秦州,在秦州待了大约不到两个月,著名的组诗《秦州杂诗》二十首就是作于此时。

再后来,因为他的几位朋友都在四川任职,他前往投奔,从秦州往西南进发,翻山越岭到达蜀地。不久,杜家的世交严武来此担任节度使,坐镇四川,杜甫就在成都安顿下来。

然后就一帆风顺了吗?错了!严武入朝述职时,成都军队趁机作乱,杜甫怕受牵连,又流落到梓州。正是在梓州,他听闻安史之乱告平的喜讯,写下了前面提到的那首快意飞扬的《闻官军收河南河北》。

平定了安史之乱,收复了两京,还没来得及喘息高兴,仅仅隔了一年,唐代宗(其时肃宗已死,皇子李豫即位,是为代宗)广德元年(公元763年)十二月,吐蕃大军趁乱攻到长安城下,已是惊弓之鸟的唐代宗弃城出逃,一时城空主逃,历史仿佛重演……

幸亏这次吐蕃人只是因为没茶喝了,率众过来敲竹杠!(这个原因雷得我外焦里嫩!是真的!我也是醉了),不是真心来覆灭大唐江山。有名将郭子仪坐镇指挥收复京师,这场因茶而生的动乱才得以平息。

这场动乱虽然持续的时间不长,却足以让元气未复的唐王朝应接不暇,忧国忧民的杜甫很难不担心。这次动乱也影响到杜甫,他一度流落于阆州、盐亭等地,直到第二年春天才返回成都。

正是在此时,他写下了那首名作《登楼》,忧国忧民之心溢于言表:

花近高楼伤客心,万方多难此登临。

锦江春色来天地,玉垒浮云变古今。

北极朝廷终不改,西山寇盗莫相侵。

可怜后主还祠庙,日暮聊为《梁甫吟》。

——《登楼》

吐蕃之乱和川内动乱相继平息之后,严武复职,杜甫被任命为节度使参谋,在成都过了几年稍微安定的日子。至今成都仍有"杜甫草堂",那便是他当年所居了。

杜甫钟情成都,一来是此地给了他来之不易、相对安定的生活;二来是蜀地有他尊重景仰的两位古人,其一是诸葛亮,其二是司马相如。

他写在武侯祠的诗作,历来是称颂诸葛亮的名作:

蜀相祠堂何处寻,锦官城外柏森森。

映阶碧草自春色,隔叶黄鹂空好音。

三顾频烦天下计,两朝开济老臣心。

出师未捷身先死,长使英雄泪满襟。

——《蜀相》

杜甫中年之后的诗,格局全开,风格多变,收放自如,几乎写得没有不好的。所以,请原谅我,频繁地、贫乏地使用"著名"这个词来做前缀。

这首诗的名联"出师未捷身先死,长使英雄泪满襟",道破古今多少仁人志士的无奈,也是叫人一唱三叹、感慨万千的。南宋北伐名将宗泽,临终前想到收复河山无望,就是吟着这两句诗含恨而终的。

写到古时那些风流人物,写到司马相如,杜甫又自如地转换了笔调:

茂陵多病后,尚爱卓文君。
酒肆人间世,琴台日暮云。
野花留宝靥,蔓草见罗裙。
归凤求凰意,寥寥不复闻。

——《琴台》

世家子弟与生俱来的风流清傲,深藏在他心中,并未因颠沛流离而消散。一旦生活稍微安定,那些闲情逸致就又都悄悄地春风吹又生。且看这些诗:

清江一曲抱村流,长夏江村事事幽。
自去自来堂上燕,相亲相近水中鸥。
老妻画纸为棋局,稚子敲针作钓钩。
但有故人供禄米,微躯此外更何求。

——《江村》

舍南舍北皆春水，但见群鸥日日来。

花径不曾缘客扫，蓬门今始为君开。

盘飧市远无兼味，樽酒家贫只旧醅。

肯与邻翁相对饮，隔篱呼取尽余杯。

——《客至》

好雨知时节，当春乃发生。

随风潜入夜，润物细无声。

野径云俱黑，江船火独明。

晓看红湿处，花重锦官城。

——《春夜喜雨》

去郭轩楹敞，无村眺望赊。

澄江平少岸，幽树晚多花。

细雨鱼儿出，微风燕子斜。

城中十万户，此地两三家。

——《水槛遣心》(其一)

蜀天常夜雨，江槛已朝晴。

叶润林塘密，衣干枕席清。

不堪祗老病，何得尚浮名。

浅把涓涓酒，深凭送此生。

——《水槛遣心》(其二)

《旧唐书·杜甫传》说："甫于成都浣花里种竹植树，结庐枕江，纵酒啸咏，与田畯野老相狎荡，无拘检。"这些诗可为印证。

"老妻画纸为棋局，稚子敲针作钓钩"，"种竹植树，结庐枕江，纵酒啸咏，与田畯野老相狎荡"，这些都是细微的、容易被忽略的平淡美好。

除却山水田园诗人之外，大抵是少有诗人像杜甫这般知足自乐，将平淡生活写得如此隽永的。宋朝颇有几位，如杨万里、范成大，那也是高官厚禄归隐养老之后的闲来之笔，处境不同于老杜。

老杜写于成都的诗作，所流露的情韵，我认为是真正的风度及优雅。

真正的风度是不因生活的苦厄，失却享受生活热情、发掘美好的能力。真正的优雅不是王谢子弟踏雪访友，嗑药谈玄故作姿态。虽然这姿态确实美，然而一旦失去了庇护，一朝风云变，树倒猢狲散，这些自矜和优雅都会被践踏如尘，一文不值。

前面写到杜甫是个很好玩的人，其实这个词用得还不够准确，准确地说，老杜是疏狂的性子。

他流落到成都之后，严武很照顾他，某次老杜同学酒喝多了（他酒量很差），仗着和严武的父亲是老朋友，对严武指手画脚，论资排辈地教训严武，把严大人气得七窍生烟，冲动之下，恨不得直接给他拉出去砍了。幸亏先有严武的老娘闻讯赶来拦着，后有风吹起帘子，钩住严武的帽子，严武认为是天意不让他杀杜甫，念在多年相交，气消了也就罢了。

老杜酒醒之后，也自悔冒失，吓出了一身冷汗。平心而论，严武对他真不赖，是在严武的接济照拂下，他才过了几年相对安定的生活。后来严武离开四川，入朝为官，杜甫转去投奔东川节度使章彝，章彝没什么才干，比严武还不如，跟杜甫也没什么交情，老杜在他幕府中过着仰人鼻息的生活，心情十分压抑，《宿府》就是他那段时间处境的写照：

清秋幕府井梧寒，独宿江城蜡炬残。
永夜角声悲自语，中天月色好谁看。
风尘荏苒音书绝，关塞萧条行路难。
已忍伶俜十年事，强移栖息一枝安。

——《宿府》

"风尘荏苒音书绝，关塞萧条行路难。已忍伶俜十年事，强移栖息一枝安。"这满纸萧瑟，寄人篱下、怀才不遇之憾，触目即明，是无须我再多言强调了。

后来李商隐有一首名作《安定城楼》,亦是如此满心萧索,隐忍不安:

> 迢递高城百尺楼,绿杨枝外尽汀洲。
> 贾生年少虚垂涕,王粲春来更远游。
> 永忆江湖归白发,欲回天地入扁舟。
> 不知腐鼠成滋味,猜忌鹓雏竟未休。
>
> ——《安定城楼》

李商隐一生蹉跎,无辜陷于"牛李党争",受人猜忌排挤,一生都不得志。他的无题诗,固然令人回味深长,颇费思量,终不及这几句直抒胸臆,来得畅快淋漓。

"永忆江湖归白发,欲回天地入扁舟。不知腐鼠成滋味,猜忌鹓雏竟未休。"这几句感慨人世,苍凉入骨。

这人世间乐于功名算计的人们,犹如鸱得腐鼠,争抢不休,以此为乐,又焉知凤凰非梧桐不栖,非竹不食,非甘泉不饮的清志。

天地如此大,江湖如此深,我想不问世事,散发乘舟归去,奈何天地如此小,江湖如此窄,是树欲静而风不止,有些是非,如牢似笼,挣脱不开。

【安得盛世真风流】

[叁]

公元765年，唐代宗永泰元年，严武去世，杜甫离开成都，沿长江南下，在几个城市停留，其中待得最久的地方是夔州，即白帝城。其后，他继续沿江而下，到达江陵（湖北荆州一带），然后往湖南而行，于公元770年卒于洞庭湖畔。

在夔州的两年间，杜甫写了现存诗篇中约四分之一数量的诗作。有许多著名的作品，如《秋兴》八首，《登高》也是作于此地。

《秋兴》八首是老杜七律的典范之作，这组组诗应该单辟一文来谈，而且叶嘉莹先生已谈得太透，前辈高人珠玉在前，我暂时还想不到什么新的感受可以说，就先不卖弄了。

这里先选录第一首和《登高》：

> 玉树凋伤枫树林，巫山巫峡气萧森。
> 江间波浪兼天涌，塞上风云接地阴。
> 丛菊两开他日泪，孤舟一系故园心。
> 寒衣处处催刀尺，白帝城高急暮砧。
> 　　　　　　　　——《秋兴》（其一）

> 风急天高猿啸哀，渚清沙白鸟飞回。
> 无边落木萧萧下，不尽长江滚滚来。

万里悲秋常作客,百年多病独登台。
艰难苦恨繁霜鬓,潦倒新停浊酒杯。

——《登高》

这两首都是老杜七律的典范之作,因为太典范了,竟然找不到什么词来形容。

他年轻时的诗,虽也沉着稳健,然而总受些开元天宝年间流行风气的影响,尚有一些浪漫浮丽的气质。他后来的诗,洗去繁华,尽显刚直,像蝴蝶蹁跹于脱身的蛹壳之上。

他赞庾信说:"庾信文章老更成,凌云健笔意纵横",其实这两句话,用来赞他自己是更合适的。

我小时候读到这类诗,真是一点愉悦感也没有,在家外公说这诗好,在学校老师夸这诗好,我背是乖乖背了,就是没有想明白。让一个小孩去了解一个饱经患难、心忧国事的老诗人的情怀真是太难了。而且那时也不知道安史之乱,连对开元盛世的了解也还停留在电视剧《唐明皇》的层面。所以,你懂的。

是现在,读多了历史,了解了些许古往今来士人的经历,知晓了有一种痛叫作神州陆沉、家国板荡的黍离之悲,才知道老杜这一片赤忱之心,可感可佩。位卑未敢忘忧国,说的就是他这种人了。

"枕上诗书闲处好,门前风景雨来佳",读古诗如饮老酒,要有足够的耐心。年份不到,滋味不够,是不会入心的。

【安得盛世真风流】

杜甫有一首七律《九日蓝田崔氏庄》，淹没在他成山成海的佳作中，现在已经少有人提，但我很喜欢。

老去悲秋强自宽，兴来今日尽君欢。
羞将短发还吹帽，笑倩旁人为正冠。
蓝水远从千涧落，玉山高并两峰寒。
明年此会知谁健？醉把茱萸仔细看。

——《九日蓝田崔氏庄》

这诗依稀可见他昔年豪兴。

读杜甫的诗，想他一生的波折患难，我常忘记他也曾有少年逸兴的时候。他在诗歌中着意塑造的自我形象，是一个老成持重的人，不像李白纵情肆意永如少年。

对他而言，良辰好景太短暂，来不及回味就消失了。

青春都一晌，有些人，还未年轻，就已老去。少年激扬，中年沉郁，老来淡泊，这就是杜甫，无可取代的杜甫。

他也曾写过忆少时的诗句，自言活泼好动："忆年十五心尚孩，健如黄犊走复来。庭前八月梨枣熟，一日上树能千回。"

且慢微笑，这诗名字叫作《百忧集行》，这诗的后半段是："即今倏忽已五十，坐卧只多少行立。强将笑语供主人，悲见生涯百忧集。入门依旧四壁空，老妻睹我颜色同。痴儿未知父子礼，叫怒索饭啼门东。"——读来真是惨伤。

他到底是在感慨老，日子过得这样辛苦，真正是艰难苦恨繁霜鬓。三餐不继，夫妻俩面如菜色，小儿饿得啼哭不止，人生的忧患就摆在眼前，由不得他视而不见，由不得他不忧从心来。怎么可以忘记呢？在安史之乱刚爆发的时候，他的另一个儿子就饿死了。

后来元稹悼念亡妻，回忆刚结婚那阵，说自己的生活是"贫贱夫妻百事哀"，我想说，杜甫和他妻子的生活，才是真正的贫贱夫妻百事哀。

我心里揣着杜甫的诗歌过了这么多年，才渐渐明白，为什么后世的寒素文人，对杜诗那么推崇备至，实在是因为大家心里都明白，繁华风流浪荡好着笔，而这平淡、陈旧和惨伤，却不是人人可以写得平淡朴实、泣血锥心。

慢慢地到了大历三年（公元768年），他辗转到了湖南，这时他已五十七岁，身患多种疾病，左耳已聋，全家漂泊在一条小舟上。

在洞庭湖畔，登临岳阳楼，面对着湖山胜景，已垂垂老矣的他写下传唱千古的《登岳阳楼》：

昔闻洞庭水，今上岳阳楼。

吴楚东南坼，乾坤日夜浮。

亲朋无一字，老病有孤舟。

> 戎马关山北,凭轩涕泗流。
>
> ——《登岳阳楼》

我还能说什么呢?到了"亲朋无一字,老病有孤舟"的境地,他心心念念的,仍是"戎马关山北",关于这国家的内忧外患。他的泪,不只是为这些年来的漂泊离散而流,他的泪,是为这烽烟未平,天下未定而流。

原先我不懂得,为何他被尊为诗圣,他的诗被尊为诗史,现在我知道了。他超然物外,又沉浸其中。他心无二用,宁静自持,他的诗像黑暗中突然绽放的光芒,内心不熄的温暖光芒。

我在杜甫诗中,读到心系天下悲悯苍生的情怀。他期待盛世重临,不是为了一己安宁,而是为了大庇天下寒士俱欢颜。这样的人,也唯有他这样的人,这样的心胸,才称得上超凡入圣。

大历五年(公元770年),临终的这一年,他回忆起那年在江南与李龟年偶然重逢的事。

他遇见李龟年,昔年名动天下的伶人,是明皇珍爱的内臣,一曲情歌,曾教王孙公子尽折腰。多少人欲识其面而不可得,而如今,流落民间,两鬓染霜。

他们都老了,这盛世也没了。以前的朋友,不知何时就走散了。就连那些令人惋惜的、憎恨的人和事都烟消云散了。

他们不算熟识,只不过,两个劫后余生的人。再见时百感交集,

亦平添了很多共同的回忆。杜甫想起昔年在岐王和崔九的府第相见相聚的情景,遂有了《江南逢李龟年》这首意味深长的绝句:

　　岐王宅里寻常见,崔九堂前几度闻。
　　正是江南好风景,落花时节又逢君。
　　　　　　　　　　　　——《江南逢李龟年》

　　乍然相逢,恍若隔世。那是江南的春天,落花依旧,流水无情,笑看人世离合沧桑。

　　在不动声色的叙述中,我看到少年老去,我看到红颜凋零,我看到盛世倾颓,春光不再。

　　我看到所有老去的人,胸口那颗跳动的少年心。

　　早年,他登临泰山,作了一首《望岳》,那时他还年轻,虽然落第,却无损一腔热情抱负,所以登山临水,兴致高昂,笔下也是气势惊人:

　　岱宗夫如何,齐鲁青未了。
　　造化钟神秀,阴阳割昏晓。
　　荡胸生层云,决眦入归鸟。
　　会当凌绝顶,一览众山小。
　　　　　　　　　　　　——《望岳》

这是他诗集中最早的一首五律,那时他触景生情,借景抒志,只是惘惘地期待。他不知道,后来的他,历经患难,傲立于万世诗歌的巅峰,无人能及,就如泰山,五岳为尊,天下共仰。

你看,这江山不能永固,这盛世难得长久。这人也免不了生老病死,须臾即逝。唯有他的诗,经历了物换星移,人心游移,照样光芒常在,永世长存。

还有什么没说的吗?是的,还有。

还有他客死孤舟,还有他至死未返长安,未曾见到盛世再临。还有他在有生之年,都不是那么称心如意。还有,如果不是元稹,偶然地发现了他的诗,惊为天人,大力推广,他可能还要被埋没很多年。

人生的遗憾是那么深重,难以卸除,可这又有什么关系呢?完美总在不完美中诞生。我们不能因为害怕失望,就拒绝期待,觉得痛苦,就避免深入。

只有真正勇敢的人,才能无惧风波,心怀坦荡地走完这一生。

我也期待盛世,唯有盛世,才容得下人心自在,承得住繁花似锦,万种风流。

[跋]

【非上上智,无了了心】

感谢你读到这里,看到这个跋。

我解唐诗的书,应该会分上下两册出版,上册就写到诗圣杜甫为止。我会接着写。

隔着这么多年,诗词依旧是我心中不可动摇的感动。是行走在梦的边缘,要小心进入的惊动和期待,是生命与生命狭路相逢时的屏息凝神,光华烂漫。

庆幸的是,我对它的热情从未消失。

我一直相信,成为一个真正的诗人,一个优秀乃至绝代的诗人,

【跋】【非上上智，无了了心】

冥冥中，是有绵延的因缘的。在提笔的最初，就已经在追寻前世的记忆，是在和内在的世界做沟通。

有些诗人，他们自己都没有准备，不能确信自己能写出那么好的诗篇——仿佛那一刻的灵犀，是上苍赐予的福泽，是天地间恒流不息的玄机，透过这个人，通过他的笔记录下来。

对一个以梦为食的诗人来说，诗歌是天空，是梦想，生活是大地，是现实。天空和大地缺一不可。

他们都曾经是一些充满理想抱负和激情的人。即使后来，生活未必慈悲，让他们得偿所愿。他们也曾用心用力地活过，不负青春，不负沧桑。

他们是一群独一无二的大唐少年。

称颂大唐，并不意味着低看其他时代。毫无疑问，大唐是个激昂向上的朝代。然而，它的人物风流、文化的辉煌都不是一蹴而就的，没有对其他朝代的继承和扬弃，缺少了它们的承托，大唐亦成不了大唐。

每个时代都有独属于自己的气骨，每个阶段又有微妙的不同，不可以一概而论。就唐代来说，初、盛、中、晚，每个时期，亦有微妙的不同。

读初唐诗，是一种初临胜地的欢喜；盛唐诗，则是繁花似锦、眼花缭乱的惊悦。读到中唐的诗，那种银碗盛雪的心境，又与晚唐的月照梨花不同了。

纵然心中万般留恋，亦不得不认，大唐的风流已成绝响。

固然也有史籍典章，可惜它们面目平实，总显得过于刻板。如果没有诗人，没有诗歌，这人间的风流，隔世的怀想，又从何说起？

可读可感的，是诗人的一念初心，和诗句之外悠悠不尽的情意和波澜起伏的世事。

以诗词点染时代，先秦、两汉、魏晋、隋唐、宋元、明清，乃至于民国，人事、政治、历史，拼接在一起，点线面俱全，才是一幅完整的构图。一人、一事、一物、一朝、一代、一往、一复，笔笔写来，皆有人间情意。

有太多历史的细节，慢慢地渗透回放，无法忽略及回避，如看一株古老的植物经历四季轮回，生长绽放，亦如手持风月宝鉴，叹赏人间情事。

我所钟爱的宗萨钦哲仁波切说，人间是剧场。是的，每个人或多或少都有自己不可推却的戏份，在不同时刻，扮演着不同的角色。从无量劫起，轮回的剧本就没有大改，演员却总以为自己这一出是独一无二的。

辗转在娑婆人世的人们，无论怎样折转，皆逃不过"生、老、病、死，爱别离、怨憎会、求不得、五阴盛"这世间八苦。

伟大的、渺小的人，都在为贪嗔悲怨妒着迷。所谓的华美、浪漫、高远、深刻，说破了，无非是一点痴心不息。

见多了古往今来的爱恨分合、人心波澜，我也慢慢隐了少时飞

【跋】【非上上智，无了了心】

扬跳脱、不谙世事的心，升起了悲悯和遗憾，对自己，对他人。

佛说的八苦，无人躲得过。拂去诗句华美绮丽的表象，内里是人生沉痛苍凉，偏激执着宽容释然，种种种种，皆因苦而生。触心处，总有些凄厉入心的力量，让人不能轻易遗忘。

很多时候，我们在描绘，在讲述，费尽心机去掩饰那个早已存在的实相——无常。

即便偶尔触及，亦感惊惶，不愿多想，宁愿绕过，假装视而不见，以便拖延时日。

那些细腻优雅的字句背后，隐藏着人生的波折动荡，悲喜重重。

好在还有温暖的底色在。《菜根谭》里有八个字，我记忆犹新——"非上上智，无了了心"，我想这适合用来形容那些写诗的，和我们这些读诗的人，同时道出了更多人对这个并不完美的人世，不明所以的眷恋和担当。

"非上上智，无了了心"，诚然是凡夫情怀的局限，却也是人生在世立身处世之根本。

若都能一步登天，断了痴心，泯了尘心，一个个成了化外之人，固然是好，却也无趣得紧，没了十丈软红尘，也就少了许多好玩的人和事。

这世间万般皆是因缘幻化，终有定期，终有尽期。

相聚有时，后会难期。唯有无常是常，是亘古不变的实相。美也是因为无常。

诗词如谜，待人破解。这破解说难也难，说易也易，只需人以性命相见。破解的过程中，过往变得清晰了，内心也逐日静定下来。

有时我也在自我怀疑，这样的赏析，实质更像是一次长途的阅读旅行。所有的惊心动魄都终结在薄薄的书页上，翻过几页书，就看到了历史和人生的结果。

我一直在思考这样探寻的真义究竟指向何处，风花雪月的背后应该藏有更深的玄机。

直到某天，看到南怀瑾先生的一段话。他说："人生最高境界：佛为心，道为骨，儒为表，大度看世界。技在手，能在身，思在脑，从容过生活。三千年读史，不外功名利禄；九万里悟道，终归诗酒田园。"竟有一种豁然开朗的感觉。

陈寅恪言"读史早知今日事，看花还忆去年人"，这是我念念不忘的两句话。

读诗词，是为知晓历史；知晓历史，是为了知人事；而后不断追索，才有更高远的智慧沉淀。读诗词，明喜悲，是见自己；知历史，知人事，是见众生；最后内外明澈，心无分别，是见天地。

这么多年，在与身边人的不断交流中，我意识到，现今的教育，欠缺的是爱的教育和审美的教育。读诗词，或可补救一二。

我们越来越爱自己，却越来越不懂如何去爱自己。不懂从细微的情绪中提炼出智慧，化作甘露，滋养心田。一味地回避，或是纵容它成为烦恼，最终成为颠覆人生的惊涛恶浪。

【跋】非上上智，无了了心

烦恼即菩提，可叹的是，太多时候，我们只见烦恼，未证菩提。总要在大势已去、残局难收之时，才痛悔往昔的轻率及无知。

人是多么奇怪啊，贫贱时反而能一心一意坚持梦想，富贵显达了反而容易背弃当初的理想。

梦想照进现实之后，经常会存在巨大的阴影和罅隙，人的一生辗转奔波其中，不得突围。

无法和真实的自己坦然相对，就无法与这个世界安然相处。无法意识到自身的独特，不懂珍视自己，看待万事万物也就索然无味。

这珍视，不是狭隘的自以为是、唯我独尊，是心有底气，于人于己都能从容待之。

小到晨昏，大至年月，时时刻刻，光阴不复。

能够在流年滔滔中把握住完满美妙，是动人的天赋，体会执与不执之间的心意微妙，是很有趣的体验。

心赏万物，意无贪着，是一生都应该学习把握的尺度、谨记的道理。

【全书完】